Thomas Kastura

Drei Morde
zu wenig

Kriminalgeschichten

ars vivendi

Originalausgabe

Zweite Auflage November 2013
Erste Auflage August 2012
© 2012 by ars vivendi verlag
GmbH & Co. KG, Cadolzburg
Alle Rechte vorbehalten
www.arsvivendi.com

Lektorat: Dr. Felicitas Igel
Umschlaggestaltung: ars vivendi verlag
unter Verwendung einer Fotografie von
© Val Thoermer/fotolia.com
Druck: CPI Ebner & Spiegel, Ulm

Printed in Germany

ISBN 978-3-86913-172-6

Drei Morde zu wenig

Inhalt

Vorwort

Die Geburt von Brandeisen & Küps liegt buchstäblich im Dunkeln. Im Frühjahr 2005 erhielt ich einen Anruf von einem Veranstalter: Ob ich mir vorstellen könne, eine Lesung im Fränkischen Brauereimuseum zu halten und für diesen Anlass einen Krimi zu verfassen?

Damals plante ich gerade eine Großstadtkrimireihe, aus der dann die in Köln angesiedelten Raupach-Romane wurden. Zwei Italien-Thriller waren bereits erschienen. Doch Inspiration holt sich ein Autor immer gern, und Bamberg war damals noch ein weißer Fleck auf der Krimilandkarte. Ich nahm also eine Besichtigung des Museums vor, um den Schauplatz auf Storytauglichkeit zu prüfen.

Sofort wurde mir klar: In den Gewölben der ehemaligen Klosterbrauerei *St. Michaelsberg* wimmelte es von potenziellen Tatorten – und auch Tatwaffen. Besonders hatte es mir der Eiskeller angetan, dessen Wände so schwarz wirkten »wie die Seele eines korrupten Abts«. Warum in die Ferne schweifen, wenn das Gute lag so nah?

Ein Fall war rasch entworfen – toter Richter, verlockende Erbschaft. Doch wer sollte ermitteln? Einen Krimi, der in meiner Heimatstadt spielt, konnte ich mir nur humorvoll und parodistisch vorstellen. Ein Duo musste her, denn Witz entfaltet sich am besten im Dialog.

Die Konturen zweier Figuren schälten sich aus der Finsternis des Eiskellers: ein steifer Staatsanwalt und ein gemütlicher Kommissar. Es begann eine wunderbare, wenn auch selten konfliktfreie Freundschaft.

Im Juni 2005 setzte ich mich an den Schreibtisch, und am 4. November fand die Lesung *Eine Leiche im Gärkeller* im Fränkischen Brauereimuseum statt. Die Erzählung war gerade lang genug, um daraus ein dünnes Büchlein zu machen. Es erschien im *Verlag Fränkischer Tag*, und zwar im März 2006.

Doch das Frühjahr 2006 erwies sich generell als bedeutsam für die Bamberger Krimiszene. Denn fast zeitgleich kamen damals auch der Theologenkrimi *Bärenzwinger* von Stefan Fröhling und Andreas Reuß sowie der Detektiv(innen)-Roman *Fratzenmond* von Friederike Schmöe heraus. Mit Unterstützung der Buchhandlung *Collibri* veranstalteten wir am 1. April 2006 in der Gaststätte *Klosterbräu* die 1. Bamberger Kriminacht. Der Leseabend wurde von Arnd Rühlmann moderiert und war ein voller Erfolg: Startschuss für einen kriminalliterarischen Aufbruch, dem sich seither zahlreiche Kolleginnen und Kollegen anschlossen.

Danach ließ ich Brandeisen & Küps ruhen und sammelte anderweitig Erfahrungen im Krimigenre, bis der *ars vivendi verlag* 2009 einen literarischen Krimi-Kalender zusammenstellte. Darin hatte das Ermittlerduo einen erneuten Auftritt. Viele weitere folgten in diversen Krimianthologien. Musikkrimi, Mafiakrimi, Gruselkrimi, Vampirkrimi – kaum eine Spielart war vor Brandeisen & Küps sicher. Und mit jeder Geschichte entwickelten sich die beiden ein Stück weiter.

So wurde die Zeit reif für einen eigenen Sammelband. Er enthält neben verstreut erschienenen Texten auch mehrere neue, bislang unveröffentlichte Geschichten. Die Reihenfolge ist dabei nicht ganz chronologisch gewählt. Wer will, kann jedoch mit *Eine Leiche im Gärkeller* beginnen. Ich habe die Erzählung stark überarbeitet, sodass sie neuen Lesegenuss bieten mag.

Kurz vor Drucklegung bekam ich unangemeldeten Besuch, der das Manuskript in Augenschein nahm.

»Endlich kann man unsere Fälle in cumulo bewundern«, freute sich Brandeisen.

»Himmel, hilf!«, sagte Küps.

Thomas Kastura
Bamberg, im Juli 2012

Brückenmord

Der Schnulzensänger legte los. *Über sieben Brücken musst du gehn* in einer scheußlichen Musikantenstadl-Version.

Staatsanwalt Brandeisen starb einen kleinen Tod. Seine empfindlichen Ohren waren nur an Bachkantaten gewöhnt.

Es war der Beginn eines Festakts, den ganz Bamberg seit Monaten herbeisehnte: die Eröffnung der neuen Markusbrücke. Alle waren gekommen, Oberbürgermeister, Erzbischof, Stadträte, Honoratioren und wer sich dafür hielt, jede Menge gemeines Volk und natürlich die Mitglieder der Jury, die im Zuge eines Architektenwettbewerbs den Siegerentwurf ausgewählt hatten.

Nur einer der Experten fehlte, Hippolyt Strohbichler. Schon vor Baubeginn war der hochbetagte Ingenieur einem Herzversagen erlegen. Brandeisen indes hegte einen düsteren Verdacht.

»Halten Sie die Augen offen, Küps. Der Mörder ist mitten unter uns.«

»Was Sie nicht sagen«, brummte der Kommissar.

»Er wird sich verraten, das spüre ich.«

Küps seufzte und stand sich weiter die Füße platt. Wenn sich der Staatsanwalt auf seine Intuition verließ, war mit allem zu rechnen.

»Aber einmal auch der he-elle Schei-ein!«, troff es aus den Lautsprechern. Halbherziger Applaus, endlich verließ der Schänder gesamtdeutschen Liedguts die Bühne.

Mit Schwung erklomm der OB das Rednerpult und leitete seine Ansprache mit einem Witz ein, wie es seine Art war. Brandeisen hörte kaum hin, seine Gedanken drifteten ab …

Bamberg, Weltkulturerbestadt, Heimat der berühmten Symphoniker, im Mittelalter Nabel des Okzidents, barockes Schatzkästlein, Biermetropole, Basketballhochburg und jetzt auch – Brückenparadies! Ja, Infobroschüren und Werbeflyer mussten umgeschrieben werden. Denn in kurzer Folge waren im Fränkischen Rom mehrere bahnbrechende Konstruktionen errichtet worden, Zeugnisse menschlicher Gestaltungskraft: Gleich drei neue Brücken spannten einen Bogen von der glorreichen Vergangenheit in die nicht minder goldene Gegenwart.

»Golden« war dabei durchaus wörtlich zu nehmen: Der Neubau von Luitpold-, Löwen- und Kettenbrücke hatte Summen verschlungen, bei denen sogar der Märchenkönig Ludwig II. erblasst wäre. Doch handelte es sich bei den Brücken nicht um Steckenpferde eines Geisteskranken, sondern um städtische Projekte zum Wohle der Allgemeinheit. Dass sich der Kostenrahmen dabei nicht immer auf die Million genau einhalten ließ, lag in der Natur der Sache. Nur kleinliche Spötter rümpften darüber die Nase.

Mit der Markusbrücke hatte man sich nun selbst übertroffen, und zwar in mehrfacher Hinsicht. Passend zur ehemaligen Fischersiedlung Klein-Venedig stellte sie nichts Geringeres dar als eine Neuinterpretation der weltbekannten Rialtobrücke. Und nicht nur das. Das Bauwerk ließ sich dank eines aufwendigen hydraulischen Systems in der Mitte hochklappen, damit die bei Jung und Alt beliebten Fahrgastschiffe *Christl* und *Stadt Bamberg* darunter hindurchpassten – um nur eine von vielen spektakulären technischen Finessen zu nennen.

Natürlich hatte kaum jemand einem solch kühnen Vorhaben ernsthaft widersprochen. Bamberg sollte ein neues Wahrzeichen bekommen, es würde die Stadt in eine Reihe mit London, Paris und der Serenissima stellen. Was machte es da schon aus, dass der Entwurf – rein ästhetisch betrachtet – der Legofantasie eines Halbwüchsigen glich?

Leider sah die Markusbrücke auch realiter so aus. Brandeisen stellte dies zum wiederholten Mal fest, während die launige Rede des OBs an ihm vorüberrauschte. Von wegen Rialto. Das Ding würde höchstens auf der Nürnberger Spielwarenmesse einen gewissen »Zugeschaut-und-mitgebaut«-Reiz entfalten, der Rest war Wunschdenken. Doch dazu schien die anwesende Festgesellschaft wild entschlossen. Augen zu und durch.

Der OB übergab an den Erzbischof, der sich selten einen öffentlichkeitswirksamen Auftritt entgehen ließ. Eigentlich sollte der Kirchenmann die Brücke nur weihen und segnen. Er wurde aber schnell noch ein paar Worte los über den verbindenden, grenzüberschreitenden und nachgerade christlichen Charakter –

»Aufwachen, Küps!«, zischte Brandeisen. An seiner Schulter lehnte schwer der Kommissar und schnorchelte leise vor sich hin.

»Herrgottsack!«, entfuhr es Küps.

Der Erzbischof stutzte. Er probierte es mit einem gütigen Lächeln für die Pressefotografen und fuhr fort. Wie sein Vorredner ging auch er nicht auf die Kosten der Brücke ein. Die waren an einem solchen Tag tabu.

Obwohl sie es in sich hatten. Bereits bei der Kettenbrücke, einem ähnlich ambitionierten architektonischen Experiment, war der Betrag von der Planung bis zur Fertigstellung auf das Dreifache gestiegen. Aus sechs waren wie durch Zauberei achtzehn Millionen geworden. Jeder kannte den alten Bauernfängertrick: erst mal einen Schnäppchenpreis ansetzen, um Konkurrenten zu unterbieten, und dann eine Schippe nach der anderen drauflegen. Steigende Baustoffpreise, schwierige Bodenbeschaffenheit, Erdstrahlen, der Einfluss von Jupiter und Merkur, das launische fränkische Wetter ... Gründe ließen sich viele finden. »Höhere Gewalt« war ein dehnbarer Begriff.

Und was einmal klappte, konnte immer wieder funktionieren – eine unumstößliche Regel der Baubranche. Vorausgesetzt, notorisch vergessliche Stadträte winkten die Mogelpackung durch den Haushalt. Die Markusbrücke hatte ursprünglich zehn Millionen kosten sollen und war schließlich bei runden hundert gelandet. Ein Sieg der Frechheit. Und ein wahres Meisterstück in Bescheißerles-Arithmetik, vor dem sogar ein FIFA-Funktionär den Hut ziehen würde.

Nur ein einziges Mitglied der Brückenjury hatte im Vorfeld Bedenken angemeldet: der im Alter von 93 Jahren unglücklich verstorbene Hippolyt Strohbichler. Er hatte ausdrücklich vor einer Kostenexplosion und der eingeschränkten Realisierbarkeit des ausgewählten Entwurfs gewarnt und dafür plädiert, die alte Brücke – eine schlichte Balkenkonstruktion – einfach zu reparieren. Dass Strohbichler der einzige wirkliche Brückenbauspezialist in der Jury gewesen war, nur seinem Gewissen verantwortlich und mit dem Sachverstand eines langen, erfüllten Berufslebens, hatte nach seinem Tod niemanden mehr interessiert.

Für Brandeisen war klar: Da hatte jemand nachgeholfen und Strohbichlers Einwände im Keim erstickt. Jemand, der von dem Brückenbau in der einen oder anderen Form profitierte.

»Amen!« Der Erzbischof war mit seinem Segen fertig, woraufhin ein Vertreter des Bürgervereins *Sand* ans Mikrofon trat. Seine Ausführungen kreisten um den Bierumsatz bei der nächsten Sandkerwa. Der Bamberger »Rialdo« würde den Pro-Kopf-Verbrauch in nie dagewesene Höhen treiben – was zahlreiche Anwohner schon jetzt mit einer spontanen Trampelmaß begossen. Im Laufe des Festakts waren immer mehr Schaulustige ans Regnitzufer gekommen. Mit dem Krug in der Hand warteten sie auf das feierliche Durchschneiden des Bandes. Es war ein strahlender Mainachmittag, das Wasser glitzerte im Schein der Frühlingssonne, die Stimmung stieg.

»Gehen wir die Verdächtigen noch einmal durch«, raunte Brandeisen dem müden Kommissar zu.

Die beiden verließen ihre Ehrenplätze und erklommen die Trittbretter eines Polizeibusses, um sich einen besseren Überblick zu verschaffen.

»Da wäre Graudenz, der Architekt dieser Geschmacksverirrung. Der hat den größten Nutzen von Strohbichlers Tod gehabt.«

»Das weiß doch jeder!«, erwiderte Küps. »Zu offensichtlich, so blöd ist der nicht.«

»Ich habe gehört, er will sich in Dubai niederlassen und für die Scheichs das Mühlenviertel samt Altem Rathaus nachbauen. Dafür braucht man ein bisschen Startkapital.«

»Jeder, wie er kann.« Der Kommissar gönnte Graudenz den Erfolg. Im Gegensatz zu Brandeisen hielt er Cleverness nicht für ein Verbrechen. Und wenn sie über Franken hinausstrahlte, zum Ruhme der Region – umso besser. »Müssen Sie immer alles mies machen?«

»Dann der Zweitplatzierte des Wettbewerbs, Pross. Der war total frustriert wegen seiner Niederlage und wollte den Verdacht auf Graudenz lenken.«

»Zu weit hergeholt!«

»Aber Neid ist ein starkes Motiv.«

»Wenn Neid für einen Mord ausreichen würde, gäbe es nach jedem Schafkopfrennen Tote.«

»Am Schlachthof sind die sich früher schon nach einem verlorenen Solo an die Gurgel gegangen. Und erst neulich auf einer Kirchweih in den Haßbergen –«

»Nein, Pross ist kein schlechter Verlierer«, widersprach der Kommissar und brachte einen neuen Kandidaten ins Spiel. »Wie wär's mit dem OB? Der hat die Markusbrücke doch zur Chefsache erklärt. Seine Umfragewerte sind im Keller, bald haben wir wieder Wahlen.«

»Meinen Sie, er wollte dieses Prestigeprojekt auf Biegen und Brechen durchdrücken, um an der Macht zu bleiben?«

»Der nimmt jede Stimme mit Kusshand.«

Brandeisen hatte Zweifel. »Ich weiß nicht, mein lieber Küps. Das Ganze hat sich ja als Geldvernichtungsmaschine herausgestellt. Der Bund der Steuerzahler möchte die Markusbrücke sogar in die Top Ten der Fälle schwerer Verschwendung aufnehmen.«

»Was vorher nicht abzusehen war.«

»Solche Baugeschichten sind politisch immer heikel, und das weiß der OB. Wie ich ihn kenne, hat er die Kostensteigerung vorausgeahnt und nur aus Gewohnheit eine dicke Lippe riskiert. Für den ist doch praktisch alles Chefsache. Wenn Strohbichlers Einwände berücksichtigt worden wären, hätte er sich eben zum Sparfuchs stilisiert. Der nimmt's, wie's kommt, einen Mord hat der gar nicht nötig.«

»Leuchtet mir ein«, stimmte der Kommissar zu und spekulierte weiter. »Und sein Vorgänger? Der Alt-OB sitzt immer noch im Stadtrat und bildet sich ein, die Bürger wünschten sich ihn zurück. Kann einfach nicht loslassen.«

»Der Alt-OB ist bekannt dafür, was er in seiner Amtszeit alles *nicht* angepackt hat. Wieso sollte der plötzlich einen Mord hinkriegen, von dem wir noch nicht einmal wissen, wie er überhaupt vonstattenging? Herzversagen kann ja viele Ursachen haben.«

Was Küps daran erinnerte, dass Brandeisens Verdacht nur eine Vermutung war und auf einem vagen Gefühl beruhte. Es gab keinen konkreten Hinweis auf ein Kapitalverbrechen, deshalb war Strohbichlers Leiche auch nicht obduziert worden. Vor seinem Dahinscheiden hatte der Ingenieur ein vegetarisches Restaurant besucht. Das war die einzige Spur, die möglicherweise auf Fremdeinwirkung hindeutete. Küps hatte das Lokal auf Giftstoffe untersuchen lassen und den Wirt sowie mehrere Gäste vernommen, ohne Ergebnis.

»Und die anderen Jurymitglieder?«, schlug er vor. »Wenn die bestochen worden sind, damit sie den Rialtoentwurf favorisieren, war ihnen Strohbichler im Weg. Ihr Schmiergeld bekamen sie bestimmt nur dann, wenn auch gebaut wurde.«

»Wer saß denn im Preisgericht?«, überlegte Brandeisen. »Zwei unparteiische Architekten, der Baureferent und die Vertreter der Stadtratsfraktionen.«

»Die Stadträte scheiden aus. Denen fehlt es an krimineller Energie.«

»Die sind generell etwas antriebslos«, meinte der Staatsanwalt. »Jedenfalls die meisten von ihnen.« Schon nach so manchem Stadtratsbeschluss hatte sich ihm der Eindruck aufgedrängt, dass die Herren und Damen Bürgervertreter die

Abstimmung nur möglichst reibungslos hinter sich bringen wollten, damit sie umso mehr Zeit an ihren Stammtischen oder in einschlägigen Etablissements verbringen konnten. Gemütlichkeit wurde in Bamberg großgeschrieben. Daran war im Grunde nichts auszusetzen, verhinderte sie doch viele Verbrechen schon im Frühstadium.

»Dann der Baureferent.« Küps suchte den betreffenden Mann unter den Anwesenden und entdeckte dessen wallendes Haar, das ihn um Jahre, wenn nicht Jahrzehnte jünger wirken ließ. Die unter städtischen Amtsleitern weit verbreitete Eitelkeit trieb seltsame Blüten, fand der Kommissar und strich bedauernd über seine Halbglatze.

»Der soll Strohbichler umgebracht haben?« Brandeisen mochte es nicht glauben. »Wenn es um undurchsichtige Baufeststellungsverfahren geht, um Schiebereien auf dem kleinen Dienstweg oder um Genehmigungen von Vierfachgaragen in verdichtetem Wohngebiet, dann würde ich den Mann mal unter die Lupe nehmen. Aber Mord und Korruption in großem Stil? Nicht unser Baureferent.«

»Bleiben die Architekten aus der Jury«, resümierte Küps.

»Was sagen Sie dazu, als Freund dieser ... Zunft?«

»Na ja, eine Krähe hackt der anderen kein Auge aus. Architekten wollen ihre Projekte verkaufen, und je ausgefallener und teurer diese Projekte sind, desto besser, schließlich ist ihr Honorar von den Baukosten abhängig. Und sie denken voraus. Vielleicht ist die nächste Jury andersherum besetzt: Die Architekten, die den Bambergern die Rialtobrücke empfohlen haben, reichen bei künftigen Wettbewerben, sagen wir in Würzburg oder Regensburg, selber Entwürfe ein. Und dort sitzt dann zufällig Graudenz im Auswahlgremium. ›Networking‹ nennt man das.«

»Und was folgt daraus?«

»Architekten stimmen im Zweifelsfall immer für den kostspieligsten Entwurf, das ist quasi genetisch bedingt. Strohbichlers Vorschlag, die Markusbrücke nur zu sanieren, muss ihnen wie Ketzerei vorgekommen sein.«

»Aber begeht man deshalb einen Mord?«

»So weit geht die Solidarität unter Kollegen nun auch wieder nicht.«

»Jetzt sind wir wieder keinen Schritt weitergekommen.« Brandeisen stieg von dem Polizeibus herunter. »Dabei hätte ich schwören können, dass wir heute auf einen entscheidenden Hinweis stoßen. Der Täter wiegt sich in Sicherheit, alles hat sich wie am Schnürchen entwickelt ...«

»Oder wir jagen nur einer fixen Idee nach«, sagte Küps. »*Ihrer* fixen Idee, wenn ich das anmerken darf.«

Inzwischen war der Mann vom Bürgerverein am Ende seiner Bierumsatzvisionen angelangt und verließ unter tosendem Beifall das Pult. Der Festakt steuerte seinem Höhepunkt entgegen.

Gemessenen Schritts näherte sich der OB dem roten Band, das quer über die Brücke gespannt war. Eine hübsche junge Dame gesellte sich zu ihm. Sie trug ein Dirndl, das zwar rein gar nichts mit fränkischer Tracht zu tun hatte, dafür aber Platz ließ für ein beeindruckendes Dekolleté vom Umfang zweier Hallstadter Weißkohlköpfe. Die diesjährige Miss Rauchbier musste keine Rede halten, das fehlte noch. Ihre einzige Aufgabe bestand darin, die Schere entgegenzunehmen, die ihr der Stadtkämmerer auf einem Samtkissen präsentierte, und fünf Zentimeter Seide durchzuschneiden.

Beim dritten Anlauf gelang es ihr trotz Dauerkicherns, worauf die Böllerschützen vom *Zwiebeltreter-Fähnlein Bamberg* ihre Vorderlader abfeuerten und die Festgemeinde vollends außer Rand und Band geriet. Jeder wollte als Erster die neue Brücke überqueren, ohne dabei sein Bier zu verschütten. Die Honoratioren wichen vor dem Ansturm des Pöbels zurück, und das Volk nahm seinen »Rialdo« bzw. den »Ponte Prozzo«, wie manche Italienkenner liebevoll sagten, mit viel Gejohle und Geschrei in Besitz. Miss Rauchbier posierte in einem Bogengang für die Kamera von *TV Oberfranken*. Der Citymanager verteilte Freikarten für das nächste

Public-Drinking-Event auf dem Maxplatz. Ein Fotograf des *Fränkischen Tags* flog in einem Doppeldecker über Klein-Venedig und hielt das Geschehen in Luftbildern fest. Der Peter-Maffay-Verschnitt sang *Bridge Over Troubled Water* von Simon & Garfunkel. Doch keiner hörte etwas, der Verstärker gab zu wenig her.

Ein besonders übermütiger Zecher balancierte auf dem Geländer, verlor das Gleichgewicht und stürzte in die Regnitz. Dort war Hilfe zur Stelle. Neben einem Streckenboot der Wasserschutzpolizei verkehrten zwei venezianische Original-Gondeln auf dem zwanzig Meter breiten Strom. Einer der beiden Gondolieri fischte den Schwimmer aus dem trüben Nass. Daraufhin sprang eine Reihe weiterer Verrückter in die Fluten. »Freak City« machte ihrem Spitznamen wieder mal alle Ehre.

Küps und Brandeisen sahen dem Treiben teils belustigt, teils angewidert zu.

»Den Leuten gfällt's«, freute sich der Kommissar und sehnte sich nach einer frisch gezapften Halben. Der Anblick der Miss Rauchbier hatte seine Urbedürfnisse geweckt.

»Ja, und demnächst wird die Neue Residenz zum Dogenpalast umgemodelt. Muss man denn alles abkupfern?«

»Wenn's dem Tourismus dient.«

»Schon mal was von Stilreinheit gehört, Küps?«

»Ach, in Bamberg gibt es so viele Stile, da fällt einer mehr oder weniger gar nicht auf.«

»Seien Sie nicht so eklektizistisch.«

»Wenn das eine Beleidigung war, Sie ewig nörgelnder Besserwisser ...«

Brandeisen versetzte dem Kommissar einen unsanften Stoß in die Rippen. »Sehen Sie das?«

»Suchen Sie Streit?«

»Da drüben, wo die Brücke in die Markusstraße übergeht.« Er deutete in die entsprechende Richtung. »Kennen Sie diese Menschen?«

Küps stellte sich auf die Zehenspitzen, um den Längenunterschied zu dem hoch aufgeschossenen Staatsanwalt auszugleichen.

Eine Gruppe ernst dreinblickender Bürger hatte sich vor einem viereckigen Loch versammelt. Es befand sich neben der ersten Säule des rechten Bogengangs, etwas unterhalb der Fahrbahn, und sah so aus, als gehöre es zum Entwässerungssystem.

»Das werden die Krötenfreunde sein.« Der Kommissar lachte. »Die machen da ihre eigene Einweihungsfeier.«

»Ich hätte es wissen müssen ...«, murmelte Brandeisen.

Das Loch war nichts anderes als der Eingang – oder Ausgang – eines kleinen Tunnels. Nun erfüllte die Markusbrücke ja viele Zwecke: Verbindung des Sandgebiets mit der Inselstadt, kommunalpolitisches Vorzeigeobjekt und nicht zuletzt Mahnmal neobambergialen Größenwahns. Doch es gab noch einen – in zähen Verhandlungen erstrittenen – Zusatznutzen. Der Staatsanwalt hatte ihn in seinem Übereifer vergessen: einen in den Brückenkörper integrierten Krötentunnel. Das »Loch« hieß im Beamtenkauderwelsch »Amphibien-Durchlass-Portalelement«.

»Helfen Sie mir, Küps. Was hat es mit diesem Ding auf sich?«

»Die Krötenfreunde, das ist der Verein *Bewahrt die westoberfränkische Sumpfzackenkröte*.« Der Kommissar, selbst passionierter Gärtner und Teichanleger, kannte sich in ökologischen Belangen bestens aus und verfiel in Fachsprache. »Wie jedermann weiß, hat die Sumpfkröte ihr natürliches Habitat am Ottobrunnen und in den Terrassengärten am Kloster Michaelsberg. Dort fühlt sie sich wohl und kann ihren Krötengeschäften nachgehen.«

»Warum auch nicht? Das ist ein freies Land.«

»Aber einmal im Jahr geht die Sumpfzackenkröte auf Wanderschaft, und zwar zu ihrem Laichgrund am Weidendamm.«

»Auf der anderen Seite des Flusses.«

»Um lauter kleine Sumpfzackenkröten in die Welt zu setzen.«

»Süß.« Der Staatsanwalt lächelte sein Ich-fordere-gleich-die-Höchststrafe-Lächeln.

Küps ließ sich nicht beirren. »Die Frage ist: Wie kommt sie unbeschadet ans andere Ufer? Theoretisch könnte sie den Heinrich-Bosch-Steg nehmen …«

»Die Fußgängerbrücke an der Kongress- und Konzerthalle«, ergänzte Brandeisen.

»Da läuft sie jedoch Gefahr, von Radfahrern und Passanten plattgemacht zu werden.«

»Igitt. Das mag ich mir gar nicht vorstellen.«

»Ich mir auch nicht.«

»Kann die Kröte nicht schwimmen?«

»Dafür ist sie zu schwer.« Küps war jetzt ganz in seinem Element. Zoologie! Schon als Kind hatte er Experimente mit der regionalen Fauna angestellt und so manchem Frosch das Rauchen beigebracht, bis sein Vater ihn mit einer Mordsdrümmaschelln bzw. einer saftigen Ohrfeige eines Besseren belehrt hatte. Seine Leidenschaft für Lurche aller Art war jedoch ungebrochen. »In Gestalt und Verhalten ist die Sumpfzackenkröte dem durchschnittlichen fränkischen Bierkellerbesucher nach dem fünften Seidla nicht unähnlich.«

»Sie neigt zur Lethargie.«

»Genau. Und aus diesem Grund braucht sie ein wenig … Führung.«

»Aha.«

»Deswegen haben sich die Krötenfreunde dafür eingesetzt, dass die neue Markusbrücke einen separaten Übergang für Amphibien und Kleintiere erhält. Und weil sich die teure Brücke mit einem umweltfreundlichen Anliegen besser rechtfertigen ließ, hat Graudenz, der Architekt, den Tunnel in seinen Entwurf aufgenommen.«

»Strohbichler war bestimmt dagegen«, überlegte Brandeisen. »So ein zusätzlicher Tunnel kostet … eine Million?«

»Mindestens. Das Ding ist vierspurig und beleuchtet. Über Lautsprecher wird Mozart eingespielt.«

»Das Klarinettenkonzert?«

»Hauptsache, die Tiere bleiben nicht stehen oder kehren um. Klassische Musik wirkt sich erwiesenermaßen anregend auf die Psyche aus.«

»Jetzt wird mir einiges klar«, sagte Brandeisen, der sich auch ein wenig mit Kröten auskannte. »Wie heißt der Vorsitzende dieses Vereins?«

»Gückelhirn.«

»Kein Scherz?«

»Nein, das ist der mit dem komischen Poncho.« Küps zeigte auf einen Mann, der gerade die erste, glücklich am Weidendamm eintreffende Sumpfzackenkröte mit einem Willkommensregenwurm begrüßte.

Die Krötenfreunde stimmten ihr Motto an: »Aga-Aga!« Sie hoben ihre Bionadeflaschen, prosteten einander zu und freuten sich im Rahmen ihrer Möglichkeiten.

»Haben die nicht ursprünglich eine Totalsperrung des Maienbrunnens und der Unteren Sandstraße gefordert?«, fragte Brandeisen.

»Sie sind ein bisschen ... radikal. Strohbichler bezeichnete sie als ›Krötentaliban‹.«

»Man weiß ja, wozu Fanatiker fähig sind. Wenn dieser Krötentunnel nicht gebaut worden wäre und Strohbichler sich mit seinen Sparplänen durchgesetzt hätte ...«

»Wollen Sie damit sagen ...«

»Das Rätsel ist gelöst. Wir haben den Täter.«

Für den Staatsanwalt lag der Fall auf der Hand. Er setzte ihn dem verdutzten Kommissar auseinander.

Gückelhirn hatte sich verraten. Zur Feier des Tages trug er einen Poncho mit einem Zackenmuster, typisch für eine bestimmte Region in Mexiko: Oaxaca. Dort war eine Kröte heimisch, die bei Berührung ein bestimmtes Hautgift absonderte. Dieses Gift enthielt Adrenalin und andere Stresshormone, je nach aufgenommener Sekretmenge war es für Säugetiere tödlich. Gückelhirn musste es irgendwie nach Deutschland geschmuggelt haben. Er oder einer seiner Gefolgsleute hatte es dann Strohbichler unters Essen gemischt, in dem Restaurant, das der Ingenieur am Tag vor seinem Ableben nichtsahnend besucht hatte.

»Woher wollen Sie das wissen?«, fragte Küps.

»Ich war letztes Jahr in Mexiko im Urlaub. Aus Versehen habe ich so ein Vieh angefasst. Das war kein Vergnügen, hat gebrannt wie Feuer. Wenn ich in Strohbichlers Alter gewesen wäre und den Giftstoff oral aufgenommen hätte ...«

»Und was jetzt? Nehmen wir Gückelhirn fest? Mit einer an den Haaren herbeigezogenen Begründung, ohne einen stichhaltigen Beweis?«

»Bei der Vernehmung wird er schon weich werden. Vielleicht finden wir bei ihm zu Hause Reste des Gifts. Dann müsste ich nur noch eine Exhumierung des Leichnams zum Zweck einer gerichtlichen Obduktion erwirken. Paragraf 87 Strafprozessordnung.«

Der Kommissar stöhnte auf. Er hörte schon die Häme der Kollegen, wenn dieses Kartenhaus an Mutmaßungen und Hypothesen in sich zusammenfiel. Dann würde er als »Krötenküps« in die Annalen der Polizeidirektion eingehen, ganz zu schweigen von den gefürchteten Leserbriefseiten im *FT*. Und jedes Mal, wenn er sich zu einem Feierabendbier auf seinem geliebten *Spezial-Keller* niederließ, würden die jungen Burschen an den Nebentischen despektierliche Quakgeräusche von sich geben, und die schönen, umweltbewegten Studentinnen würden ihm den Rücken zukehren und nach der Rechnung verlangen. Das Wort »Unkenruf« bekäme für ihn eine ganz eigene Bedeutung.

»Wissen Sie was, Brandeisen? Sie kommen mir vor wie diese Krimiautoren, die erst auf den allerletzten Seiten den Hauptverdächtigen aus dem Hut ziehen und einen Haufen fadenscheiniger Indizien nachliefern. Besonders glaubwürdig ist das nicht.«

»Hat auch niemand behauptet«, sagte der Staatsanwalt. »Aber wenn Sie diese Brücke betrachten, müssen Sie zugeben, dass in Bamberg nichts unmöglich ist.«

Es war kurz vor sechs, ein Zug Bereitschaftspolizei war gerade dabei, den Ponte Prozzo zu räumen. Zur vollen Stunde sollte eine Demonstration des Klappmechanismus erfolgen. Der Brückenwärter wartete in seinem Steuerhäuschen bereits auf das Startsignal.

Endloses Geschiebe, Gedränge, Protest. Gummiknüppel kamen in der alkoholisierten Menge zum Einsatz. Ein echter Franke ließ sich, auch gegen jede Vernunft, ungern von seinem Platz vertreiben. Schließlich kratzte man selbst die widerspenstigsten Dickschädel vom Asphalt. Der Krötentunnel wurde vom städtischen Tierpflegerteam kontrolliert und für den Übergang kurzzeitig gesperrt.

Aus gestalterischen Gründen hatte der Architekt auf unschöne Schranken verzichtet. Stattdessen fuhren blinkende Poller aus dem Boden, eine in Bamberg überaus populäre Methode zur Verkehrsregelung, konnte man doch sein Bierseidla auf den eleganten Stahlzylindern abstellen.

Dann war es so weit. Die große Arkade auf dem Scheitelpunkt der Brücke teilte sich. In der Mitte. Gravitätisch hoben sich die beiden Hälften des technischen Wunderwerks in die Lüfte. Brandeisen schien es, als habe ihnen der Geist des Fortschritts, jene unstete, oft gescholtene Triebfeder zivilisatorischen Schaffensdrangs, höchstpersönlich Flügel verliehen.

Plötzlich fühlte er sich ganz klein. Wer war er, engherziger Gesetzesknecht, dass er sich anmaßte, solch ein geniales Gebilde geringzuschätzen und als eitel Tand zu missachten? Nein, jetzt wehte auch ihn die Größe dieses sternstundenhaften Unterfangens an! Wären die Pyramiden je gebaut worden, hätte der Pharao beim Kostenvoranschlag den Rotstift angesetzt? Stünde die Freiheitsstatue am New Yorker Hafen, wenn die Franzosen den Amis zum Revolutionsjubiläum nur einen Karton Landwein geschenkt hätten?

Brandeisen begriff. Alles.

Das Leben war ein Fluss. Über den sich eine Brücke immerwährender Weisheit spannte. Würde er einst als

Sumpfzackenkröte reinkarniert werden? Oder als Küps? Der Dalai Lama hatte schon recht, als er bei einem Bamberg-Besuch kundtat: »Hmmm. I don't know.«

Der Kommissar holte sich ein Paar Bratwürste. Hinter einem Dixi-Klo nahm er einen Schluck selbst gebrannten Zwetschger aus seinem Flachmann. Gestärkt kehrte er zurück – und traute seinen Augen nicht. »Sehen Sie, was ich sehe?«

Brandeisen schreckte hoch. Was war geschehen?

Die Brückenhälften hielten inne in ihrem prometheischen Hub. Sie klemmten. Und das zur Premiere!

Nichts ging mehr, wie sich der Wärter vernehmen ließ, weder nach oben noch nach unten. Eine bedauerliche Fehlfunktion ...

... die auch nach Wochen und Monaten nicht zu beheben war. Irgendeine Verwindung in den Klappenachsen – irreversibel – Haftungslage unklar – Abriss undenkbar – Reparatur nur unter Aufwendung erheblicher finanzieller Mittel möglich.

Mittlerweile war die Stadt aber so arm wie eine Kirchenmaus. Also blieb die Markusbrücke auf Dauer halb hochgeklappt. Keiner konnte sie mehr überqueren, weder Mensch noch Kröte. Und die Ermittlung gegen Gückelhirn wurde aus Mangel an Beweisen eingestellt. Aga-Aga!

Immerhin: Bamberg besaß eine neue Sehenswürdigkeit.

Die Poller, die zur Absperrung dienten, funktionierten einwandfrei.

Fest der Liebe

Kommissar Küps sah sich um. »Hübsch hier. Stimmungsvoll.«

Brandeisen wies auf einen Sessel aus abwaschbarem Lackleder. »Und pflegeleicht.«

Die Wände des Zimmers waren zinnoberrot, ebenso Jalousien, Teppich, Spannlaken, Kissen, Tücher. Über dem Kopfende des Doppelbetts hing ein riesiger Spiegel, der alles reflektierte, was sich auf der Matratze normalerweise so abspielte.

Der Rahmen war ausladend und verschnörkelt. Küps schien sich für den Goldüberzug zu interessieren.

»Nehmen Sie ein paar Einrichtungsideen nach Hause mit«, schlug der Staatsanwalt vor. »Die Frau Gemahlin wird begeistert sein.«

»Was wissen denn Sie schon?«, brummte Küps. Er hielt den Staatsanwalt für den steifärschigsten Single, der ihm je begegnet war. Für Typen wie Brandeisen war das Wort »Junggeselle« überhaupt erst erfunden worden. Viele von denen liefen nicht mehr frei herum.

»Rot, die Farbe der Leidenschaft. Wie haben Sie Ihr Schlafzimmer gestrichen?«

In fränkischem Beige, dachte der Kommissar, auf Raufaser. Aber er sagte nichts und betrachtete wieder die Leiche.

Stadtrat Dössel lag in einer runden Badewanne in einem gefliesten Bereich, direkt dem Bett gegenüber. Eine Menge Wasser war über den Rand geschwappt, Dössels massiger Körper füllte die Wanne fast gänzlich aus. Seine toten Augen waren weit aufgerissen, die Gesichtszüge zu einem schiefen Lächeln erstarrt. Er sah ein bisschen aus wie ein Walross, das zu viel Ecstasy erwischt hat.

»Herzinfarkt, sagt der Rechtsmediziner.« Küps seufzte.

»Trotzdem ein schöner Tod. Irgendwie.«

»Die Frau, die ihm sein letztes Stündlein versüßt hat, behauptet das Gleiche.« Brandeisen warf einen Blick in sein

Notizbuch. »Sie wartet draußen. Fiona Felucci. Scheint Italienerin zu sein.«

»Das ist ein Künstlername.« Der Kommissar rollte mit den Augen.

»War bestimmt ein Schock für das arme Ding.«

»Berufsrisiko.«

»Etwas mehr Feingefühl, bitte.«

»Wir sind hier nicht in einer Therapiegruppe, Herr Staatsanwalt, sondern in Frankens größtem Puff.«

»Und Sie waren vermutlich ganz scharf darauf, dieses Etablissement von innen zu sehen.«

»Den Eintritt kann ich mir nicht leisten. 65 Euro, Bier extra. Das ist mehr was für Ihre Gehaltsgruppe.«

»Das Zielpublikum soll eben eine gewisse Klasse haben.«

Brandeisen war gegen seinen Willen beeindruckt von dem funkelnagelneuen Bamberger Bordell. Saunalandschaft, Wellnesszone, Kino. Ein riesiger »Clubraum« mit schweren Sofas und Tanzflächen für diverse Darbietungen, betont luxuriös, geradezu stilvoll. Die Lokalpresse überschlug sich vor Superlativen und blumigen PR-Floskeln, delirierte von »Genüssen wie aus dem Morgenland« – politisch nicht ganz korrekt, aber wer hatte je davon gehört, dass Islamisten ein Hurenhaus in die Luft jagten?

Endlich ein Hauch von großer weiter Welt in dem 70.000-Seelen-Städtchen. Bamberg verglich sich gern mit Metropolen wie London und New York, wegen der Symphoniker. Auch der Staatsanwalt liebte klassische Musik.

Ein vorzeigbarer Puff mit zwanzig Nutten hieß so viel wie: Wir gehören dazu, wir spielen mit im internationalen Konzert – so was hatten nicht mal die Pfeffersäcke in Nürnberg. Die zahlreichen Separees waren mit den besten Materialien ausgestattet. Es gab sogar eine SM-Folterhöhle und einen weiß gefliesten Raum für Doktorspiele. Soll da noch einer sagen, Bamberg lebe hinter dem Mond! Nein, man war am Puls der Zeit – auch wenn er wie bei Stadtrat Dössel im Belastungsfall versagte.

Küps sah das anders. Große, weite *Halb*welt, und die Politiker natürlich mittendrin, wie die Fische im Wasser.

Er zog Schutzhandschuhe über und untersuchte Dössels Klamotten, die auf dem Lackledersessel lagen. »Sehen Sie sich das an! Hat der hier Nikolaus gespielt?«

Ein roter Bademantel mit weißem Fellbesatz. Küps fand noch einen falschen Rauschebart und hielt ihn hoch. »Morgen ist Heiliger Abend. Passend, oder?«

»Ich möchte ja nicht pingelig sein, aber ein Kostüm dieser Machart wird von dem Weihnachtsmann getragen, der bekanntermaßen eine Erfindung des Coca-Cola-Konzerns ist. Der heilige Nikolaus hingegen war ein Bischof –«

»Mit Erektionsproblemen.« Küps förderte eine Tablettenpackung zutage und öffnete sie. »Viagra. Gerade erst angebrochen. Drei Pillen fehlen.«

»Und?«

»Wenn ich mir Dössel so anschau, hat der alle auf einmal eingeworfen. Fürs Herz ist das gar nicht gut.«

Brandeisen musterte den schlaffen Körper und räusperte sich. »Müsste die Wirkung nicht über den Tod hinaus andauern? Ich meine, in anatomischer Hinsicht würde man bei dem Stadtrat nicht auf den Gedanken kommen, dass er der Natur auf die Sprünge geholfen hat.«

»Ohne Anreiz kein Ständer, selbst mit Viagra.«

»Woher wissen Sie das so genau?«

»Man muss auf dem Laufenden bleiben«, wich Küps aus.

»Eine Obduktion würde uns weiterbringen. Aber dafür kriegen wir keine Genehmigung. Dössel hat das Zeug ja wohl freiwillig geschluckt.« Es war fünf Uhr morgens, er brauchte dringend einen Kaffee.

»Lassen Sie uns diese schmuddelige Angelegenheit so schnell wie möglich beenden«, sagte Brandeisen.

»An mir soll's nicht liegen.«

Als sie das Separee verließen, stürmte ein Team der Spurensicherung an ihnen vorbei, wie Kinder, nachdem das Christkind dagewesen ist und mit dem Glöckchen gebimmelt hat. Küps war gespannt, ob die jungen Kollegen auch wirklich alles fanden, was für die Lösung des Falles relevant war.

Der Clubraum, der auch »Kontaktbereich« genannt wurde, war weitgehend leer, so hatte es der Kommissar bei seiner Ankunft angeordnet. Zwei uniformierte Polizisten standen an der Eingangstür. Ein Barmann polierte Gläser und unterhielt sich mit Fiona Felucci, die auf einem Hocker am Tresen saß. Der Geschäftsführer des Bordells hielt sich im Hintergrund und wartete ab. Sein Laden war um diese Zeit ohnehin geschlossen, die Vorweihnachtszeit hatte einen fetten Gewinn in die Kasse gespült. Über die Feiertage bekamen die Mädchen frei, da blieb die Kundschaft lieber unter der Nordmanntanne im Familienkreis. Freundlicherweise hatte die Polizei ihre Fahrzeuge auf den Parkplätzen im Innenhof abgestellt.

Um einen Couchtisch herum saßen die drei Stadträte, mit denen Dössel hergekommen war. Der Kommissar bedankte sich für ihre Geduld und trank seinen Kaffee im Stehen. Es werde nicht lange dauern, der Fall sei mehr oder weniger eindeutig, Herzversagen, reine Formsache, ein paar Aussagen, und das war's.

Um einen Anwalt hatte keiner der drei gebeten. Was daran lag, dass die Kerle allesamt Anwälte waren. Sie repräsentierten die stärksten Parteien in Bamberg: Dr. Gierlak (CSU), Birkig (SPD) und Florea (Grüne). Dössel, von Beruf Unternehmensberater, gehörte einer freien Wählergruppe an.

Wie sich herausstellte, hatten sie nach den alkoholreichen Weihnachtsfeiern ihrer jeweiligen Fraktionen Lust auf ein wenig Abwechslung gehabt. Dass sie im Puff gelandet waren, sei Dössels Idee gewesen, erklärten sie übereinstimmend.

Man kenne sich schon lange, über die Parteigrenzen hinweg, treffe sich regelmäßig zu einer Schafkopfrunde. Unnötig zu erwähnen, dass der Kommissar ihre Anwesenheit an diesem Ort nach Möglichkeit mit der gebotenen Diskretion usw. usf.

»Sicher«, wiegelte Küps ab. »Sagen Sie mal, stimmt es, dass Dössel ein heißer Kandidat für ein Landtagsmandat war?«

»Liegt im Bereich des Möglichen.« Birkig spähte über seine randlose Brille hinweg. Es war ein offenes Geheimnis, dass er seine Haare färbte und Schuhe mit speziellen Einlagen trug, um größer zu wirken. Mit unbestimmten Anwaltsfloskeln konnte er immer dienen.

»Wenn der Hund net gschissen hätt, hätt er'n Hasen kricht!«, lallte Dr. Gierlak. Er schwitzte in seinen schlecht geschnittenen Anzug hinein, die nichtssagende Krawatte hing auf Halbmast. Mit einem Weißbier verdünnte er den Punsch und die zahlreichen Schnäpse in seiner Blutbahn. »Ich glaub ja nicht, dass die Freien Wähler überhaupt die Fünf-Prozent-Hürde packen. Die CSU ist wieder schwer im Kommen.«

Was wohl kaum für Gierlak selber galt, dachte Küps. Landtagsmandat. Für so einen Posten kamen diese Grasnarbenpolitiker, die sich mehr schlecht als recht auf ihren mittleren Listenplätzen hielten, eher nicht infrage.

»Dössel war ehrgeizig, der hätte das geschafft«, ließ sich der junge Florea vernehmen. Er war seit seiner Studentenzeit bei den Grünen, nicht aus Überzeugung, sondern weil seine damalige Freundin ihn dazu gedrängt hatte. Warum er ausgerechnet Anwalt geworden war, wusste er bis heute nicht. Gierlak und Birkig schoben ihm hin und wieder ein paar Mandanten zu, und Schafkopf spielte Florea für sein Leben gern. Momentan sehnte er sich nach einer Haschzigarette, ließ die Dinger aber in seinem Cordjackett stecken.

»Geben Sie uns noch ein paar Minuten«, sagte Küps und bat die drei Rechtsverdreher, weiter zu warten.

An der Bar kam Brandeisen mit der Dame vom Gewerbe ins Gespräch. Er schätzte sie auf Anfang dreißig. Fiona Felucci war unter ihrer Sonnenstudiobräune so fränkisch wie ein

Schäuferla und hieß eigentlich Karin Gundlitz. Der Ausschnitt ihrer Bluse machte der Sieben-Hügel-Stadt alle Ehre.

»Ich kann do fei nix dazu, Herr Staatsanwalt«, verteidigte sie sich. »Der Dössel hat sich britschabraat nei die Wanna gleecht. Etzertla spielst a mol U-Boot, hat er gsacht. Und dann war er blötzlich hie.«

»Tot?«

»Hie. Gabudd. Beim Daifl.«

»Da haben Sie sich bestimmt sehr erschrocken.«

»A bissla hat's scho gedauert, bis ich des gmerkt hab. Ich dreh ja kei Däumla, ich mach was für mei Geld.«

»Das wird wohl von Ihnen erwartet.«

»Aber so was is mir noch nie bassiert.« Sie schüttelte den Kopf. »Kurz vorm Häusla verreggd, wie beim Mensch-ärcher-dich-net.«

Karin Gundlitz war offenbar schwer zu erschüttern, dachte Brandeisen. »Es war ein Unfall«, stellte er klar. »Wir gehen davon aus, dass der Herr Stadtrat zu viel Viagra genommen hat.«

»Fiagra?«, brauste sie auf und hieb auf den Bartresen.

»Wenn ich des gwusst hätt, wär mir die Blunzn net neis Sebarree komma!«

Der Staatsanwalt übersetzte im Geiste. »Ist es nicht gang und gäbe, vor solchen ... Betätigungen potenzsteigernde Mittel zu nehmen?«

»Bei mir hat des noch kaner nötich ghabt! Da kannst den Birkig und den Gierlak fragen. Die zwa Kaschber hab ich dauernd in der Kur, wenn die beim Stammtisch warn und gsoffn ham.«

»Aha, die beiden kennen also Ihre Fähigkeiten.«

»Brauchst fräng.«

»Und Dössel?«, fragte Brandeisen.

»Der is nur manchmal zum Guggn do. Im Glubbraum.«

»War er heute zum ersten Mal bei Ihnen?«

»Zeit is worn!«

»Konnten Sie ihm erfolgreich zu Diensten sein?«

»Drückst du dich immer so gschwolln aus?«

»Gerichtsfest, meine Liebe, gerichtsfest.« Der Blick des Staatsanwalts blieb an der Hügellandschaft hängen. »Nun gut«, versuchte er es, »wir müssen wissen, unter welchem Belastungsgrad Dössel stand.«

Offenbar fühlte sich Karin Gundlitz in ihrer Berufsehre gekränkt. Sie zupfte ihre Silikonpolster zurecht, registrierte, wie Brandeisen die Luft wegblieb, und beruhigte sich allmählich.

»Von dem Fiagra hab ich nix gmerkt. Des dauert ja, bis des wirkt, a Stund oder so. Geloffn is also nur ... aweng, ich hab do so mei Driggsla. Aber zugschmarrt hat der mich, in einer Dour! Der konnt sei Waffel net halten, und an Saiä hat er ja eh scho ghabt. Dass er bald auf München fährt und anner von die Großkopferten werd, nach der nächsten Wahl.«

»Anstrengend, nicht wahr?«

Sie deutete auf ihre Ohren. »Des geht do nei und do wieder raus. Die Männer müssen sich halt broduziern.«

»Wem sagen Sie das?«

»Gell, des kennst du auch?«, fragte sie überrascht.

»Sie glauben nicht, was ich zu hören kriege, wenn ich einen dieser hohen Herren auch nur vorladen will, sagen wir als Zeugen wegen irgendeiner Bagatelle. Dann plustern die sich auf wie die Gockel auf dem Misthaufen. Nur, über ihren Misthaufen schauen die nicht hinaus, die kennen ja nichts anderes.« Brandeisen atmete durch. »Für die sind wir entweder nützlich oder lästig, Sie und ich, wir alle.«

Karin Gundlitz schenkte dem Staatsanwalt einen langen Blick. »Etzert gfällt mer, wiesd redst.«

Küps hatte inzwischen den Geschäftsführer und den Barkeeper ins Verhör genommen. Zunächst wusste keiner von beiden, was der Kommissar mit den unscheinbaren Löchern im Spiegelrahmen meinte. Küps ging mit ihnen ins Separee und zeigte ihnen die entsprechenden Stellen – die Leute von der Spurensicherung hatten sie natürlich übersehen.

Es waren Kameraobjektive, die alles aufnahmen, was sich auf Matratze, Sessel oder in der Badewanne zutrug.

»Ach das! Reine Sicherheitsmaßnahme«, sagte der Geschäftsführer.

»Wo werden die Videoaufzeichnungen gespeichert?«

»In meinem Büro.«

»Das würde ich mir gern anschauen.« Küps bedeutete dem Mann voranzugehen.

»Und was soll ich dabei?«, fragte der Barkeeper.

»Können Sie sich das nicht denken?«

Der Kommissar hatte die Belegschaft des neuen Bordells schon vor einigen Monaten routinemäßig überprüft. Der Barkeeper war ihm dabei besonders aufgefallen. Im Zusammenhang mit einer Erpressungsgeschichte in Berlin, die zwei Jahre zurücklag. Der Mann hatte damit gedroht, kompromittierende Sexbilder eines Bundesministers an die Opposition zu verhökern.

Es kam – seltsam genug – zur Anzeige. Der Fall gelangte nicht an die Öffentlichkeit, machte jedoch polizeiintern die Runde. Man spekulierte darüber, wie oft der Barkeeper diese Nummer schon erfolgreich durchgezogen haben mochte. Bei welchen Prominenten hatte er wohl heimlich abkassiert, ohne dass etwas nach außen gedrungen war?

Küps hatte den Mann im Verdacht, dass er seinen Nebenerwerb in Bamberg wieder aufnahm. Gelegenheit macht Diebe.

Ob er mit dem Geschäftsführer unter einer Decke steckte, war schwer zu sagen. Im Büro redete der Kommissar Klartext mit den beiden. Sie stritten alles ab.

»Was wollen Sie?«, regte sich der Barkeeper auf. »Der Stadtrat ist tot. Wie lässt er sich da noch erpressen?«

Er hatte recht. Das Video von Dössel zeigte zwar genug, um den Landtagskandidaten gehörig in die Bredouille zu bringen.

Aber er war unverheiratet, und einer Leiche konnte man kein Geld aus der Tasche ziehen.

Trotzdem hatte Küps das Gefühl, dass an dieser Sache irgendetwas faul war. Er beriet sich mit Brandeisen. Im Separee tauschten sie aus, was sie bislang in Erfahrung gebracht hatten. Langsam zeichnete sich ein Szenario ab.

Für eine Anklage reichte es vermutlich nicht. Doch wenn diesen staubigen Brüdern schon nicht mit dem Gesetz beizukommen war, sollte man ihnen wenigstens die Wahrheit um die Ohren hauen, das waren sie nicht gewohnt. Küps hatte keine Probleme, sich mit den drei Stadträten anzulegen – »Puffräte« traf es wohl besser. Und er liebte es, Brandeisen dabei zu beobachten, wie er Betriebstemperatur erreichte.

Der Staatsanwalt betrat mit forschem Schritt den Clubraum.

Dr. Gierlak war eingenickt.

Florea wedelte den Rauch seiner Selbstgedrehten beiseite.

Birkig sah auf seine Armbanduhr. »Sind wir jetzt endlich fertig? Wie lange dauert das denn noch?«

»Silentium«, fertigte ihn Brandeisen ab. »Der Fall ist gelöst.«

»So?«, fragte Birkig gedehnt.

Küps legte die Viagra-Packung auf den Tisch und zog den Blister heraus, in dem drei Tabletten fehlten.

»Fangen wir bei dem Kiffer an.« Brandeisen nahm Florea ins Visier, der wie ein Pennäler auf seinem Stuhl zusammensank und seinen Joint in der hohlen Hand verbarg. »Würde mich nicht wundern, wenn wir Ihre Fingerabdrücke auf dieser Schachtel fänden. Ihre Lebensgefährtin ist doch Apothekerin. Da bedient man sich schon mal aus den Regalen, wie?«

»Häh?«, brachte der halbherzige Grüne nach einigem Zögern hervor.

»Sie haben Dössel mit Viagra versorgt. Damit er auch sicher seinen Mann steht, am besten in Großaufnahme. Allerdings hat er gleich drei Pillen genommen, nach dem Motto ›viel hilft viel‹. Das konnten Sie nicht ahnen.«

»So blöd ist ja auch niemand«, sagte Florea lahm.

»Was wäre passiert, wenn alles wie am Schnürchen geklappt hätte?«, fuhr Brandeisen fort. »Ich will es Ihnen sagen. Der Barkeeper hätte dem Kollegen Birkig das Sexvideo von Dössel gegeben, das mit versteckter Kamera aufgenommen wurde.«

Er wandte sich dem Sozialdemokraten zu, dem seine Partei stets ein wenig peinlich war. »Und Sie hätten das Video *TV Oberfranken* zugespielt, dort gelten Sie als zuverlässige Quelle. Und wir hätten Dössel grob gepixelt in den Abendnachrichten bewundern können.«

Birkig lächelte, er fühlte sich allen Ernstes geschmeichelt. »Und weiter?«

»Doktor Gierlak hier«, Brandeisen rüttelte den CSU-Mann wach, »Doktor Gierlak hätte sich im *Fränkischen Tag* wortreich entrüstet. Dössel dürfe unter keinen Umständen in den Landtag einziehen –«

Gierlak schreckte hoch. »Eine Schande, jawohl!«, brabbelte er. »Der Dössel ist untragbar für jeden aufrechten Bayern, äh, Franken. Das gehört sich nicht, in so einer Lasterhöhle zu verkehren! Wenn unser hochverehrter ehemaliger Ministerpräsident Doktor Edmund Stoiber so einen Sittenverfall noch …« Er musste aufstoßen und wurde von einem schlimmen Schluckauf geschüttelt. Offenbar hatte er seinen Sermon schon einstudiert.

Birkig schloss die Augen. Womit hatte er solche Komplizen verdient?

Jetzt schaltete sich Küps ein. »Dössel wäre politisch tot gewesen, München ade.«

»Und das Motiv?«, fragte Birkig.

»Blanker Neid. Sie haben ihm die Butter auf dem Brot nicht gegönnt, Sie alle drei. Landtagsmandat, das heißt: eigenes Dienstzimmer im Maximilianeum, Sekretärin, üppiges Salär, bei Wiederwahl Pensionsanspruch. Nicht zu vergessen die kostenlosen Bahnfahrten. Für Sie liegt das in weiter Ferne. Also sollte es auch Dössel nicht kriegen.«

Birkig erhob sich. »Eine interessante Geschichte. Aber Sie können nichts davon beweisen. Und selbst wenn: Es wäre nicht strafbar.«

»Verschwinden Sie«, sagte Brandeisen.

Florea half Gierlak hoch, sie wankten zur Tür. »Frohe Weihnachten, meine Herren«, rief Birkig im Hinausgehen.

Küps genehmigte sich ein frühes Bier, er zapfte es selber.

Brandeisen trank ein saures Radler mit. Bis auf Karin Gundlitz, die am Tresen Sudokus löste, hatten sich alle verzogen. Sogar die Streifenbullen waren schon auf dem Weg in ihre Betten.

»Drauf geschissen«, stieß der Kommissar hervor.

»Wenigstens wissen die Kerle, dass wir sie durchschaut haben.«

»Ist denen doch wurscht.«

»Wir haben die Wahrheit ans Licht gebracht«, tröstete ihn Brandeisen.

Küps lachte hohl. »In der Zeitung wird von Dössels tragischem Ableben die Rede sein. Viel für die Stadt getan, nach einer Weihnachtsfeier das Zeitliche gesegnet. Wahrscheinlich zeichnet ihn der OB posthum mit der Bürgermedaille aus.«

Ein diabolischer Zug schlich sich in sein Gesicht. »Es sei denn, wir spielen Knecht Ruprecht und stecken die Story einem Verlag.«

»De mortuis nil nisi bene.«

»Sie mich auch.« Der Kommissar trank in einem Zug aus und wünschte dem Staatsanwalt schöne Feiertage. Er hatte schon gemerkt, dass sich Brandeisen krampfhaft an seinem Radler festhielt, und wollte nicht weiter stören.

»Grüße an die Frau Gemahlin. Seien Sie leise beim Heimkommen.«

»Die schläft wie ein Stein.« Küps tastete nach dem Autoschlüssel.

»Noch nicht müde?«, fragte Brandeisen.

»Ach woher.« Karin Gundlitz verkniff sich die übliche Augen-klimperei und die Hand auf dem Oberschenkel. Sie hatte Feier-abend und wollte Brandeisen nicht allzu sehr in Verlegenheit bringen. Inzwischen trug sie eine Strickweste. Die Hügel dräng-ten trotzdem heraus. »Was machst'n heut Abend, Schätzla?«

»Am Fest der Liebe?«

»Wenn's nur so wär«, sagte sie nachdenklich.

»Da höre ich bei mir zu Hause das Weihnachtsoratorium von Bach. In der Aufnahme von John Eliot Gardiner, wie jedes Jahr.«

»Musik?«

»So ungefähr.«

»Musik is nie verkehrt. Aber ganz allein ...«

»Die treue Hilda, eine dänische Dogge, hört mit. Leider ist sie schon ausgestopft.«

»Brauchst vielleicht aweng Gsellschaft?« Karins Frage klang ein bisschen traurig, gar nicht nach unmoralischem Angebot. So war es auch nicht gemeint. Sie tat sich schwer, die richtigen Worte zu finden.

Brandeisen spürte ihre Unsicherheit. Er war zwar nicht vertraut mit solchen Situationen, doch wer an die Tür der Her-berge klopft ...

Schließlich fasste er sich ein Herz und vollführte eine kleine Verbeugung. »Es wäre mir ein Vergnügen, Ihr Gastge-ber zu sein.«

Ihre Augen hellten sich auf. »Fei echt?«

»Fei echt.« Er überlegte. »Das U-Boot lassen wir lieber weg, wenn es Ihnen nichts ausmacht.«

»Kein Thema.« Karin passte ihre Aussprache an.

»Einen Baum müsste ich allerdings noch besorgen«, fiel ihm ein. »Jetzt ist bestimmt keiner mehr aufzutreiben.«

»Und hinter Waizendorf? Im Wald?«

»Mal sehen, ob ich im Keller eine Säge finde.« Brandeisen stand von seinem Barhocker auf. »Kommen Sie gleich mit? Mein Wagen steht vor der Tür.«

Sie sah an sich herab. »Soll ich was anderes anziehn?«
»Nur keine Umstände.«

Es lebe der König

Kommissar Küps blickte betrübt auf den verkrümmten Leichnam: »Der König ist tot.«

»Ach!«, riefen die Untertanen, und: »Weh!«

Ein Trupp Bereitschaftspolizei stand Spalier. *TV Oberfranken* übertrug live. Der Moderator fand gesetzte Worte, unterlegt mit Chopins Trauermarsch. Staatsanwalt Brandeisen indes, seit jeher Anti-Royalist, murmelte: »Das musste ja böse enden.«

Sylvester II. hatte sein letztes Seidla getrunken.

Wo? Auf seinem geliebten *Spezial-Keller* in Bamberg.

Wie? Zügig. Doch warum fand man Seine Majestät auf dem Spielplatz, der unmittelbar an den Biergarten angrenzte?

Die Feinde des selbst ernannten Königs aller Franken waren Legion. Dass er die Ablösung von Bayern und Reparationszahlungen in Höhe der Hypo-Alpe-Adria-Verluste forderte, war noch das Geringste. Sylvester II. strebte nach Höherem. Seine Regierungserklärung, beglaubigt von nicht weniger als zwölf Stammtischbrüdern, beinhaltete:

• Bierpreis frankenweit 1,50 € pro Seidla,

• Rauchen wieder überall erlaubt,

• freies Parken für Inhaber eines Frankenrechen-Aufklebers.

Für Küps war klar: Ein feiges Attentat hatte Sylvester II. niedergestreckt. Der Monarch hielt sein Zepter noch in der Hand: einen Krug Rauchbier, den er selbst im Augenblick des Todes nicht verschüttet hatte.

Brandeisen jedoch deutete auf das Karussell und verräterische Schleifspuren: »Ihr sogenannter König wollte im Suff eine Runde drehen. Dann hat es ihn aus der Kurve getragen.«

Die anwesenden Kinder bestätigten diesen schrecklichen Verdacht. »Der Onkel war betrunken«, quäkten sie. »Zsammgeweicht«, ergänzte ein der fränkischen Zunge mächtiger Knabe.

Unmündige Äußerungen, die keiner für bare Münze nahm. Sylvester II. erhielt ein Staatsbegräbnis.

Der Fall wurde nie gelöst. Seither ist der Thron verwaist.

Der Wörcher von Weipelsdorf

Ein fröhlicher Wandersmann sah anders aus. Nicht so blutleer im Gesicht. Ohne klaffende Brustwunde, die von einem mächtigen Prankenhieb herzurühren schien. Seine schreckensstarren, zum Zeitpunkt des Todes weit aufgerissenen Augen warfen die Frage auf: Welch Grauen hatte dieser Sterbliche geschaut?

Die Leiche lag auf der Ladefläche eines Traktoranhängers.

Bauer Gaiganz hatte sie beim Holzschlagen am Rand des Weipelsdorfer Waldes entdeckt und kurzerhand mitgenommen, damit die Krähen nicht auf falsche Gedanken kamen. Postmortaler Tierfraß: eine unschöne Sache.

Der Körper war auch so schon fürchterlich zugerichtet.

Wenn man genau hinsah, konnte man mehrere offen liegende Rippen und einen Teil des Brustbeins erkennen. Schneeflocken hatten sich auf dem geschwärzten Fleisch und den bleichen Knochen niedergelassen, als wollten sie einen Mantel der Gnade über den malträtierten Leib breiten.

Dem braven Landmann freilich, der nach drei mittäglichen Bockbieren ohnehin etwas wacklig auf den Beinen war, hatte der Anblick das Blut in den Adern gefrieren lassen. Gaiganz saß auf den Stufen seines Fertighauses Typ Stockholm 157 A und sah der Polizei wie gelähmt bei der Arbeit zu. Zwei grünsilberne Streifenwagen und ein Kleinbus standen in seinem Hof, mehrere uniformierte Beamte sicherten das Anwesen. So viel war hier schon lange nicht mehr los gewesen. Ein Team von der Spurensicherung packte gerade die Alukoffer aus und freute sich auf organische Proben. Der Misthaufen indes dampfte unheilschwanger vor sich hin.

»Zu kalt«, beschwerte sich Staatsanwalt Brandeisen und meinte damit nicht die Leiche, sondern sein Brötchen mit Kalbsleberkäse, das er sich aus einer Bischberger Metzgerei hatte bringen lassen. An diesem eisigen Januarnachmittag schien alles schiefzulaufen.

Kommissar Küps flößte dem Bauern Glühwein aus seinem Flachmann ein und nahm zwischendurch selber einen wärmenden Schluck. Kleine Atemwölkchen bildeten sich vor seinem Mund. »Selbstmord können wir wohl ausschließen«, meinte er ohne Ironie.

Brandeisen beendete seinen Imbiss und wandte sich erneut dem Hänger zu. Neben der Leiche lag ein schwarzer Schlapphut. »Was hat es damit auf sich?«

»Hab ich im Unterholz gefunden.« Gaiganz stierte zu Boden.

»Sie wissen, dass man an einem Tatort nichts verändern darf?«

»Hä?«

»Schauen Sie kein Fernsehen?« Der Staatsanwalt wies auf die Satellitenschüssel unter dem Giebel des Schwedenhauses.

»Lassen Sie den Mann in Ruh«, schaltete Küps sich ein. »Der hat einen Schock.«

»Haben Sie eine Ahnung, wer der Tote ist?« Brandeisen hob den Zeigefinger. »Ohne in seiner Brieftasche nachzuschauen!«

»Nein.«

»Aber ich.«

»Spucken Sie's schon aus!«

»Baptist Rübenacker. Landauf, landab bekannter Bauunternehmer und vielleicht peinlichster Kreisrat Bayerns.«

Küps wurde ganz flau im Magen. Er hievte sich hoch und überprüfte, ob der Staatsanwalt einen seiner geschmacklosen Witze machte.

Nein, es stimmte. Wenn man sich die Leiche mit diesem dämlichen Hut auf dem Kopf vorstellte, war kein Zweifel möglich: Rübenacker. Und das hieß jede Menge Scherereien.

Dabei hatte sich der Kommissar auf einen ruhigen Winter mit ausgedehnten Kartelabenden im Kollegenkreis eingestellt.

Stattdessen kamen jetzt unzählige Pressekonferenzen auf ihn zu, Berichte über Berichte, eine lückenlos dokumentierte Ermittlung, Lagebesprechungen mit den Klugscheißern vom LKA, vielleicht Rapport beim Innenminister. Für ihn als alten Bamberger bedeutete das Stress pur, Schafkopf ade.

Rübenacker. Der war eine Art Polit-Promi. Beruflich ein Selfmademan, der für seine Baufirma jeden Großauftrag zwischen Naila und Forchheim an Land zog. Als Kreisrat seit Jahren eine Macht, da er für seine unverblümten, volksnahen Worte bekannt war. Eine legendäre Parteitagsrede hatte seinen Ruhm weit über die Grenzen Frankens hinaus gemehrt. Unter anderem forderte er einen unabhängigen bayerischen Staat, nach Möglichkeit preußenfrei, mit Stoiber als Imperator.

Doch Rübenacker strebte nach Höherem. Auf einem Hügel über dem Maintal wollte er eine 66 Meter hohe Christusstatue errichten, ein achtes Weltwunder – doch den Leserbriefseiten des *Fränkischen Tags* war zu entnehmen, dass in Brasilien bereits etwas Ähnliches stand. Sogar der Erzbischof hatte leise Kritik angemeldet.

Und so einer, klagte Küps, war ausgerechnet in seinem Zuständigkeitsbereich aufgeschlitzt worden. Die Boulevardpresse würde den Teufel höchstpersönlich als Verdächtigen vorschlagen.

Wahlweise auch den Antichrist, linke Chaoten und andere Gegner des bayerischen Mittelstands.

»Keine Angst«, sagte Brandeisen, »wir stehen das gemeinsam durch.« Mit anzusehen, wie seinem Lieblingskommissar der Mut sank, behagte ihm gar nicht. »Rübenacker hatte viele Feinde. Wir werden schon einen finden, der für diese bestialische Tat infrage kommt.«

»Schauen Sie sich diese Wunden an!« Küps deutete auf den Brustkorb der Leiche. Da hatte jemand herumgemetzgert, als gäbe es kein Morgen.

Die Spuren, das musste der Staatsanwalt zugeben, schienen von Riesenkrallen verursacht zu sein.

Gaiganz, der sich inzwischen mit einer Literflasche Hausbrand versorgt hatte, gesellte sich zu den Kriminalern. »Das war kein Mensch«, murmelte er düster.

»Aber ein Tier von dieser Größe ...«, wunderte sich Brandeisen. »Womit könnten wir es hier zu tun haben?«

Der Bauer wiegte seinen Quadratschädel hin und her und schickte sich an zu antworten. Doch er besann sich und schielte zum Wald hinauf. »Nix gwieß waaß ma net.«

»Nun mal nicht so ängstlich, Gaiganz. Sie haben doch eine Vermutung.«

Plötzlich hörte man ein Knacken, trocken und hoch im Ton, als splitterten beindicke Äste. Es kam von einer Gruppe rabenschwarzer Buchen am Hügelkamm.

Dann ertönte ein Schrei.

Unendlich alt und unendlich grauenvoll.

Noch lange sollte er die Träume der Weipelsdorfer heimsuchen, ein Schrei, der nicht von dieser Welt zu stammen schien, sondern von einem Verdammten der Hölle. Halb Stöhnen, halb Brüllen entrang er sich einer Kehle, in welcher unsägliche Qualen seit dunkelsten Zeiten wüten mochten. Brachen Blutdurst und Wahnsinn nunmehr hervor und witterten ... Menschenfleisch?

»Was war das?«, rief Brandeisen. »Ist da wer?«

Die Stille nach seinen Worten dehnte sich. Niemand sagte etwas. Was auch immer da oben war – namenloser Schrecken kroch den Gesetzeshütern in die Eingeweide. Küps, der ohnehin zum Aberglauben neigte, stockte der Atem. Und keiner wusste, woher unvermittelt so viel Nebel kam. Dichte Schwaden wallten vom Gehölz herunter und tauchten den Bauernhof in ein aschfahles Licht. Die Luft wurde dick und dämmrig, man meinte, sie mit Händen greifen zu können.

Gaiganz verschwand im Haus, verriegelte die Tür von innen und setzte die Zwiesprache mit dem Schnaps fort. Seit seine Frau ihn mit dem Hof sitzen gelassen hatte, war das Delirium sein einziger, wenn auch treuer Gefährte.

Vom Hügelkamm erscholl kein weiteres Geräusch.

Schweigen.

Und die bange Hoffnung, vielleicht einer Sinnestäuschung aufgesessen zu sein.

Brandeisen wollte den Vorfall mit einer launigen Bemerkung überspielen, als ein seltsames Schlurfen seine Aufmerksamkeit weckte. Es kam von der Straße und näherte sich Schritt für Schritt, langsam und unbarmherzig. Bald hörte man auch ein Flüstern wie aus vielen Mündern. Doch im undurchdringlichen Nebel war nichts zu erkennen.

Das Team der Spurensicherung saß schneller im Kleinbus, als man »Hosenschisser« sagen konnte. Auch die uniformierten Kollegen verteilten sich in Windeseile auf die Wagen und taten so, als gäben sie Meldungen an die Zentrale durch. Küps war wie vom Erdboden verschluckt. Nur Brandeisen bot dem Schicksal die Stirn.

Nach und nach schälten sich Schemen aus dem trüben Dunst, Gestalten, bei denen es sich offenbar um fränkische Landbewohner handelte. Gleich einer Prozession von Pestkranken schoben sie sich zur Hofeinfahrt herein. Allerdings waren die Pestkranken bewaffnet. Sie hielten Sensen, Dreschflegel und Mistgabeln in den Händen, Saufedern und mittelalterliche Bärenspieße.

»Was soll dieser Aufmarsch?«, fragte Brandeisen.

Ein rotblonder Hüne in einem Bundeswehrparka, wohl der Sprecher dieser merkwürdigen Abordnung, trat vor.

»Wir wollen den Toten sehen.«

»Hat sich ja schnell herumgesprochen.«

»Die Zeichen. Sie sind überall.«

»Welche Zeichen?«, wollte der Staatsanwalt wissen und stellte sich zwischen den Hünen und den Hänger.

»Kälber mit weißem Fell und roten Augen wurden geboren.«

»Aha.«

»Am Himmel über Tütschengereuth hat man Polarlichter gesehen.«

»Wahrscheinlich übrig gebliebene Feuerwerkskörper von Silvester«, schlug Brandeisen vor.

»Und der Mond hatte gestern das Gesicht von Snaethor, dem isländischen Gott des Schnees.«

»Auf mich wirkte er mehr wie ... der Pettstadter Schmied?« Die Bauern murrten.

»Treiben Sie keinen Spott mit der Prophezeiung«, sagte der Hüne und baute sich vor Brandeisen auf. »Lassen Sie uns zu dem Toten durch!«

»Das ist keine öffentliche Leichenschau. Was haben Sie vor?«

»Wir müssen uns davon überzeugen, ob er Wunden trägt, wie sie vorausgesagt wurden.«

»Sie können nicht vorbei!« Brandeisen sah im Vergleich zu dem Hünen klein aus, grau und gebeugt wie ein dürrer Baum, ehe der Sturm losbricht. »Der Mann wurde an der Brust verletzt. Vielleicht mit einem Messer. Mehr kann ich nicht sagen.«

Ein Raunen ging durch die Reihen der unruhiger werdenden Bauernschar. »Der Wörcher!«, wurde es von einem zum anderen weitergegeben.

»Sie kennen ihn möglicherweise unter dem Namen Yeti«, erklärte der Hüne. »Lange Zeit hat er Ruhe gegeben. Doch jetzt ist der Wörcher wieder erwacht, im Weipelsdorfer Wald. Auf diesen Gefilden liegt seit Menschengedenken ein Fluch.«

»Wie sieht dieses Wesen aus?«

»Sein Fell ist weiß, seine Fänge sind lang, er misst zwei Meter neunzig, da wird's einem bang.«

»Klingt wie ein Kinderreim.«

»Der Wörcher wird großes Unheil über die Menschen bringen, wenn man ihm nicht gleich am Anfang seines Beutezugs Einhalt gebietet!«

»Und wie soll das funktionieren?«, fragte Brandeisen.

»Wenn ich für einen Augenblick davon ausgehe, dass Sie bei geistiger Gesundheit sind.«

»Wir müssen die Leiche zerstückeln und sternförmig im Wald verteilen, in der Form eines Pentagramms. So haben es schon unsere Vorfahren gemacht. Wenn der Wörcher alles auffrisst, wird er gebannt und durch Zeit und Raum in sein Winterreich zurückversetzt.«

»Kommt gar nicht infrage! Ich vertrete hier das Gesetz. Das, was Sie vorhaben, ist …«, der Staatsanwalt suchte nach dem juristischen Begriff, »Störung der Totenruhe, Paragraf 168. Im weitesten Sinne Sachbeschädigung!«

Die Bauern rückten näher und machten Anstalten, Brandeisen niederzuknüppeln. Irgendjemand warf eine Kettensäge an. Der Hüne streckte eine klodeckelgroße Hand aus.

»Keinen Schritt weiter!« Küps kam hinter einem Streifenwagen hervor. Er richtete ein Gewehr auf die wilde Meute und hielt sie damit in Schach.

Doch es war nicht irgendein Gewehr. Die Protecta Bulldog, Kaliber 12, genannt »Streetsweeper«, besaß ein Trommelmagazin und konnte sowohl Gummigeschosse als auch scharfe Flintenmunition verschießen. Küps hatte beides hintereinander geladen, zuerst Knock-out-Patronen, dann die humorlosen Kameraden. Seit einer halben Ewigkeit bewahrte er das gute Stück im Kofferraum auf, für einen Sondereinsatz wie diesen.

Wenn er gegen die Yeti-Fanatiker loslegte, würde der Bauernhof bald wie eine begehbare Schlachtschüssel aussehen: Blutwurst, Kesselfleisch, Kraut.

Zur Demonstration gab er einen Schuss auf Gaiganz' Scheune ab. Ein Werbeschild für Ölöfen, weitverbreitet auf dem Land, löste sich in eine Splitterwolke auf. Der Rest der Bretterwand schloss sich aus Sympathie an. »Schaut, dass ihr weiterkommt, ihr Kaschbä!«

Brandeisen schnürte seine Wanderstiefel. »Das war knapp.«

»Bassd scho.« Grummelnd sah Küps seinen Polizistenkollegen hinterher, wie sie den Hof Wagen für Wagen verließen.

Er hatte gute Lust, den Bullenfuhrpark mit seiner Protecta noch ein wenig zu demolieren. Auf diese jungen Hüpfer war kein Verlass. Na ja, wenigstens nahmen sie die Leiche mit in die Rechtsmedizin.

Am Ende blieb das ungleiche Ermittlerduo allein zurück.

Die Bauern hatten sich den durchschlagenden Argumenten des Kommissars nicht verschließen können und waren unter Verwünschungen abgezogen. Kurz darauf hatte sich der Nebel wie von Geisterhand gehoben.

Für Brandeisen gab es keinen Zweifel, was jetzt zu tun war: Tatortbegehung und nach weiteren Indizien suchen. Der Wald musste sein dunkles Geheimnis preisgeben.

Küps fühlte sich nicht wohl in seiner Haut. »Glauben Sie, dass an dieser Yetigeschichte was dran ist?«

»Fragen Sie das im Ernst?«

»Wir haben doch alle diesen Schrei gehört.«

»Irgendein Tier. Vielleicht ein Hirsch, der Wald ist voll davon.«

»Und die hässliche Brustwunde?«

»Bei Morden werden keine Schönheitspreise verliehen«, gab Brandeisen zurück und befestigte Stulpen an seinen Stiefeln. »Wenn Sie jemanden umbringen wollen und Sie haben, sagen wir, nur einen Dosenöffner dabei, dann sieht das hinterher nicht nach einer kosmetischen Operation aus, oder?«

Küps brütete vor sich hin. Während der Staatsanwalt mit wetterfester Thermokleidung bestens ausgerüstet war, trug er nur seinen Lodenjanker, der noch vom Bekleidungshaus *Speer* stammte, eine Flanellhose und Mokassins mit Gesundheitssohle. »Und wenn's den Wörcher wirklich gibt?«

»Das sind doch Ammenmärchen! Der Geist der Aufklärung scheint noch nicht nach Weipelsdorf vorgedrungen zu sein. Wir werden das ändern. Bringen wir Licht in die Mythen der Vorzeit!«

»Dann gehen Sie aber voraus.«

»Mit dem größten Vergnügen.« Brandeisen marschierte los. »So eine kleine Winterwanderung macht Appetit aufs Abendbrot.«

»Solange *wir* nicht das Abendbrot des Wörchers werden ...« Küps schulterte die Protecta und stapfte hinterdrein.

Die beiden verließen den Bauernhof und bogen nach rechts Richtung Wald ab. Im Dorf zeigte sich keine Menschenseele.

Überall waren die Rollläden heruntergelassen. Kein Rauch drang aus den Kaminen, nirgendwo heulte ein Hund.

Gaiganz hatte sich ebenfalls in seinem Haus verbarrikadiert und dem Staatsanwalt durch die Tür hindurch eine alkoholisierte Wegbeschreibung gegeben. Angeblich war der Fundort der Leiche nur zwei Kilometer entfernt.

Die Straße lag unter einer geschlossenen Schneedecke. Nach hundert Metern ging sie in einen Forstweg über, wo der Traktor des Bauern breite Reifenspuren im knietiefen Schnee hinterlassen hatte.

Von Statur eher bodennah, war Küps zäh wie ein Rauhaardackel. Mühelos hielt er mit dem langen Schlaks Brandeisen Schritt. Als sich die ersten Bäume zu beiden Seiten des Weges erhoben, wurde es merklich dunkler. Mächtige Tannen und Fichten bildeten eine Art Gewölbe, ihre Spitzen berührten einander fast. Es sah aus wie ein Torbogen zu einem finsteren Stollen, von dem noch kein wackerer Hauptkommissar je lebend wiedergekehrt war.

Der Pfad wurde schmaler und wand sich bald links, bald rechts um die pockennarbigen Stämme. Nicht lange, und das Licht des Eingangs war nur noch ein vages Versprechen weit hinter Brandeisen und Küps. Stumm stand der Wald. Das Knirschen der vom Schnee überladenen Zweige war das einzige Geräusch, das sie hörten.

Und es wurde kälter. Frost fuhr den Gefährten wie mit Reißzähnen in die Glieder.

»Ein bisschen frisch, finden Sie nicht?«

»Erinnert mich an einen Sommer in der Rhön«, schnaufte der Kommissar. »Meine Frau wollte da unbedingt hin.«

Brandeisen hielt eine zwanglose Unterhaltung für genau das Richtige, um die Moral zu heben. »Sind Sie nicht stolzer Besitzer eines Wohnmobils?«

»Da hab ich lieber ein Geschwür.«

»Na, na! Mit einem solch formidablen Vehikel hat man doch alle Freiheiten.«

»Nicht, wenn man Tag und Nacht damit beschäftigt ist, das Scheißding sauber zu halten«, brummte Küps. »Hab's verkauft.«

»Ihre Gattin schätzt wohl Hygiene.«

»Die hätte besser Meister Proper heiraten sollen. Die zwei würden sich glänzend verstehen.«

»Glänzend? Sie neigen zu Wortspielen, mon commissaire.«

Küps hielt an und holte seinen Flachmann hervor. »Zeit für eine Pause. Schluck Glühwein?«

»Ausnahmsweise.« Der Staatsanwalt drehte den Schraubverschluss auf und setzte an. Doch nichts kam heraus. »Leer.«

»Gaiganz, dieser Schluckspecht!«, fluchte Küps. »Jetzt sitzen wir auf dem Trockenen. Wie weit ist es denn noch?«

»Schwer zu sagen.«

»Sie müssen doch ungefähr wissen, wo wir sind.«

»Um ehrlich zu sein, habe ich ein wenig das Gefühl für Entfernungen verloren. Diese Düsternis, gepaart mit der Stille ...« Brandeisen druckste herum. »Bei all dem Schnee kann man gar nichts mehr erkennen. Da verpasst man leicht eine Abzweigung.«

Küps bemerkte, dass die Spuren des Traktors verschwunden waren. Ohne nachzudenken, war er einfach den Fußstapfen des Staatsanwalts gefolgt. »Sind wir überhaupt noch auf einem Weg?«

»Sie wollten doch, dass ich vorangehe! Ich bin ein Stadtmensch, kein Waldschrat. Die Vernunft hasst die Natur.«

»Mit anderen Worten: Wir haben uns verirrt.«

»Kann sein.«

»Bald ist es hier zappenduster. Winterzeit.«

»Pfadfinderweisheiten helfen uns jetzt auch nicht weiter. Haben Sie ein Funkgerät dabei?«

»Hab ich nie.« Der Kommissar war kein Freund der Technik.

»Handy?«

»Das braucht meine Frau. Haben Sie denn keins?«

Brandeisen kramte in seiner Funktionsjacke und stieß auf ein funkelnagelneues Mobiltelefon, eine Prämie des Verbands fränkischer Staatsanwälte, weil er im vergangenen Jahr über hundert Mal die Höchststrafe gefordert hatte. Er drückte planlos darauf herum, das Display blieb schwarz. »Der Akku ist leer.« Mit unbestechlicher Logik fügte er hinzu: »Wir sind von der Außenwelt abgeschnitten.«

Plötzlich war es ihm, als stünden die Bäume dichter beisammen. Und rückten sie nicht langsam näher und streckten ihre greisendürren Astfinger nach ihnen aus?

»Haben Sie das gesehen?«, fragte Küps und deutete auf einen Wall aus Tannen, der den vor ihnen liegenden Hang fast unpassierbar machte.

»Was?«

»Da waren ... Augen.«

»Wo?«

»Zwischen den Stämmen. Sie haben uns angestarrt.«

»Der Wörcher sucht wohl Gesellschaft.« Brandeisen wollte seinem Witz ein unbekümmertes Lachen hinterherschicken, doch seine Stimme klang hohl. Ihm wurde bewusst, dass solche Sprüche das Unglück geradezu heraufbeschworen.

Küps nahm die Protecta von der Schulter. »Mich kriegt er nicht so leicht.«

»Und was ist mit mir? Ich bin unbewaffnet.«

»Beten Sie! Wir haben es mit einem Feind zu tun, der weder Furcht noch Gnade kennt, einem Dämon der Alten Welt. Lange schlief er, bis Rübenacker ihn wieder aufgestört hat.«

Wie zur Bekräftigung dieser ahnungsvollen Worte hörten sie ein tiefes Grollen vom Hang herunterdringen. Verstand der Wörcher ihre Sprache? Oder spürte er die Todesangst in den pochenden Herzen dieser Narren, die seinem Lockruf so leichtfertig gefolgt waren?

Der Staatsanwalt begriff. Ratio und akademisches Wissen waren so ziemlich das Letzte, was jetzt noch half. Seit er im Wald die Orientierung verloren hatte, war ihm ein Schatten auf die Seele gefallen, eine unerklärliche Beklemmung, gegen die er sich nicht zu wehren vermochte. Bis ins Mark drang sie und erfüllte ihn mit lähmendem Entsetzen. »Wehe! Wehe!«, jammerte er.

»Es war mir eine Ehre, mit Ihnen zusammengearbeitet zu haben«, sagte Küps feierlich und blickte wie einer, der vertieft ist in Gedanken an weit entfernte Dinge.

»Sie meinen … es endet hier?« Brandeisen sog die bitterkalte Luft ein.

Der Kommissar gab sich alle Mühe, gefasst zu bleiben. Doch fragte er sich, ob die Klinge nicht erst geschmiedet werden musste, welche den Wörcher bezwang. Was konnte er schon ausrichten mit einer plumpen Waffe des Fortschritts? Waren hier nicht Kräfte gefordert, die seine Fähigkeiten weit überstiegen?

In dieser Stunde der Anfechtung war es die Aussicht auf seinen geliebten Krustenbraten mit Wirsing und Klößen, die am meisten dazu beitrug, dass er fest blieb. Er stählte seinen Willen und machte einen Schritt den Hang hinan. »Für Bamberg!«, trieb er sich an und rückte vor, die Protecta im Anschlag.

Brandeisen schreckte aus seiner Trance hoch und schüttelte die Verzagtheit wie einen bösen Wachtraum ab. »Gerechtigkeit!« Im Gehen hob er einen schweren Ast auf. Damit war er nicht gänzlich wehrlos. Rasch schloss er zu Küps auf.

Nach dem ersten steilen Stück stapften sie schweigend durch den Schnee, die Sinne bis zum Zerreißen gespannt.

Sie machten einen Bogen um den Wall aus Tannen. Geduckt kämpften sie sich voran. Dornenbewehrte Zweige schlugen ihnen immer wieder ins Gesicht und zerrten an Armen und Beinen.

Schließlich erreichten sie den Scheitelpunkt des Hanges, das Gelände wurde ebener. Und war das nicht ein Forstweg, der im schwindenden Tageslicht gerade noch zu erkennen war?

Brandeisen sah die Bestie erst, als sie bereits im Sprung war. Schwarz wie aus der finstersten Kammer der Hölle, die Zähne gierig gefletscht, Augen wie glühende Kohlen und ein Rachen, der zwei Männer auf einmal zu verschlingen drohte.

Die Protecta brüllte auf.

Küps trat gewandter beiseite, als man es ihm zugetraut hätte. Das Untier schlitterte über den gefrorenen Untergrund und blieb reglos liegen.

Brandeisen wollte sich schon über den Körper beugen, als er wahrnahm, wie sich eine Gestalt näherte. Ihre Haut war von weißer Farbe, von der Farbe des leuchtendsten, blendendsten ewigen Schnees. Von ihren Pranken troff frisches Blut …

»Kripo Bamberg!«, schrie Küps.

Das Wesen sperrte ungläubig sein Maul auf.

Der Kommissar hatte inzwischen nur noch scharfe Munition in seinem Magazin. Er ließ erneut die Protecta sprechen, die Schrotladung machte einen Krater in den Weg. »Jetzt schaust, wie'st guggst!« Dann senkte er die Waffe.

Der Mann wehrte sich mit aller Unflätigkeit, die einem neureichen Billigbierfabrikanten zu Gebote stand. Umso größer war Brandeisens Freude, ihm Handschellen anzulegen, ein Privileg, das Küps dem Staatsanwalt zur Feier des Tages zugestand.

Melchior Tschirn war bei der Forstverwaltung kein Unbekannter und galt als Schande der Jägerzunft. Zunächst einmal fuhr er einen weißen Porsche Cayenne mit getönten Scheiben und Haßfurter Nummernschild. Brandeisen hatte schon für geringere Vergehen lebenslanges Zuchthaus durchgesetzt. Doch nicht genug: Tschirn hielt sich einen schwarzen Dobermann als Jagdhund. Küps hatte das Vieh mit Gummigeschossen ausgeknockt.

Die Xenon-Scheinwerfer des Cayenne, die Küps für Augen gehalten hatte, beleuchteten ein Bild des Schreckens. Vor dem Wagen lag in aller Unschuld: ein totes Reh mit seinem Kitz.

Tschirn war beim Ausweiden unterbrochen worden. Er hatte die Tiere geschossen, obwohl am 15. Januar die Schonzeit begonnen hatte. Deswegen trug er einen weißen Camouflage-Anzug und benutzte einen Mündungsschalldämpfer für sein G22-Armeegewehr, eine unsportliche Angeberwaffe. Nachdem er die Kriminaler mit einer Schimpftirade überzogen und auf seine guten Beziehungen zur Politik hingewiesen hatte, war er endlich still.

»Mit viel Fantasie sieht so ein Kerl wie der Yeti aus«, gab Brandeisen zu bedenken.

»Oder wie der Wörcher«, sagte Küps.

»Drollige Geschichte. Ich habe natürlich keine Sekunde daran geglaubt.«

»So?«

»Wörcher – was bedeutet das überhaupt? Würger?«

»Wenn jemand wie ein Wilder arbeitet, wörcht er.«

»Vielleicht nur eine Wortschöpfung, die möglichst bedrohlich klingen soll. Als ob wir uns von fränkischer Mundart ins Bockshorn jagen ließen!« Brandeisen rieb sich die Hände. »Damit wäre das Rätsel jedenfalls gelöst. Jetzt laden wir noch die Töle und das Schalenwild ein und fahren in dieser Peinlichkeit von Auto zur Polizeiinspektion.«

»Moment!«, wandte der Kommissar ein. »Dieser Dobermann war ungewöhnlich scharf. Vielleicht hat er etwas gewittert, das uns im Fall Rübenacker weiterbringt. Wir sollten diesem Weg ein Stück weit folgen.«

»Richtig, unsere Tatortbegehung.« Brandeisen griff sich an die Stirn. Diese Pflichtvergessenheit! »Dann wollen wir mal.«

Küps entdeckte im Kofferraum des Cayenne eine Taschenlampe.

»Die borgen wir uns kurz aus.«

»Sie können mich nicht einfach zurücklassen!«, protestierte Tschirn und zappelte mit seinen im Rücken gefesselten Händen umher. »Machen Sie mir die Dinger wieder ab, das ist Körperverletzung.«

»Nevermore«, sagte Brandeisen, obwohl er annahm, dass Tschirn keinen Sinn für Poe-Zitate besaß.

Die Taschenlampe warf nur einen spärlichen Lichtkegel in das Land der Dunkelheit, wohin die beiden Ermittler nunmehr vordrangen. Ein Käuzchen stieß einen fernen Klageruf aus. Oder war es eine Warnung?

Küpsens durchweichte Schuhe gaben bei jedem Schritt ein Schmatzen von sich, nicht unähnlich den Fressgeräuschen jener untoten Wiedergänger, die gemeinhin Zombies genannt wurden. Im Film, das wusste er, verspeisten sie schon mal die Bewohner einer ganzen Kleinstadt und taten sich bevorzugt an gut genährten Polizisten gütlich.

Mit der Festnahme von Tschirn schien die Gefahr freilich gebannt und der Wörcher als Hirngespinst entlarvt. Und doch musste der Kommissar immer wieder an diesen grauenvollen Schrei denken, der überall in Weipelsdorf zu hören gewesen war. Was konnte sein Ursprung sein? Ein Jogger, der sich den Knöchel verstaucht hatte – beim winterlichen Training für den nächsten Weltkulturerbelauf? Vielleicht. Die Kreatur indes, die über Rübenacker hergefallen und bei ihrem schändlichen Schmaus möglicherweise gestört worden war, lief nach wie vor frei herum, da konnte Brandeisen scherzen, so viel er wollte.

Sie erreichten eine Kreuzung. Der Staatsanwalt meinte, die Stelle wiederzuerkennen, die Bauer Gaiganz ihm beschrieben hatte. In der Nähe musste die Leiche gelegen haben.

Küps umschloss die Protecta fester.

Brandeisen leuchtete den Boden ab und stieß auf einen großen dunklen Fleck im Schnee. »Könnte von Rübenackers Brustwunde stammen. Hier sind auch Abdrücke eines Körpers.« Er wies auf entsprechende Kuhlen und markierte sie mit niedlichen roten Fähnchen, von denen er einen Vorrat mitgenommen hatte.

»Dann hat Gaiganz die Wahrheit gesagt. Schicken Sie morgen die Spurensicherung her.« Der Kommissar verkniff sich die Bemerkung: Können wir jetzt gehen?

»Sehen Sie das?« Brandeisen hatte weitere Flecken im Schnee entdeckt. »Eine Blutspur.«

»Wie?«

»Mag sein, dass der Mann hier, wo wir stehen, sein Leben ausgehaucht hat. Aber tödlich verletzt wurde er an einem anderen Ort.«

»Von mir aus.«

»Wo bleibt Ihr Forscherdrang, mein Lieber?« Brandeisen folgte den Flecken. Kunstsinnige Augen mochten sie mit Tuscheklecksen auf einem blütenweißen Blatt Papier vergleichen. Zuweilen betätigte sich der Tod als Maler und zeigte den Lebenden, dass seinem Pinselstrich eine gewisse Ästhetik innewohnte.

Küps folgte der Taschenlampe. Verdammte Hacke!

Schon nach wenigen Metern kamen sie zum Waldrand. Sternenloser Himmel, der Mond verbarg sich hinter Wolkenbänken.

Es roch nach Verwesung.

In dem alten Zombievideo, das Küps einlegte, wenn seine Frau auf Kur war, kündigte Leichengestank zumeist eine neue Attacke der Untoten an. Mit der Protecta konnte er den ersten Angreifern vielleicht die Köpfe wegblasen. Aber Zombies traten meist in Rudeln auf ...

»Ist das nicht ein Stückchen Lunge?« Brandeisen untersuchte einen Geweberest, der an einem abgebrochenen, spitz zulaufenden Ast hängen geblieben war.

Ein Stück weiter fand er einen Hautlappen in einem Brombeerstrauch.

»Was stinkt hier so?«, rief er ungehalten, bis er feststellte, dass sich ein Feld mit Winterkohl in die Finsternis erstreckte. Direkt neben dem Acker endete die Blutspur. Der Staatsanwalt leuchtete, was das Zeug hielt, und war schließlich in der Lage, die Todesursache festzustellen. Er brauchte nur eins und eins zusammenzuzählen.

Vor ihm lag eine alte Egge. An ihren Zinken befanden sich so viele menschliche Überreste, dass es als Anschauungsmaterial für ein ganzes Pathologiesemester reichte. Eine leere Flasche Hausbrand ohne Etikett komplettierte das Indizienensemble.

»Es war ein tragischer Unfall«, erklärte er Küps. »Rübenacker holte sich von Gaiganz dieses Teufelszeug.« Brandeisen roch an der Flasche und drehte sich weg, um schweren Verätzungen der Atemwege vorzubeugen. »Dann stürzte er betrunken in die Egge, riss sich den Brustkorb auf und taumelte schwer verletzt in den Wald hinein, bis er irgendwann nicht mehr konnte und seinem Schöpfer gegenübertrat.«

»So weit alles klar.« Küps hob den Lauf der Protecta. »Dann sagen Sie das mal diesen Gestalten.«

Wie auf Kommando lösten sich die Wolken am Nachthimmel auf, und der Mond beleuchtete eine schauerliche Szenerie. Horden von Zombies näherten sich.

Doch wie so oft an diesem kältestarren Wintertag trog der Schein. Zombies sind ja bekannt für ihre verlangsamte Motorik und darin den Franken verwandt. Tatsächlich waren es aber Weipelsdorfer, Trosdorfer und Bischberger Bürger, welche mit mählichem Schritt über Feld, Wald und Flur herbeischlurften, um Brandeisen und Küps – ja, was? – hochleben zu lassen!

»Sie haben uns vom bösen Tschirn befreit«, intonierte der Hüne im Bundeswehrparka. Seine Getreuen fielen in den Singsang ein: »Und von seinem Köter!«

Die durchgefrorenen Kriminaler wurden im Triumphzug zum Feuerwehrgerätehaus von Viereth geleitet, wo man ein spontanes Freudenfest veranstaltete. Glücklicherweise war erst am Morgen geschlachtet worden. Nach dem Bankett musste man volle Platten mit Spanferkel samt Rüssäla und Öhrla wieder hinaustragen – Zeichen einer rundum gelungenen Feier mit pappsatten Gästen. Der Hüne entpuppte sich als Dozent für mittelalterliche Archäologie, deshalb war seine Ausdrucksweise etwas angestaubt. »Wir konnten unser Begehr nicht offen vortragen«, sagte er. »Aus diesem Grund verfielen wir auf die Geschichte vom Wörcher. Sonst hätte Tschirn die strafende Hand des Gesetzes nie zu spüren bekommen.«

Beim Verdauungsmagenbitter fiel dem Kommissar ein, dass Tschirn immer noch in Handschellen auf ihre Rückkehr wartete. Ein Anruf bei der Zentrale regelte auch dies. Mussten die uniformierten Kollegen eben ein weiteres Mal ausrücken.

Einziger Wermutstropfen des Abends: Als Brandeisen auf die Identität des unglücklichen Todesopfers zu sprechen kam, wurde einhellig bestritten, dass es sich um Rübenacker handelte. Unmöglich! Der Kreisrat befand sich gerade auf einer Reise nach Übersee, das hatte er in der Lokalpresse PR-wirksam hinausposaunt.

In Wirklichkeit war der Tote ein weitgehend unbekannter Gemeinderat, der mit derselben Masche wie Rübenacker, mit Hut und großer Klappe, auf Stimmenfang gehen und Karriere machen wollte. Doch dieser hochfliegende Plan hatte im Weipelsdorfer Wald ein jähes, selbst verschuldetes Ende gefunden.

Rübenacker hingegen weilte zur Zeit des Unfalls in den USA. Dort studierte er das Nationaldenkmal am Mount Rushmore, wo die Gesichter von vier US-Präsidenten in den Fels gehauen waren. Etwas Vergleichbares schwebte ihm für Franken vor. So beabsichtigte er, in die Südwand des Staffelbergs die Konterfeie von Ludwig II., Franz-Josef Strauß, Lothar Matthäus und sich selbst meißeln zu lassen.

Ein Investor stand schon Gewehr bei Fuß: Melchior Tschirn. Das Vorhaben hatte gute Chancen, vom Kreistag bewilligt zu werden.

Eine Leiche im Gärkeller

Die Schuhe von Richter Winterling waren auf den ersten Blick schwer zu erkennen. Es waren solide, handgenähte Maßanfertigungen aus Wasserbüffelleder, doch befanden sie sich in einer ungewöhnlichen Position. Der Richter hatte sie sich von einem Schuster in Trastevere anfertigen lassen, als Erinnerung an einen Kurzurlaub in der Ewigen Stadt. Winterling hatte besonderes Interesse für das Kolosseum gezeigt, wo so manch kaiserliches Todesurteil vollstreckt worden war. Ansonsten hatte er sich dem Erwerb neuen Schuhwerks gewidmet. Seit seiner Pensionierung besaß er eine Schwäche dafür.

Die Schuhe wiesen ein hübsches Lochmuster auf. Die Sohlen waren kaum abgelaufen und glänzten an manchen Stellen. Sie zeigten zur Decke. Der dazugehörige Richter steckte in einem Gärbottich. Sein langer Gehapparat ragte ein kleines Stück über den Rand des Behältnisses heraus.

Abgesehen von der Leiche war der Bottich leer. Er besaß einen Durchmesser von einem Meter sechzig und stand in einem schwach beleuchteten Bereich des Fränkischen Brauereimuseums. Das Museum lag in Bamberg. Auf dem dortigen Michaelsberg brauten die Benediktiner schon Bier, als der Rest von Europa noch damit beschäftigt war, sich wechselseitig zu massakrieren. Das war im II. Jahrhundert gewesen, doch ein Massaker hatte auch im Brauereimuseum stattgefunden; zumindest ein kleines.

Der Richter war korrekt gekleidet. Er trug einen dunkelgrauen Dreiteiler und Strumpfhalter, wie inzwischen zu erkennen war, da die Techniker von der Spurensicherung Halogenscheinwerfer aufgestellt hatten. Winterling hatte mehrere Tage in dem Gärbottich gelegen. Sein Rumpf war stark gebogen, die Hände lagen im Schoß, als habe er sich in dieser unbequemen Position zu einem Nickerchen niedergelassen. Der Körper musste in den Bottich gelangt sein, bevor die Totenstarre eingesetzt hatte. Die Krawatte des Richters war mit einer Nadel an der Hemdbrust befestigt, sodass ihre dreieckige Spitze nicht mit der Blutlache am Grunde des Bottichs in Berührung kam.

Staatsanwalt Brandeisen kannte diese Krawatte. Sie war stets blütenweiß, ein Blickfang in jedem Sitzungssaal, die Farbe der Unfehlbarkeit. Winterling hatte sie auch außerhalb des Justizgebäudes getragen und dadurch eine unsichtbare Grenze gezogen zwischen sich und der Welt.

Brandeisen stand auf einer Leiter, die zu Demonstrationszwecken an dem Bottich lehnte. Als zuständiger Staatsanwalt hatte er die Pflicht, den Tatort in Augenschein zu nehmen. Er richtete den Strahl seiner Taschenlampe auf die Überbleibsel von Winterlings Schädel. Die Tatwaffe, ein monströser Eispickel aus dem 19. Jahrhundert, war bereits sichergestellt. Der Mörder hatte ganze Arbeit geleistet.

Brandeisen nickte gedankenschwer und stieg die Leiter hinunter. Seine eigenen Schuhe steckten in Füßlingen aus Plastikfolie. »Ob es wohl möglich ist, ein Brötchen mit Kalbsleberkäse zu bekommen?«, fragte er in die Runde.

Auf einen Wink von Kommissar Küps setzte sich ein Polizeischüler in Bewegung. Küps war mit den Wünschen des Staatsanwalts vertraut. »*Kalbs*leberkäse«, schärfte er dem jungen Mann ein. »Sie fahren am besten zur Metzgerei Scharf.« Der Polizeischüler entfernte sich.

Während Brandeisen auf den Imbiss wartete, untersuchte er das zweite Untergeschoss des Brauereimuseums. Kommissar Küps, dem seine Frau ein reichhaltiges Frühstück aufgedrängt hatte, begleitete ihn. Die beiden ergänzten sich normalerweise ohne Probleme. Der hoch aufgeschossene Brandeisen konnte sich auf den gedrungenen Küps zu hundert Prozent verlassen. Aber Morde kamen selten vor in Bamberg, und Morde an pensionierten Richtern stellten eine skandalöse Ausnahme dar.

Trotz der Scheinwerfer hockte in jeder Ecke des historischen Gär- und Lagerkellers ein Schatten. Da der große Raum reichlich verwinkelt war, gab es viele davon. Ein Fenster mit einer hölzernen Stiege davor diente als Notausgang. Es führte zu einer Straße unterhalb des Klosterbergs, dem sogenannten Maienbrunnen, und war mit zwei kleinen Flügelriegeln von innen verschlossen.

Die hohe Luftfeuchtigkeit verschluckte die Stimmen der Ermittler. Beim Anblick der schweren Gerätschaften, die ehedem fürs Brauen verwendet worden waren, fand Brandeisen, dass der Richter ein vergleichsweise langes Leben gehabt hatte. In früherer Zeit, so ging aus der Ausstellung hervor, konnten Bierbrauer froh sein, wenn sie älter als vierzig Jahre wurden. Wegen der starken Temperaturunterschiede und der permanenten Feuchtigkeit war das alte Handwerk Knochenarbeit gewesen.

Richter Winterling roch schon ein bisschen, ein Umstand, den er zu Lebzeiten gewiss vermieden hätte. Schon allein wegen seiner jungen Gattin Marietheres.

Brandeisen hatte das Gefühl, als ginge er über Schmirgelpapier. Das Kopfsteinpflaster erzeugte diese Geräusche im Zusammenspiel mit der Plastikfolie an seinen Füßen. Draußen auf den herbstlichen Straßen war es nicht anders. Durch den fortgesetzten Nieselregen entstand ein seifiger Film. Herabfallende Blätter machten ihn noch rutschiger. Man musste genau aufpassen, wo man seine Schritte hinsetzte.

»Die Tatwaffe stammt aus dem Eiskeller.« Kommissar Küps führte Brandeisen in einen kreisrunden Raum. Er sah aus wie das Innere eines Turms. Die Wände waren so schwarz wie die Seele eines korrupten Abts. An der Mauer lehnten allerlei Werkzeuge, unter denen ein Eispickel noch das handlichste war. Daneben gab es mächtige Hämmer, eine Reihe spitzer Zangen, die an eine Stahlgießerei erinnerten, sowie eine Säge mit einem langen, gefährlich gezackten Blatt. Solche Instrumente dienten auf den Höllenbildern des Hieronymus Bosch dazu, schweren Sündern möglichst abschreckende Qualen zu bereiten. Jedem schwankenden Gläubigen sollte vor Augen geführt werden, dass er dermaleinst im Orkus zum Mindesten einen aufgestemmten Brustkorb oder ein paar abgetrennte Gliedmaßen zu gewärtigen habe.

Am Boden befand sich ein dunkler, von der Spurensicherung markierter Fleck. Eine schmale Treppe führte an der Wand des Eiskellers spiralförmig nach oben. Nach etwa zehn ausgetretenen und zum Teil stark verwitterten Stufen lag der Weg im Dunkeln. Hoch oben war ein Entlüftungsrohr aus Edelstahl angebracht. Man konnte es gerade noch erkennen.

»Wo endet diese Treppe?«, rief Brandeisen, um die Ventilationsanlage zu übertönen.

»Neben der Museumsgaststube, auf Straßenniveau«, erwiderte Küps.

»Das Eis wurde durch eine Luke weiter oben heruntergeworfen«, schaltete sich Titus Groll ein. Der Mann war einer der Vorstände des privat geführten Brauereimuseums und erklärte den Ermittlern die Örtlichkeiten. Er hatte die Leiche gefunden. Sein Schock war einem sympathischen Mitteilungsdrang gewichen. »Früher war es keine Seltenheit, dass ein Mönch von den herabfallenden Eisblöcken erschlagen wurde.«

»Weiter oben gibt es eine Tür«, ergänzte Küps. »Ein altertümliches Schloss, leicht zu knacken.«

»Der Täter könnte sich über diese Treppe entfernt haben«, sagte Brandeisen. »Irgendwelche Spuren?«

»Hier im Eiskeller mehr als genug. Jede Besuchergruppe wird hier zum Abschluss hereingeführt. Die Treppe wird selten benutzt. Außer ein paar Schuhsohlenabdrücken haben meine Leute nicht das Geringste gefunden.«

»Manchmal gehen Besucher die ersten paar Stufen hoch«, bemerkte Titus Groll.

»Der Richter wurde also hier umgebracht?«, fragte Brandeisen und deutete auf den Blutfleck am Boden.

»Das ist anzunehmen.«

»Dann wurde er zu dem Gärbottich geschleift und hineingeworfen.«

»Davon gehen wir aus«, gab Küps zurück. Die Spuren auf dem Boden ließen keine andere Annahme zu. Er hasste es, wenn der Staatsanwalt ein Kapitalverbrechen so zusammenfasste, als müsse er es einem Kind erklären.

»Der Mörder dürfte ein kräftiger Mann gewesen sein«, sagte Brandeisen. »Der Richter wog sicher an die hundert Kilo.«

»Wollen Sie hören, wie sich die Sache vermutlich zutragen hat?«, fragte Küps.

»Nur zu!«

»Am Sonntagnachmittag fand hier die letzte Führung statt«, begann Küps. »Bei einer Besichtigung des Museums steigt der Fremdenführer die Leiter zu dem Bottich hoch, um das Umrühren des gärenden Bieres zu demonstrieren. Vor der letzten Führung kann der Richter also nicht hineingelangt sein. Die Rechtsmedizin wird uns bald Genaueres zum Todeszeitpunkt sagen.«

»Jetzt haben wir Mittwoch«, gab Brandeisen zu bedenken.

»Am Montag und Dienstag ist das Brauereimuseum geschlossen.«

»Und so lange lag die Leiche hier«, ergänzte Brandeisen. »Unentdeckt.«

»Zeit ist bei den meisten Morden ein entscheidender Faktor.«

»Deshalb ist es am Sonntag passiert. Das verschaffte dem Täter ein Polster von zweieinhalb Tagen.«

»Das sehe ich auch so«, sagte Küps. »Er hat dem Richter den Schädel eingeschlagen und ist dann über den Eiskeller geflohen.«

»Wo er vielleicht vorher schon gewartet hat.« Brandeisen wies nach oben. Die Treppe verlor sich in der Dunkelheit. »Dort kann man sich gut verstecken.«

Endlich traf der Polizeischüler mit dem Leberkäse ein. Das Fleisch war hellgrau wie eine Weißwurst und besaß einen knusprigen Rand. Brandeisen biss vorsichtig hinein. Es war eine kultivierte Geste, als befände er sich auf einem Staatsempfang.

»Ich rekapituliere«, sagte Küps. »Die Museumsaufsicht hat die Räume am Sonntagabend nach der letzten Führung überprüft. Es gibt sogar überall Bewegungsmelder, die gegebenenfalls oben im Büro Alarm schlagen. Hier unten befand sich definitiv niemand mehr. Außer der Leiche.«

Der Eiskeller wirkte unheimlich. Sonst schüchterte den Kommissar so gut wie nichts ein. Aber jetzt fühlte er sich wie in einem Verlies. Es war, als lauerte die Kälte früherer Jahrhunderte noch immer in den Mauern und streckte ihre vom Alter verkrümmten Finger nach ihm aus.

»Der passende Ort für einen Mord«, meinte Brandeisen. »Wenn man Sinn fürs Romantische hat.«

Solche Bemerkungen ließen Küps daran zweifeln, ob der Staatsanwalt den richtigen Beruf gewählt hatte. Er rechnete mit dem Schlimmsten: Brandeisen würde sich wieder in die Aufklärungsarbeit einschalten.

Die letzte Besichtigungsgruppe vom Sonntag war schnell ermittelt. Kollegen aus Nürnberg führten die Vernehmungen. Eine ortsansässige Bank hatte einen Betriebsausflug nach Bamberg organisiert. Den Touristen war bei der Museumsführung nichts Außergewöhnliches aufgefallen. Kurz vor Beginn der Besichtigung hatten sich allerdings zwei weitere Teilnehmer hinzugesellt. Ein alter Mann mit dunklem Anzug und weißer Krawatte – Richter Winterling, wie es den Anschein hatte – sowie eine unbekannte Frau. Die Personenbeschreibung fiel dürftig aus. Kein Wunder bei fünfzehn Bankern, die sich nur für historische Braumethoden und den anschließenden Umtrunk interessierten.

Auch der junge Museumsführer, den Küps nach dem Tatortbefund vernommen hatte, war keine große Hilfe. Er hieß Volker Liebrich. Es war eine seiner ersten Führungen in Eigenregie gewesen. Vor lauter Nervosität hatte er kaum auf die Besucher geachtet.

Die Rechtsmedizin legte den Todeszeitpunkt auf die letzte Führung am Sonntagnachmittag fest. Demnach war Winterling zwar mit den anderen Besuchern ins zweite Untergeschoss hinuntergegangen, konnte aber das Museum nicht wieder verlassen haben, da er im Eiskeller seinem Mörder begegnet war. Am Ende der Tour musste er also gefehlt haben.

Brandeisen ließ die Zeugenbefragungen durch die Nürnberger Kollegen fortsetzen. In Bamberg gab es mehr als genug zu tun.

»Warum soll ich Ihnen etwas vormachen?«, sagte Marietheres Winterling, ging zur Fensterfront und justierte die Lamellen der Jalousie. Mit Anfang dreißig war sie nicht einmal halb so alt wie ihr Ehemann, und sie war die Hauptbegünstigte nach seinem Tod. Der Richter hatte über die Jahre ein beträchtliches Vermögen angehäuft. Allein seinen Immobilienbesitz, zahlreiche Wohnhäuser in bester Lage, veranschlagte die Lokalpresse auf mehrere Millionen Euro.

Brandeisen hatte auf einer Ledercouch Platz genommen. Das Wohnzimmer in Winterlings Villa ließ ihn an einen alten Gerichtssaal denken: Die Sitzgruppe stand nebst einem einsamen Ohrensessel in einem leicht erhöhten Bereich. Hier saßen der Richter und seine Schöffen, daneben, nur leicht abgesetzt, die Staatsanwaltschaft. Der Angeklagte hatte mit seinem Rechtsbeistand an einem tiefer gelegenen Esstisch Platz zu nehmen, während das gemeine Volk durch einen weiten Ausblick auf die Stadt repräsentiert war.

Marietheres Winterling wirkte erschüttert. Brandeisen hatte diese Form von Erschütterung schon oft gesehen. Es war der Schreck über ein plötzliches Ereignis, mit dem man in dieser Form nicht gerechnet hatte. Nur Schreck, kein Mitgefühl.

»Mein Alibi wird Sie enttäuschen«, sagte sie mit dem Selbstbewusstsein einer Richtersgattin, setzte sich und wies auf den jungen Mann an ihrer Seite. »Ich war mit Sven in der Fränkischen Schweiz, das ganze Wochenende über.«

»Gibt es dafür einen Beleg?«, fragte Küps. Es missfiel ihm, wie behaglich sich Brandeisen in dieser Umgebung fühlte. »Eine Hotelrechnung, Tankquittungen?«

»Wir haben wild gecampt, im Aufseßtal. Bei Wüstenstein, um genau zu sein. Wir waren mit dem Geländewagen unterwegs.«

»Und Ihr Mann?«

»Friedhelm führte sein eigenes Leben. Das war schon immer so, es gehörte zu unseren Vereinbarungen. Wir haben uns selten gesehen.«

»Warum?«

»Weil wir ohne den anderen besser zurechtkamen. Zumindest die meiste Zeit.«

»Das ist mir auch schon zu Ohren gekommen.« Brandeisen widerstrebte es, Gerüchte zu kolportieren. Aber das Leben von Marietheres Winterling schien nur aus Gerüchten zu bestehen. Ihre Affären waren Stadtgespräch. Sie machte sich nichts daraus, ebenso wenig wie ihr Liebhaber, Sven Hartmann.

»Warum musste der Alte ausgerechnet jetzt das Zeitliche segnen?«, fragte der junge Mann ungehalten.

»Das wüssten wir auch gern«, sagte Küps.

Hartmann war das, was man früher einen Naturburschen nannte. In seiner Outdoorkleidung zappelte er unruhig auf der Couch umher. Seine Profilsohlen hinterließen auf dem Teppichboden tiefe Abdrücke.

»Da Sie so gut zurechtkamen«, begann Brandeisen, »und Ihr Gatte auch sonst ein Mann der Ordnung war, nehme ich an, dass er seinen Nachlass genau geregelt hat.«

»Natürlich.« Marietheres Winterling erhob sich. Küps, Brandeisen und Hartmann folgten ihren Bewegungen, wie es schon zahlreiche Gäste des Richters vor ihnen getan hatten. Sie gehörte zu jenen Frauen, die in geschlossenen Räumen stets sommerliche, an wenigen Punkten befestigte Kleider trugen. Ihre Figur und ihre gebräunte Haut kamen unter den hellen Stoffen gut zur Geltung. Bei offiziellen Terminen machte sich so mancher Stadtrat falsche Hoffnungen. Dem Hörensagen nach hatte der Richter dabei ein diebisches Vergnügen. Wenn sein Mariechen die Arme hob, wie sie es jetzt tat, als sie sein scheußliches Porträt abhängte, hatte er tiefe Genugtuung empfunden. Die Vorzüge des Lebens, so hatte er für sich beschlossen, waren gerecht verteilt, wenn jemand, der Recht sprach, es auch behielt.

Der Safe enthielt einen dünnen Stapel Papiere – und kein Testament. Was ganz und gar nicht Mariechens Erwartungen entsprach.

Brandeisen fing die Frau auf und übergab sie den erprobten Händen ihres Liebhabers. Hartmann starrte auf den offenen Safe. Dann bettete er Marietheres auf die Couch. Brandeisen kniete sich hinter ihm auf die sündhaft teure Auslegeware. Dabei las er einen bräunlichen Krümel vom Boden auf, der sein Reinlichkeitsgefühl störte.

Die Ohnmacht währte nur kurz. Angeblich hatte der Richter seine Verhältnisse seit geraumer Zeit geordnet. Seine Gattin sollte praktisch alles erhalten. Dieses »Alles« wechselte jedoch, wenn verborgene Quellen eines langen Richterlebens unvermutet zu sprudeln begannen. Winterling traute niemandem außer sich selbst. Deswegen legte er seinen Nachlass immer wieder neu fest, in gestochener Handschrift und gegenseitigem Einvernehmen mit Marietheres. In solchen Momenten war ihm seine Frau besonders nahe.

Ohne ein Testament trat jedoch die gesetzliche Erbfolge in Kraft; im Gegensatz zur gewillkürten, wie Brandeisen den Anwesenden ungefragt erklärte. Demnach ging Marietheres zwar nicht leer aus, aber neben ihr wurde jemand zum Haupterben, der im Hause Winterling als Unperson galt.

»Ruske«, stieß Marietheres hervor und richtete sich auf.

»Wer?«, fragte Küps.

»Florian Ruske, Friedhelms Ba–, sein unehelicher Sohn. Er steckt dahinter.«

»Wollen Sie damit behaupten, dieser Ruske hat das Testament des Richters aus dem Safe gestohlen?« Der Kommissar reimte sich bereits eine Theorie zusammen.

»Kennen Sie ihn nicht?«, fragte Brandeisen. »Verlorene Söhne muss man zuallererst auf der Rechnung haben.«

»Was soll das heißen?«, fragte Küps.

»Sie haben meine E-Mail wieder mal nicht gelesen.« Der Staatsanwalt drohte mit dem Zeigefinger. »Die Vernissage im Theaterfoyer.«

»Das hab ich gleich wieder gelöscht.« Brandeisen schickte Küps regelmäßig Kulturhinweise. Damit überzog er alle Abteilungen der Polizei in der Hoffnung, ein Bewusstsein für gemeinschaftliche Werte zu wecken, wie er sich ausdrückte. Es war die Pest.

»Voreilig«, sagte Brandeisen. »Florian Ruske ist Maler. Am Sonntag hat er zur fraglichen Zeit eine Ausstellung seiner Bilder eröffnet. Ich habe mir die Freiheit genommen, sein Alibi zu überprüfen. Er hat jede Menge zuverlässiger Zeugen.« Er bat Küps um einen Stift. Der Kommissar reichte ihm reflexhaft einen Kugelschreiber.

»Friedhelm sprach seit mindestens zehn Jahren nicht mehr mit ihm.« Marietheres Winterling wirkte wiederhergestellt. Sie schüttelte Hartmanns Arm ab. »Ruske sollte keinen Cent erhalten. Er muss hier eingebrochen sein.«

»Was tun Sie da?«, fragte Küps den Staatsanwalt.

Brandeisen kratzte mit dem Kugelschreiber an einem der Holzpaneele herum, die den Safe umgaben. »Weiche Stellen«, sagte er. »Je solider die Dinge erscheinen, desto mehr steckt dahinter.«

Die hellbraun gemaserte Wandtäfelung neben dem Zahlenschloss gab nach. Eine Bohrung kam zum Vorschein, verspachtelt mit Holzkitt, der noch nicht ganz ausgehärtet war.

»Ihre Leute sollen auch noch etwas zu tun haben.« Brandeisen gab Küps den Kugelschreiber zurück. »Frau Winterling vermutet richtig. Jemand hat den Safe geknackt, und zwar erst vor Kurzem, wie es aussieht.«

»Ich erstatte Anzeige!«, sagte Marietheres aufgebracht.

»Fehlt sonst noch was, außer dem Testament?«, fragte Küps.

»Ich glaube nicht«, gab die Frau zurück.

»Wissen Sie von irgendwelchen Wertsachen, die Ihr Mann da drin aufbewahrte?«

»Nein.«

»Wann kamen Sie aus der Fränkischen Schweiz zurück?«

»Montagvormittag.«

»Warum nicht am Sonntag?«, fragte Küps. Es überraschte ihn, wie unbeweglich die Miene der Frau blieb.

»Die Nacht war außergewöhnlich mild. Sven und ich haben noch einen Tag drangehängt. Wir lieben die freie Natur.«

»Sie wandern wohl gerne«, sagte Brandeisen mit einem Blick auf die Zehen von Marietheres Winterling. Sie steckten in Samtpantoletten und waren perfekt pediküirt.

»Power Walking, Kajakfahren, Gleitschirmfliegen. Man ist nur einmal jung, nicht wahr?«

»Wir werden das überprüfen.« Küps warf einen Blick in seine Notizen. »Wüstenstein, sagten Sie. Bestimmt lässt sich feststellen, wo Sie gezeltet haben. Möglicherweise hat Sie jemand gesehen. Ihr Wagen ist ja ziemlich auffällig.« Er hatte das bullige Gefährt in der Garage stehen sehen. Warum diese Dinger in Mode waren, war ihm schleierhaft. Vielleicht, weil die Liebhaber gelangweilter Ehefrauen daran ihre Freude hatten.

»Da gab es so einen Fischzüchter«, sagte Hartmann. »Südlich von Wüstenstein. Dem sind wir am Sonntag über den Weg gelaufen.«

»Richtig«, ergänzte Frau Winterling. »Netter Mann, sehr höflich.«

Küps nickte und machte einen Eintrag.

»Sie werden Ruske doch verhaften, Herr Staatsanwalt?« Marietheres setzte einen Mädchenblick auf, den Brandeisen noch nicht kannte. Sie fühlte sich erstaunlich sicher.

»Halten Sie sich bitte für eine Gegenüberstellung bereit, Frau Winterling. Es sind noch einige Fragen offen.«

Das Motiv schien klar zu sein: Winterlings Nachlass. Allerdings war unklar, was genau in dem angeblich entwendeten Testament stand. Und was sich sonst noch in dem Safe befunden hatte. Die fröhliche Witwe und ihr mobiler Liebhaber konnten eine Scharade aufgeführt und den Safe selbst geknackt haben. Das Modell war auf Veranlassung von Winterlings Großvater, der auch schon das Richteramt bekleidet hatte, eingebaut worden. In Bamberg reichten die Ahnentafeln bestimmter Kreise bis zu den Hexenverbrennungen zurück – die der Hexenverbrenner sogar noch weiter.

Marietheres entstammte einer geachteten, aber im Laufe des vergangenen Jahrhunderts ins wirtschaftliche Hintertreffen geratenen Familie. Um einen gewissen Lebensstandard zu halten, hatte sie das Motto »Tu felix Bamberga nube« beherzigt. Ihr Befremden, dass ein Staatsanwalt ohne ernst zu nehmende Verbindungen es wagte, sie unter Verdacht zu stellen, ließ den alten Stolz wieder hervortreten.

Das Atelier von Florian Ruske lag an einem verkehrsberuhigten Platz in der Innenstadt.

»Rücken Sie lieber gleich damit raus, wenn Sie noch mehr wissen«, sagte Küps zu Brandeisen, bevor er klingelte.

»In der Regel genügt mir *ein* kleiner Triumph«, erwiderte Brandeisen.

Küps seufzte erleichtert und drückte den Klingelknopf. »Erinnern Sie sich an dieses schmierige Kopfsteinpflaster im Brauereimuseum?«

»Gewiss.«

»All der Dreck, der sich mit der Zeit drauf ablagert. Verdammt schwer, dann noch irgendwelche Spuren zu unterscheiden. Und wenn Sie nicht aufpassen, fallen Sie auf die Schnauze.«

»Sie neigen zu Metaphern. Fühlen Sie sich wohl?«

Der Türsummer ertönte. Küps ging voran.

Das Atelier lag im Dachgeschoss. Florian Ruske bat die Männer herein. Er trug einen blauen Overall, der über und über mit Farbe bedeckt war, und machte einen gut gelaunten Eindruck. Seine hellblauen Augen bildeten den größtmöglichen Kontrast zu dem stechenden Blick, mit dem sein Vater jeden Angeklagten ins Visier genommen hatte. Ruske war um die vierzig und damit älter, als seine schnellen, agilen Bewegungen vermuten ließen.

»Tut mir leid, dass ich Ihnen nicht mehr zeigen kann.« Er wies auf zwei großformatige Ölbilder. Sie stellten abstrakte Landschaften dar. Fahnen, Stangen und ähnliche Markierungen waren über eine weite Ebene verstreut. »Der Erfolg der Ausstellung kommt für mich ziemlich unerwartet. Ich hätte nie gedacht –«

»Wir sind keine Kunstsammler«, unterbrach ihn Brandeisen und betrachtete den Atelierraum. Er wirkte ungewöhnlich aufgeräumt.

Küps verzichtete auf lange Vorreden und konfrontierte Ruske mit der Todesnachricht.

Der Mann schwankte, eine Mischung aus Unglauben und Entsetzen erschien auf seinem Gesicht. Kraftlos ließ er sich auf einen Schemel fallen. »Mama ahnte es voraus, kurz vor ihrer letzten Therapie. Friedhelm stirbt keines natürlichen Todes, hat sie gesagt. Irgendwann gleicht sich alles aus.«

»Wann starb Ihre Mutter?«, fragte Küps.

»1991. Sie hat recht behalten.«

Brandeisen schwieg. Er sollte mal genau hinschauen, dachte Küps. Diesen Teil einer Ermittlung kriegen Staatsanwälte meistens nicht mit. Die Hinterbliebenen mit ein paar Worten in tiefsten Kummer stürzen, alte Wunden aufreißen. Und nicht genug: Man musste auch noch beobachten, wie sie dabei reagieren.

»Wie ist es passiert?«, fragte Ruske schließlich und starrte ins Leere.

Der Kommissar schilderte knapp, was sich seiner Meinung nach zugetragen hatte. Den Einbruch bei Winterling verschwieg er. Bei einem Rot-Solo ließ er sich ja auch nicht die Karten schauen.

Ruske wunderte sich über den Tatort. Sein Vater im Brauereimuseum? Das habe ihm gar nicht ähnlich gesehen. Andererseits sei ihm der Richter schon immer ein Rätsel gewesen. »Er hat mich angezeigt, wegen Diebstahl. Seinen eigenen Sohn, können Sie sich das vorstellen?«

»Wann war das?«, wollte Küps wissen.

»Vor zehn oder elf Jahren. Ich hab ein paar Eimer Acrylfarbe aus dem Keller geholt. Damals besaß ich noch einen Schlüssel zu seinem Haus. Ich konnte kommen und gehen, wann ich wollte. Nach der Anzeige war damit natürlich Schluss.«

»Haben Sie den Schlüssel noch?«

Ruske zögerte. »In gewisser Weise.«

»Was heißt das?«, fragte Küps.

»Damals fing ich gerade mit der Kunst an. Collagen, Objets trouvé, ich hab zusammengeschustert, was so zu finden war.«

»Objektkunst«, erklärte Brandeisen. »Ein Bild braucht nicht nur aus Farbe zu bestehen.«

»Danke für die Belehrung«, sagte Küps. »Was hat das mit dem Schlüssel zu tun?«

»Er gehört zu einem Kunstwerk.« Ruske erhob sich. »Zu keinem besonders guten, muss ich leider sagen. Warten Sie, es ist bestimmt noch im Magazin.« Er holte einen Schnellhefter und öffnete die Tür zu einer Abstellkammer. Ein langer, schmaler Raum erstreckte sich bis unter die Dachschrägen. Leinwände standen in Reih und Glied wie Bretter zerlegter Möbelstücke bei einem Umzug. »Mein Werkverzeichnis«, sagte Ruske und blätterte in der Mappe. »Hier. *Das Gesetz*. Laufende Nummer 95/31. Das haben wir gleich.«

Er ging zwischen den vorderen Leinwandreihen hindurch. Brandeisen folgte ihm. Der Geruch getrockneter Farbe stieg ihm in die Nase, muffiger als in dem Atelier. Für einen Augenblick bemerkte er eine ungewöhnlich süßliche Duftnote, die er nicht einordnen konnte. Dann war sie fort.

»Sie halten hier aber penibel Ordnung.«

»Muss ich auch, sonst finde ich nichts wieder. Warum interessieren Sie sich eigentlich für den alten Schlüssel?«, fragte Ruske, während er eine Bilderreihe durchstöberte.

»Besitzen Sie Holzkitt?«, fragte Brandeisen zurück.

»Wie? Warum das denn?«

»Vielleicht, um einen Rahmen auszubessern.«

»Kann schon sein, dass ich was davon habe.« Ruske zuckte mit den Schultern. »Aber wollen Sie nicht zuerst den Schlüssel sehen? Da ist es.« Er überprüfte die Nummer, zog ein Bild heraus und ging damit ins Atelier zurück. Schwungvoll stellte er es auf eine leere Staffelei. »Bitte sehr. *Das Gesetz.*«

Auf dem Bild waren eine riesige Waage und ein Wust von Paragrafenzeichen zu sehen. Zusätzlich hatte der Künstler allerlei Strafzettel auf die Leinwand geklebt und das Ganze mit Kunstharz überzogen. Man musste kein da Vinci sein, um die Symbolik zu verstehen.

Ruske runzelte die Stirn und untersuchte eine bestimmte Stelle. Er schien seinen Augen nicht zu trauen. »Der Schlüssel ist weg.«

»Was sagen Sie?«

»Jemand muss ihn entfernt haben. Sehen Sie.«

Küps und Brandeisen beugten sich vor. Ein ganzes Stück getrockneter Farbe war samt Kunstharz herausgebrochen.

Der Kommissar holte seine Handschuhe hervor und beschlagnahmte das Bild.

»Wissen Sie etwas vom Testament Ihres Vaters?«, fragte Brandeisen.

»Nein«, sagte Ruske, noch immer fassungslos.

»Es ist verschwunden, ebenso wie dieser Schlüssel. Wenn unsere Informationen stimmen, gehören Sie jetzt zu den Haupterben. Außer Ihnen und Ihrer Stiefmutter Marietheres hatte der Richter keine näheren Angehörigen.«

»Das wird ja immer schlimmer«, stöhnte Ruske.

Die Gegenüberstellung in Nürnberg ergab, dass Marietheres Winterling wutentbrannt das Polizeipräsidium verließ. Sie hatte in einer Reihe mit fünf anderen Frauen antreten müssen – zur Überprüfung, ob sie die Unbekannte gewesen war, die mit dem Richter an der Gärkellerführung teilgenommen hatte. Worauf die Banker an ihr vorbeigeschlendert waren und sie ausgiebig begutachtet hatten. Zu einer zweifelsfreien Identifizierung war es jedoch nicht gekommen.

Marietheres fragte Brandeisen noch, ob es ihm eine besondere Freude bereite, ihre Gefühle zu verletzen. Der Staatsanwalt entschuldigte sich notgedrungen. Dann fügte er hinzu, dass ein Fischzüchter aus Wüstenstein inzwischen bezeugt habe, Frau Winterling und Sven Hartmann am vergangenen Wochenende in der Nähe seiner Teiche gesehen zu haben. Zur Tatzeit habe er die beiden sogar getroffen und ein paar Worte mit ihnen gewechselt. Daraufhin warf die Witwe Brandeisen einen durchbohrenden Blick zu und öffnete die Tür des Geländewagens.

»Nun komm schon«, sagte Hartmann. »Wir haben nicht ewig Zeit.« Als Frau Winterling noch dabei war einzusteigen, gab er bereits Gas. Das Auto entfernte sich. Auf der Heckscheibe war ein großer Aufkleber angebracht. »Paragliding the World 2007« stand darauf.

Kommissar Küps sah, wie Brandeisen einige Sekunden unschlüssig am Bordstein verharrte. Mit seinem schwarzen Anzug und seiner hageren Gestalt glich der Staatsanwalt einem Totengräber. Besonders vertrauenerweckend wirkte er darin nicht, sogar ein wenig furchterregend. Warum bestand er darauf, bei Mordermittlungen dabei zu sein? Bestimmt nicht aus Langeweile. Brandeisen hatte zwar keine Familie, war aber alles andere als sensationslüstern. Was wollte er ergründen?

»Fehlanzeige«, sagte Küps auf der Rückfahrt nach Bamberg.

»Alibis sind relativ. Manchmal lösen sie sich durch einen winzigen Umstand in Luft auf.«

»Mag schon sein, aber wir müssen uns an die Fakten halten. Und die sehen nicht gerade rosig aus.«

Von Richter Winterlings Begleiterin, mit der er zusammen im Brauereimuseum gewesen war, fehlte jede Spur. *Beide* hatten das Museum nach der Führung unverzüglich verlassen. Das ging aus den Zeugenaussagen der Bankangestellten übereinstimmend hervor. Auch der junge Museumsführer schwor mittlerweile Stein und Bein, dass Winterling am Ende der Besichtigungstour noch bei der Gruppe gewesen sei – ebenso wie seine Begleiterin. Die Unbekannte sei ein bisschen korpulent gewesen. Sie habe einen grauen oder dunkelroten Wollmantel und eine unförmige Strickmütze getragen. Liebrich schätzte ihr Alter auf etwa fünfzig. Damit schied Marietheres eindeutig aus.Die Fahndung lief, aber Küps versprach sich nicht viel davon.

»Meine Mitarbeiter kümmern sich um Winterlings Biografie«, sagte er. »In einem Richterleben sammelt sich einiges an. Der Mann war ja kein Menschenfreund.«

»Was ist mit dem Safe?«, fragte Brandeisen.

»Die Spurensicherung tappt im Dunkeln. Ich konzentriere mich jetzt auf Ruskes Schlüssel. Irgendeinen Zusammenhang muss es da doch geben.«

»Was halten Sie von der Sache, Gerhard?«

Es kam selten vor, dass Brandeisen den Kommissar beim Vornamen ansprach. Der Fall schien ihn über Gebühr zu beschäftigen.

»Das Alibi der Witwe ist löchrig. Dieser Fischzüchter ...«

»Lassen Sie die Beweiserhebung mal beiseite«, sagte Brandeisen. »Wonach sieht das hier aus?«

»Nach Habgier. Mit dem Vermögen des Richters könnte man den Haushalt der Stadt auf Jahre in die schwarzen Zahlen bringen. Es geht um zweistellige Millionenbeträge, wenn nicht mehr.«

»Stimmt. Aber reicht das schon aus? Immerhin kommt man an dieses Vermögen nur über das Testament heran. Die

Hauptbegünstigten sind, nach allem, was wir wissen, nur die Witwe und der Sohn.«

»Beide sind momentan aus dem Schneider.« Küps schüttelte den Kopf.

»Dieser Einbruch in den Safe könnte auch ein Täuschungsversuch sein. Um uns auf eine falsche Fährte zu führen.«

»Weil sich jemand für ein hartes Urteil rächen wollte?«

»Warum nicht?«, fragte Brandeisen.

»Möglich. Aber am meisten beschäftigt mich die Frage, was der Richter mit einer unbekannten Frau im Brauereimuseum zu suchen hatte.«

»Zufall. Vielleicht hatten sie gar nichts miteinander zu tun.«

»Zufälle gibt's auch beim Karteln«, sagte Küps. »Ein Rufspiel kann voll den Bach runtergehen, wenn man den falschen Mann erwischt. Aber das ist nicht Zufall, sondern dumm gelaufen.«

Brandeisen mochte die Schafkopf-Vergleiche des Kommissars. Meistens hinkten sie, doch wohnte ihnen die Weisheit zahlloser durchzockter Nächte inne: kalkuliertes Risiko gepaart mit Wahrscheinlichkeitsrechnung. Außerdem spiegelte das Kartenspiel die gesellschaftlichen Realitäten wider. Wie sang noch mal Wolfgang Buck? *Der Ober sticht'n Unter, die Verlierer zahln des Bier, die einen habn die Trümpfe, die anderen die Schmier.* Kein Philosoph konnte es besser ausdrücken. Und dass Küps fast immer zu jenen gehörte, die das Bier bezahlten, tat seinem Expertentum keinen Abbruch.

»Wir sehen uns bald wieder, Herr Staatsanwalt.«

Brandeisen wusste nicht, ob das frustriert oder hoffnungsvoll gemeint war.

Das Theater führte ein Stück von Tschechow auf. Brandeisen, sonst kulturbeflissen, ließ es eine endlose Stunde über sich ergehen. Es war immer das Gleiche: Irgendwelche Russen saßen tief in der Provinz und haderten mit sich, dass sie nicht nach Moskau in die große Stadt gegangen waren. Wenn Tschechow in Bamberg gelebt hätte, wäre vermutlich dasselbe dabei herausgekommen. Verpasste Lebenschancen. Florian Ruske konnte bestimmt ein Lied davon singen. Oder entsprechende Bilder malen.

In der Pause sah sich Brandeisen die Ausstellung im Foyer an. Da waren wieder die menschenleeren Landschaften, die er aus dem Atelier kannte. Eine einsame Welt, keine Sonne stand am niedrigen Horizont. Diese Verlorenheit schien gar nicht zu Florian Ruske zu passen. Aber bei Künstlern war das oft so: Die Schweigsamen, Verschlossenen warfen bewegte Figurengruppen auf die Leinwand. Und die Gesprächigen, Leutseligen brachten nur Ödnis zustande. An vielen Bildern klebte ein roter Punkt, als Zeichen, dass sie verkauft waren.

Eine Sirene ertönte. Es klang wie der Warnton einer Diebstahlsicherung. Brandeisen dachte schon, das Theater würde einen neuen Effekt dazu benutzen, die Zuschauer wieder zu Tschechow hineinzuscheuchen. Stattdessen wurde er Zeuge einer bemerkenswerten Darbietung.

Er studierte gerade das ausliegende Faltblatt zur Kunstausstellung, als ein chinesischer Drache an ihm vorbeirauschte und zwischen den Bildern einen Tanz aufführte. Asiatische Musik wurde über Lautsprecher eingespielt. Die Person, die in dem Drachenkostüm steckte, schwenkte lange Stangen und Fahnen, wirbelte damit artistisch herum und drückte sie den verdutzten Zuschauern in die Hand. Das Ganze dauerte etwa fünf Minuten. Dann verschwand der Drache in einer Tür neben der Treppe zum ersten Rang. Kurz darauf war die vertraute Klingel zu hören, und die Theaterbesucher strömten aus dem Foyer zurück in den Zuschauerraum.

Brandeisen folgte dem Drachen.

Die Frau hieß Lena Creussen, wie aus dem Faltblatt hervorging. Sie saß in der Garderobe und schminkte sich ab. Der Staatsanwalt klatschte leise in die Hände. Durch eine dünne Trennwand drangen ein paar Zeilen des Stückes. »Welch ein

Schrecken! Und wie ich das satthabe!«, ließ sich eine Schauspielerin vernehmen.

»Das kann man laut sagen«, ergänzte Lena Creussen. Die künstlerische Partnerin von Florian Ruske schien nicht gerade erfreut über den hartnäckigen Bewunderer, der ihr da durch die Gänge des renovierten Theaters gefolgt war. Doch ihr Missfallen wich rasch einer amüsierten Eitelkeit.

»Hat Ihnen die Performance gefallen?«

»Es war ... neu«, erwiderte Brandeisen.

»Sie müssen Florians Bilder betrachten. Ich bin nur schmückendes Beiwerk«, wiegelte sie ab. Sorgfältig entfernte sie die weiße Schminke, die unter dem Kostüm kaum zu erkennen gewesen war. Sie trug das Trikot und die Strumpfhose einer Balletttänzerin.

»Eine erstaunliche Symbiose. Seit wann arbeiten Sie zusammen?«

»Zählen *Sie* die Jahre?«, fragte Lena Creussen. »Ich habe damit aufgehört.«

»Es wirkte jedenfalls sehr professionell. Die Leute waren völlig gebannt.« Brandeisen lehnte sich gegen den Türstock.

»Dann sollen sie die Bilder kaufen. Dafür ist die Performance ja da.«

»Kommt die Ausstellung nicht an?«

»Es kann immer noch besser laufen.« Sie tupfte ihr Gesicht mit einer Lotion ab. Auf dem Schminktisch lag ein Sammelsurium von Gegenständen. Sie tastete nach einem länglichen silbernen Etui und öffnete es – leer. »Rauchen Sie?«

Brandeisen bot ihr eine Zigarette an und gab ihr Feuer. Sich selbst zündete er keine an. Im Dienst rauchte er nie.

»Darf ich mich vorstellen? Mein –«

»Ich und Florian hätten den Durchbruch längst verdient«, unterbrach sie ihn. »Stattdessen schlagen wir uns in der Diaspora herum.« Lena Creussen blies den Rauch an die Decke. »Bamberg!«, sagte sie abschätzig. »Sie sind auch nicht von hier, wie ich höre.«

»Das täuscht. In meinem Beruf kehrt man den Dialekt nicht hervor.«

»Was machen Sie denn?«, fragte sie und lehnte sich erwartungsvoll zurück. »Lassen Sie mich raten.« Sie maß ihn mit einem routinierten Blick. »Sie sind Zahnarzt oder so etwas. Einer von der steifen Sorte. Die sich fürs Bohren entschuldigt.«

»So ungefähr«, sagte Brandeisen. »Und jetzt muss ich zurück in das Theaterstück. Sie sind mir doch nicht böse?«

»Aber nein.« Sie winkte huldvoll ab. »Finden Sie es gut, das Stück?«

»Das Ensemble gibt sich Mühe.«

Am nächsten Tag erledigte Brandeisen seine täglichen Pflichten, all die kleinen Fälle, die mit höherer Wahrscheinlichkeit zur Verhandlung kamen als das neue große Rätsel der Bamberger Kriminalgeschichte. Er widmete sich seiner Post und warf einen Blick ins Internet. Dann ging er erneut zum Fränkischen Brauereimuseum. Als er die Tür zu seinem Büro schloss, klingelte das Telefon. Brandeisen zögerte, setzte dann aber seinen Weg fort.

Titus Groll stauchte den jungen Museumsführer zum wiederholten Mal zusammen. »Warum hast du den Gärkeller nach der Besichtigung nicht kontrolliert, wie es Vorschrift ist?«

»Aber die Bewegungsmelder im Büro haben nichts angezeigt«, sagte Liebrich kleinlaut.

»Das reicht nicht, wie oft soll ich das noch sagen? Du musst alle Räume persönlich überprüfen. Danach löschst du erst das Licht und sperrst ab.«

Groll bemerkte Brandeisen. Er bot dem Staatsanwalt ein Bier an. Für einen Frühschoppen sei es gerade die richtige Zeit.

Brandeisen hatte seinen Leberkäse schon zu sich genommen und nahm widerstrebend an. Auf Grolls Rat trank er ein Helles. »Aber bitte nur ein Kleines«, setzte er hinzu, doch Groll hatte bereits ein Seidla eingeschenkt.

»Der Richter hat die Führung bis zum Ende mitgemacht«, beteuerte Liebrich. »Da bin ich mir ganz sicher. Er hat seinen Hut vom Haken genommen und ist gegangen, zusammen mit dieser Frau. Tut mir leid, dass ich sie nicht genauer beschreiben kann.«

»Machen Sie sich keine Vorwürfe. Und vergessen Sie mal das Aussehen dieser Person«, sagte Brandeisen. »Vielleicht haben Sie etwas an ihrem Verhalten bemerkt?«

»Na ja, sie ist immer leicht zurückgefallen, genauso wie der Richter.«

»Was meinen Sie damit?«

»Bei jeder Besichtigungsgruppe gibt es den einen oder anderen Nachzügler. Deswegen kann ich mich ja so schlecht an sie erinnern. Die beiden führten wohl Privatgespräche. Ich hab mich in erster Linie um die Leute aus Nürnberg gekümmert.«

Brandeisen nickte und ließ sich die Tür zeigen, die zum Eiskeller hinunterführte. Eine Batterie Bierkästen stand davor. Die Spurensicherung ging inzwischen davon aus, dass die Tür seit mehreren Wochen nicht geöffnet worden war. Mit den Flügelriegeln am Notausgang zum Maienbrunnen verhielt es sich ähnlich. Die Eingangstür war der einzige Zugang zum Museum, der am Sonntag benutzt worden war.

»Ich würde gern eine Führung mitmachen«, sagte Brandeisen und trank sein Bier aus. »Wenn Sie etwas Zeit erübrigen könnten.«

Das ließ sich Titus Groll nicht zweimal sagen. Zusammen mit Liebrich zeigte er dem Staatsanwalt die liebevoll gestalteten Räume. Brandeisen erfuhr mehr über das Bierbrauen, als er erwartet hatte. Das Thema war unerschöpflich. Doch er hörte nur mit halbem Ohr hin.

Was hatte Richter Winterling zu einer Besichtigung bewogen?, fragte er sich. Und wie war er in den Eiskeller gelangt, nachdem er das Museum verlassen hatte? Schließlich hatten die Bewegungsmelder, die nach der letzten Führung aktiviert worden waren, nicht reagiert.

Brandeisen suchte die Toiletten im ersten Untergeschoss auf. Das Bier tat seine Wirkung. Mehr als das. Seit dem Ende seiner stürmischen Studentenzeit verzichtete der Staatsanwalt am Vormittag auf Alkohol. Deshalb fühlte er sich etwas angesäuselt und übersah das kleine »D« auf der Tür. Als ihm klar wurde, dass er sich in der Damenabteilung befand, wandte er sich unverzüglich zum Gehen. Plötzlich bemerkte er einen süßlichen Duft, ganz schwach und nur für einen Augenblick. Er erkannte ihn wieder. Vanille, jetzt hatte er es. Der gleiche Geruch war ihm in Ruskes Atelier aufgefallen. In dem Magazin mit den alten Bildern.

Brandeisen bog zur Herrentoilette ab. Dort roch es anders, auf keinen Fall süßlich. Dann kehrte er in die Museumsgaststube im Erdgeschoss zurück.

Titus Groll rauchte eine Zigarre. Der Qualm erinnerte an Holzkohle und toten Opa. Vanille war definitiv nicht unter den wahrnehmbaren Aromen.

»Ich möchte nicht indiskret sein.« Brandeisen wollte sicher gehen. »Rauchen Sie auf der Toilette?«

»Wie kommen Sie denn darauf, Herr Staatsanwalt?«, entrüstete sich Groll. »Ich bin kein Schulbub.«

»Und Ihre Mitarbeiter?«

»So lang die in München nicht Ernst machen mit ihrem Verbotswahn, darf man hier oben in der Gaststube rauchen. Warum sollte jemand dafür extra auf die Toilette gehen?«

Neben Grolls Bierkrug lagen ein Feuerzeug und ein Lederetui, in dem er seine Zigarren aufbewahrte. Brandeisen entschuldigte sich, ging noch einmal die Treppe hinunter und untersuchte die Damentoilette.

»Was machen Sie da eigentlich?« Groll stand auf der Schwelle und beobachtete den Staatsanwalt, wie dieser gebückt den Boden absuchte.

»Vielleicht haben unsere Techniker etwas übersehen«, erwiderte Brandeisen.

»Ihr Kriminaler seid schon seltsam. Trauen Sie Ihren eigenen Leuten nicht?«

»Ich gehe nur auf Nummer sicher.«

»Wie der Herr Kommissar«, sagte Groll belustigt. »Der war gestern Abend auch noch mal da. Im Gegensatz zu Ihnen ist er unten im Gärkeller übers Kopfsteinpflaster gekrochen. Mit einer Pinzette!«

»Und?«

»Er hat etwas gefunden.« Groll konnte das Lachen kaum unterdrücken. »Sah aus wie ein Stückchen ..., na ja, etwas, das eigentlich in die Toilette gehört. Sie sollten sich zusammentun.«

Brandeisen hörte die Nachricht auf seinem Anrufbeantworter ab. Dann rief er Küps zurück. Sie trafen sich im Labor.

»Fischfutter.« Der Kommissar deutete auf einen ovalen bräunlichen Krümel in einer Petrischale.

»Aus dem Gärkeller?«, vermutete Brandeisen. »Wie man hört, treiben Sie sich dort heimlich herum.«

Küps sah den Staatsanwalt an wie jemanden, der sich beim Bäcker vordrängeln will. »Heimlich mach ich schon gleich gar nix!«, rief er. »Das Futterkorn aus dem Gärkeller, das ich im Schweiße meines Angesichts sichergestellt habe, ist da drüben bei den anderen Proben.« Er wies auf ein Gestell mit Reagenzgläsern. »*Dieses* Korn hier stammt aus Wüstenstein. Von dem Fischzüchter, der unsere beiden Naturfreunde angeblich gesehen hat. Ich habe heute Morgen eine Probe davon holen lassen.«

Brandeisen wollte etwas erwidern, aber Küps hob die Hand. Dieses Mal war er am Drücker. »Beide Körner haben die gleiche Zusammensetzung. Es ist eine spezielle Futtermischung für Saiblinge. Nicht gerade häufig.« Er winkte einen Chemiker herbei. »Der Kollege hat mir dann dieses Schmuckstück gezeigt.«

Küps ließ sich ein weiteres Reagenzglas aushändigen. Es enthielt Futterkorn Nummer drei. »Ist es nicht erstaunlich, was hier über den kleinen Dienstweg alles eingereicht wird?«

»Ein Ermittlungsverfahren geht manchmal verschlungene Wege«, sagte Brandeisen lahm.

»Ich habe den Eindruck, die Saiblinge müssen langsam verhungern. Denn auch dieses Korn ist ursprünglich aus Wüstenstein. Seine Zusammensetzung stimmt mit den anderen überein.«

»Aber es stammt –«, begann Brandeisen.

»Aus der Profilsohle von Sven Hartmann«, vollendete Küps. Er genoss seinen Sieg in vollen Zügen. Bislang war es ihm noch nie vergönnt gewesen, den Staatsanwalt vorzuführen.

Jetzt war die Überraschung auf Brandeisens Seite. »Woher –«

»Glauben Sie, ich habe nicht gesehen, wie Sie im Wohnzimmer des Richters Aschenputtel gespielt haben?«, fragte Küps.

»Scharfe Augen«, sagte Brandeisen.

Der Kommissar nickte. »Die muss man bei Ihnen auch haben.« Er betrachtete die Indizien noch eine Weile. Dann bedankte er sich bei dem Chemiker und drehte sich zufrieden vom Labortisch weg. »Um ehrlich zu sein, brachte mich Ihr komischer Kniefall vor der Winterling erst auf den Gedanken. Es war ein Schuss ins Blaue, hat aber gesessen.«

»Und was machen wir jetzt?«, fragte Brandeisen. »Hartmann war anscheinend im Gärkeller.«

»Zur Tatzeit, das wird immer wahrscheinlicher. Der Fischzüchter hat nämlich einen Rückzieher gemacht. Er sprach am Sonntagnachmittag nur mit der Winterling und ging davon aus, dass Hartmann im Zelt gewesen sei.«

»Ein vorschneller Schluss«, sagte Brandeisen.

»Leider häufig bei Zeugen«, räumte Küps ein. »Hartmanns Alibi ist damit fraglich geworden.«

»In zwei Jahren will er mit dem Gleitschirm um die Welt fliegen. Das kostet eine Menge Geld.«

»Woher wissen Sie das?«

»Ein Aufkleber auf dem Geländewagen seiner Geliebten. Hartmann betreibt sogar eine Website im Internet, um

Sponsoren für sein Unternehmen zu finden. Die Zeit läuft ihm davon.«

Küps pfiff anerkennend durch die Zähne.

»Aber was fangen wir damit an?«, fragte Brandeisen. »Sie wollen ihn doch nicht zur Rede stellen?«

»Aber natürlich. Was dachten Sie denn?« Das Handy des Kommissars klingelte.

Brandeisen überlegte. »Tun wir lieber etwas für Ihre Bildung.«

Lena Creussen saß im Theaterfoyer und rauchte einen Zigarillo. Mit Vanille aromatisiert, das liebte sie, der Geruch hielt sich ewig. Die Dinger waren etwas länger als Zigaretten, deshalb hatte ihr Florian ein entsprechendes Etui geschenkt.

Beim Anblick seiner Bilder fragte sie sich, ob sie zu viele rote Punkte auf die Rahmen geklebt hatte. Im Prinzip war die Strategie richtig. Wenn ein Teil als verkauft galt, erhöhte das die Nachfrage. Aber wenn kaum noch Gemälde erhältlich waren, verloren die Leute vielleicht das Interesse. Zweifelnd blickte sie von Bild zu Bild.

Keine Menschenseele besuchte die Ausstellung. Es war früher Abend, das Theater wirkte wie ausgestorben. Durch die verglaste Front des modernen Gebäudes fiel das letzte Licht der Dämmerung. Nur die Bilder waren mit einzelnen Strahlern beleuchtet. Über den kleinen Platz vor dem Theater jaulten Regenböen. Feuchtes Herbstlaub klatschte gegen die Scheiben.

Lena warf einen Blick in das Faltblatt. Die Druckerei hatte dafür eine unverschämt hohe Summe verlangt, die sie zähneknirschend bezahlen mussten. Als sie mit Florian die Ausstellung geplant hatte, war bereits festgestanden, dass es seine letzte sein würde, wenn sich nicht endlich mehr Bilder verkauften. Doch Florian nahm dies alles nur am Rande wahr. In seinem Atelier malte er bereits am nächsten Bilderzyklus – als ob es davon nicht schon genug gäbe.

In dem Faltblatt standen ein paar Sätze zur Ausstellung, die üblichen kunstsinnigen Floskeln und Dankesworte, außerdem ein Verzeichnis der Bilder samt Preisliste. Auf der Rückseite befand sich ein Lebenslauf des Künstlers.

Lena erschrak. Direkt unter Florians Biografie war ihre eigene zu lesen. Wie kam dieser Text da hinein?

Vermutlich hatte Florian ihn eigenmächtig hinzugefügt. Im Grunde war das schmeichelhaft, sagte sie sich, er wollte ihre Rolle gebührend würdigen. Aber was da stand, gefiel Lena Creussen überhaupt nicht. Es war eine stichpunktartige Auflistung ihrer beruflichen Tätigkeiten. »Maskenbildnerin bei den Luisenburger Festspielen.« Die Zeile stach ihr unbarmherzig ins Auge. Sie ging zurück auf die Zeit, als sie noch in ihrem erlernten Beruf gearbeitet hatte, bevor Florian in ihr Leben getreten war. Was hatte die Zeile in diesem Faltblatt verloren?

Lena öffnete das Etui und steckte sich einen neuen Zigarillo an, obwohl der alte noch brannte. Ihre Hände zitterten. Dann zwang sie sich zur Ruhe. Es war nicht so wichtig, redete sie sich ein. Wer konnte mit dieser Information etwas anfangen?

Eine Tür fiel ins Schloss.

Lena fuhr hoch. Das Geräusch war aus irgendeinem Winkel des Gebäudes gekommen. Doch außer ihr selbst konnte niemand im Theater sein. Das gesamte Ensemble war für ein Gastspiel nach München gefahren. Der Hausmeister hatte Lena den Schlüssel gegeben, damit die Ausstellung trotz des spielfreien Tages geöffnet blieb. Sie war allein.

»Wer ist da?«, rief sie. Ihre Stimme hallte in dem hohen Raum wider. Die Flügeltüren zum Zuschauerraum bewegten sich um keinen Zentimeter. Lena betrat eine Treppe, die zum ersten Rang hochführte, und wiederholte ihre Frage. Nichts rührte sich. Niemand gab Antwort.

Als sie sich umdrehte, fiel ihr Blick durch die gläserne Eingangstür. Eine Gestalt überquerte den Platz mit langen, gleichmäßigen Schritten. Ein großgewachsener Mann in einem Anzug. Den breitkrempigen Hut auf seinem Kopf hielt er fest, damit der Wind ihn nicht davontrug. In seinem Rücken stand eine Straßenlaterne, wodurch das Gesicht völlig im Dunkeln lag. Der Mann packte den stählernen Türgriff und trat ein.

Erst jetzt bemerkte Lena das Bündel in seiner Hand. Es fesselte ihre Aufmerksamkeit nur kurz. Der Mann senkte den Kopf und kam ein wenig näher. Er blieb unter dem Lichtkegel eines Deckenstrahlers stehen, der durch das Öffnen der Eingangstür selbsttätig angegangen war. Das Gesicht war immer noch nicht zu erkennen, aber ein Hemdkragen. Und eine weiße Krawatte.

Lena Creussen wich zurück. Sie umklammerte den Handlauf des Treppenaufgangs. »Gehen Sie weg!«

Der Mann bewegte sich nicht. Plötzlich nahm er das Bündel und warf es der Frau in hohem Bogen vor die Füße. Im Flug entrollte es sich. Ein dunkelroter Wollmantel und eine unförmige graue Strickmütze kamen zum Vorschein.

Lena starrte entsetzt auf die Kleidungsstücke. Dann stolperte sie die Treppe hinauf. Ihr Puls raste, das Herz schlug ihr bis zum Hals. Doch auf halbem Weg kam ihr der rettende Gedanke. Sie drehte sich um. Die Angst kann alles zerstören, sogar die Vorsicht. Wenn man verzweifelt nach rationalen Erklärungen sucht, klammert sich der Verstand an jeden Strohhalm und schlägt dabei alle Vorsätze in den Wind.

»Was soll das, Sven? Willst du mir Angst einjagen?«

Wer sonst als Hartmann sollte ihr diesen makabren Streich spielen? Im Brauereimuseum hatte er erstaunlichen Gefallen an seiner Verkleidung gefunden. Aber es war gefährlich, damit herumzulaufen. Warum hatte er die Kleidungsstücke aus dem Theaterfundus nicht verbrannt, wie es vereinbart gewesen war?

»Wenn dich einer sieht, sind wir beide dran«, sagte sie und ging langsam die Treppe hinunter. Was sie dann vernahm, ließ sie erstarren.

»Haben Sie etwas zu Ihrer Verteidigung vorzubringen?«

Es war die tiefe, schleppende Stimme des Richters. Die Frage erfüllte den ganzen Raum, sie schien von überall her zu kommen. Das Echo bohrte sich in Lena Creussens Kopf und drang an jene Stelle, wo ihr das Gewissen schlug. Die kalte Angst war wieder da. Der Mann mit der weißen Krawatte rührte sich nicht von der Stelle.

Lena glaubte an nichts, weder an Gott noch an das Schicksal. Doch in diesem Augenblick schwanden ihre Überzeugungen. Wer sich in die Enge getrieben fühlt und den Boden unter den Füßen verliert, lässt sich manchmal hinreißen zu einer letzten, alles verzehrenden Anklage.

»Sie hätten Florian nie zu Ihrem Erben gemacht«, sagte sie bitter. »Eher hätten Sie Ihren Sohn am ausgestreckten Arm verhungern lassen.« All die Enttäuschung, die sich in den vielen Jahren des Wartens, der Rückschläge und der falschen Hoffnungen angestaut hatte, brach aus Lena hervor. Sie schöpfte Mut. Denn immerhin war sie imstande gewesen, den Lauf der Dinge ein wenig zu korrigieren.

»Was nützt Ihnen Ihr Testament jetzt?«, fuhr sie fort. »Es wird niemals zur Vollstreckung kommen. Dachten Sie, ich finde es nicht?« Sie begann leise zu lachen. »Kerle wie Sie halten sich für unangreifbar. Das ist ein Fehler.«

»Da stimme ich zu.« Brandeisen beschloss, diesen fragwürdigen und alles andere als gerichtsfesten Auftritt zu beenden. Er nahm den Hut ab, ging ins Foyer und trat neben ein angestrahltes Bild, damit sein Gesicht zu erkennen war. »Der Richter ist tot. Ich bin der zuständige Staatsanwalt.«

Lena Creussen blickte entgeistert auf die Eingangstür, wo Brandeisen eben noch gestanden war.

»*Sie* haben mit Winterling das Brauereimuseum besucht.« Der Staatsanwalt fasste zusammen. Die Last der Indizien war inzwischen erdrückend. Er versuchte, sich auf das Wesentliche zu beschränken. »Sie lockten den Richter in den Eiskeller, wo sich Sven Hartmann versteckt hielt und Winterling mit einem Eispickel umbrachte.«

Er hielt inne. Lena Creussen schwieg.

»Als die Besuchergruppe den Gärkeller verlassen hatte, schafften Sie den Leichnam in den Bottich, weil er dort weniger auffiel. Dann schlüpfte Ihr Komplize in die Rolle des Opfers. Er war gut vorbereitet. Ihre Verkleidungen stammten aus dem Kostümfundus des Theaters, das haben wir überprüft. Vermutlich halfen Sie mit Schminke nach, damit Hartmann dem Richter ähnlich sah und Sie selber unerkannt blieben. Sie kehrten beide zu den anderen Besuchern zurück und verließen kurz darauf das Museum.«

Lena Creussen sank langsam zu Boden. Brandeisen konnte nicht erkennen, was seine Worte in ihr auslösten.

»Dann drangen Sie mithilfe des Schlüssels von Florian Ruske in die Wohnung des Richters ein. Winterling hat das Schloss nie auswechseln lassen, das war eine Machtfrage. Sie knackten den Safe und nahmen das Testament heraus. Dadurch wird Ihr Lebensgefährte zum Haupterben von Winterlings Vermögen, und Sie sind Ihre Geldsorgen los. Hartmann hat sich wahrscheinlich nicht an dem Einbruch beteiligt. Aber das wird noch zu klären sein.«

Die Frau war immer noch apathisch. Kommissar Küps ging vorsichtig auf sie zu und räusperte sich, damit sie nicht erschrak. Er hatte sich im Zuschauerraum des Theaters verborgen gehalten und Brandeisens Mummenschanz durch eine angelehnte Seitentür verfolgt. Die Musikanlage hatte Küps per Fernbedienung eingeschaltet. Die Stimme des Richters stammte von einem Hörbuch für den forensischen Nachwuchs.

Lena Creussen wandte sich Küps zu und nickte nachdenklich. Sie kannte den Kommissar von einer kurzen Vernehmung am Mittwoch. Sein Erscheinen verlieh ihr eine Gewissheit, die sie in den letzten Minuten vollständig verloren hatte.

»Eine Frage habe ich noch«, sagte Brandeisen und gab Küps ein Zeichen, mit der Festnahme zu warten. »Wie konnten Sie den Richter dazu bewegen, mit Ihnen ins Brauereimuseum zu gehen?«

Lena Creussen schaute ihn argwöhnisch an. Dann lächelte sie. »Ich habe ihm etwas in Aussicht gestellt.«

»Was?«, fragte Brandeisen.

»Dass Florian sich mit ihm versöhnt.«

»Wie hat der Richter reagiert?«

»Wir haben uns im Museum verabredet, um zu reden. Er hat mich über Florian ausgefragt.« Lena Creussen schaute beim Sprechen wieder zur Eingangstür. »Winterling wollte genau wissen, was sein Sohn in den letzten zehn Jahren gemacht hat, wie seine Karriere als Maler verlief, was er so trieb.«

»Das hört sich an, als wollte der Richter den Streit begraben«, sagte Brandeisen.

»Sie verstehen nicht«, widersprach Lena. »Es war wie ein Verhör. Am Ende fragte er mich, was genau Florian ihm ... bieten würde. So drückte er sich aus.«

»Was haben Sie geantwortet?«

»Nichts.« Die Frau schloss die Augen. »Wir standen schon vor dem Eiskeller.«

Küps ließ ein paar Sekunden verstreichen. Dann beugte er sich herunter und legte Lena Creussen eine Hand auf die Schulter. »Kommen Sie.«

Die Vorbereitungen für die weltumspannende Gleitschirmtour nahmen Sven Hartmann bereits voll in Anspruch. Er war ein kräftiger, durchtrainierter Mann, sein Auftreten war forsch, seine Pläne hochfliegend. Auf Marietheres Winterling nahm er nur so viel Rücksicht, wie er für nötig hielt. Die Witwe war das von ihrem verstorbenen Gatten gewohnt. Sie tat alles, um Hartmann in seinem Verhalten zu bestärken. Manche Menschen suchen keine Veränderung, sondern nur einen Tausch.

Im Polizeirevier knickte Hartmann so schnell ein wie eine billige Zeltstange. Als Küps ihn mit Lena Creussens Äußerungen konfrontierte, versuchte er zunächst, die Hauptschuld auf sie abzuwälzen. Er bedachte nicht, dass die Kleidungsstücke aus dem Kostümfundus aufgetaucht waren. Küps hatte einen Anruf von seinen Mitarbeitern erhalten, bevor er mit Brandeisen die Wiederauferstehung des Richters inszenierte. Die Polizisten hatten das Bündel in einem frisch ausgehobenen Loch bei Wüstenstein entdeckt. Hartmann hatte es dort vergraben. An dem Anzug, den er im Gärkeller getragen hatte, fand sich nach zwei Tagen Laborarbeit der endgültige Beweis: DNA-Spuren von der Ermordung Winterlings am Jackenärmel und auf dem Revers. Nur mit dem Diebstahl hatte Hartmann nachweislich nichts zu tun.

Marietheres fiel aus allen Wolken. Die Witwe hatte ihren Liebhaber zwar gedeckt und keine Einwände erhoben, als er sie vom beschleunigten Ableben des Richters unterrichtet hatte. Winterling sei ein ausgemachter Widerling gewesen – sie fand das Wortspiel passend. Er hätte sie noch mit Sauerstoffmaske und Blasenkatheter herumkommandiert, bis die Absätze ihrer Manolo Blahniks glühten.

Doch von Hartmanns Bündnis mit Lena Creussen hatte Marietheres nichts gewusst. Es war schwer zu beurteilen, was ihr mehr gegen den Strich ging: Hartmanns Eigenmächtigkeit oder sein Dilettantismus bei der Beseitigung der Spuren.

Brandeisen befürchtete, dass ein guter Rechtsanwalt ihre Verdunkelungsversuche erfolgreich bagatellisieren würde. Das Schlussplädoyer lief vermutlich folgendermaßen ab: Hartmann habe schnell Geld gebraucht und darauf spekuliert, einen Anteil von der Erbschaft zu erhalten, als Gegenleistung für seine fortgesetzten Liebesdienste. Frau Winterling hingegen könne sich auf die üppige Apanage ihres Gatten berufen, über die sie schon zu dessen Lebzeiten verfügte. Der Nachlass wäre ihr ohnehin irgendwann zugefallen. Dass sie die Wartezeit abkürzen wollte, war zwar ein Motiv. Doch die Beweise fehlten. Wenn Frau Winterling tatsächlich die Ermordung ihres Mannes in Erwägung gezogen hätte, wären ihr andere Mittel zu Gebote gestanden ... Ehebetten seien komfortablere Tatorte als Gärkeller.

Und Florian Ruske? Unschuldig in jeder Beziehung. Er versuchte, die Vorfälle künstlerisch zu verarbeiten und stilisierte Lena zur selbstlosen Muse. Seine Bilder gewannen an Qualität. Den Kunsthändlern war das egal. Aufgrund der unbezahlbaren PR knallten die Preise für einen echten Ruske ohnehin durch die Decke.

Von dem letzten Streich des Richters erfuhr Brandeisen aus der Zeitung. Mehrere Wochen, nachdem er die Akte geschlossen hatte, meldete sich ein Berliner Notar namens Slansky. Winterlings Misstrauen war nur noch von seiner Umsicht übertroffen worden. Da er mit seinen Schuldsprüchen das gesetzliche Strafmaß stets zur Gänze ausgeschöpft hatte, war er auf alles gefasst gewesen. Er hatte bei dem Notar folgendes Testament hinterlegt: Im Falle eines gewaltsamen Ablebens sollten all seine handschriftlichen Nachlassregelungen ungültig sein. Stattdessen, so lautete die letztwillige und amtlich beglaubigte Verfügung, fiel fast der gesamte Besitz des Richters der Juristischen Fakultät der Freien Universität Berlin zu. Dort hatte Winterling einst studiert. Eine kleine, aber ansehnliche Summe war einer Privatperson zugedacht: Rolando Ramoscelli, Schuster in Trastevere, wie Winterling einer der Letzten seiner Art.

Küps strich den Zeitungsausschnitt glatt. »Ein hübscher Lohn für ein Paar Schuhe, finden Sie nicht?«

»Gute Handwerksarbeit ist unbezahlbar«, sagte Brandeisen und trank einen Schluck von seinem Bier. Er hatte Küps zu einer Führung im Brauereimuseum eingeladen. Den Einwand, das sei doch geschmacklos, ließ er nicht gelten. Küps müsse sich unbedingt mehr Zeit für die Bildung nehmen, sonst würde er geistig verarmen. Im Zuge der Ermittlung hätten sie den Schätzen des Museums nicht genug Aufmerksamkeit schenken können. Es gab Nachholbedarf.

Küps interessierte sich weniger für die Gerätschaften zur Bierherstellung als für die Blechschilder ehemaliger

Brauereien. In all ihrer sentimentalen Pracht hingen sie an den Wänden. Löwenbräu, Bürgerbräu, Polarbär – wie die Zeit verging! 1818 hatte es noch 65 Brauereien in Bamberg gegeben. Das war quasi gestern in einer Stadt, die sich vor gerade mal 1000 Jahren als Nabel der Welt verstand.

Brandeisen hatte mit dieser Art Nostalgie wenig am Hut. Panta rhei, dachte er als alter Humanist, alles fließt. Und das Bier erst recht. »Gehen wir wieder in die Museumsgaststube«, meinte er und lotste den Kommissar nach oben.

Titus Groll brachte den Kriminalern Kaltgetränke der Saison.

»Warum haben Sie sich in dem Fall so stark engagiert?« Küps schraubte an seinem Bierkrug herum. »Es kommt ja nicht alle Tage vor, dass sich ein Staatsanwalt dermaßen aktiv in die Ermittlungen einschaltet.«

Brandeisen dachte eine Weile nach. Die Herbstsonne bahnte sich einen Weg durch die Fensterscheiben und malte eine gelbe Pfütze auf den rotbraunen Steinboden.

»Ich möchte mir ein Bild von den Menschen machen, bevor ich sie im Gerichtssaal sehe«, sagte er schließlich. »Ich will in Erfahrung bringen, wie ihr Leben entstanden und beschaffen ist.«

Küps nickte gewichtig. »Bei mir ist das anders, Herr Staatsanwalt, das sag ich Ihnen lieber gleich. Was ein Mörder oder ein Räuber oder weiß der Teufel wer so macht in seiner Freizeit, wie der drauf ist und warum, das ist mir wurscht. Ich schau, dass ich die Strauchdiebe festnehm und dass sie ihre Strafe kriegen.«

»Einverstanden«, sagte Brandeisen. »Wir sind gar nicht so weit voneinander ent–«

»Ein Muggenschieß auf einer Schellen-Sieben. Mehr isses net, des Leben.«

»War das jetzt ein Zitat?«

»Naa, des is original von mir. Und des geht noch weiter: Den Muggenschieß kratzt der Herrgott irgendwann mit'm Fingernagel weg.«

»Und dann?«

»Dann teilt er neu aus.«

»Noch ein Bier?«, fragte Titus Groll. »Den Weg zu den Toiletten kennen Sie ja.«

Weltkulturerbelauf

Der Landtagsabgeordnete grinste von einem Ohr zum anderen. Sein Markenzeichen – obwohl er tot war. Genickbruch, mitten in Bambergs »Weltkulturerbelauf«. Dabei handelte es sich um einen Halbmarathon, der aus gemütlichen oberfränkischen Bierdümpfeln im Zwei-Jahres-Takt Horden von Fitnessverrückten machte.

»Ein wirklich unglücklicher Sturz.« Staatsanwalt Brandeisen schüttelte den Kopf. »Wie konnte das nur passieren?«

Das Opfer hieß im Volksmund Gummi-Mayer. Der Spitzname ging auf die Karriere des Abgeordneten zurück: biegsam wie Gummi, sagten sogar seine Parteifreunde, die Mayer in die Landeshauptstadt weggelobt hatten. Auch in München galt er nicht gerade als standfest. Gummi-Mayer drehte sich schneller nach dem Wind als ein geölter Wetterhahn.

»Da hat jemand nachgeholfen.« Kommissar Küps betrachtete den hässlichen Fleck auf dem Asphalt. »Ist das Schmierseife?«

Brandeisen stocherte mit seinem Kuli in der seltsamen Substanz herum. »Sieht aus wie eine Schleimspur.«

»Von einer Monsterschnecke?«, höhnte Küps.

»Sie schauen zu viele schlechte Filme.« Brandeisen winkte die Spurensicherung herbei. Die Kriminaltechniker waren glücklich, endlich ihre sündhaft teure Ausrüstung einsetzen zu dürfen. UV- und Infrarotkameras, Gelatinefolien, ein tragbares Massenspektrometer. Die Kurve, in der Gummi-Mayer ausgerutscht war, hatte ihre Tücken: stark abschüssig und glatt wie ein Beamtenhintern.

»Unser erstes Attentat«, freute sich Küps – und mit ihm die Lokalpresse, die den Fall in den folgenden Tagen mit geheuchelter Entrüstung ausbreitete.

Die Analyse der Schleimspur erbrachte: Ein unbekannter Täter hatte einfach auf den Boden gerotzt. Daraufhin wurden in Bamberg DNA-Proben von sämtlichen knapp 70.000 Einwohnern genommen, was mehrere Jahre in Anspruch nahm. Ohne Ergebnis, der infame Rotzmörder musste aus dem Landkreis oder gar von außerhalb stammen.

Das Bestattungsinstitut bahrte den Leichnam für die Beerdigungsfeier effektvoll auf. Ein Knabenchor sang: »You'll never walk alone.« Gummi-Mayer grinste immer noch.

Der Mann mit dem schwarzen Kajak

Es ging auf Mittag, und es war unerträglich heiß. Dicke, klare Schweißtropfen standen auf den Gesichtern der Männer. Der feuchte Fleck am Rücken von Staatsanwalt Brandeisens Tropenhemd wurde immer größer.

Küps beobachtete, wie sich eine riesige Stechmücke auf seinem Unterarm niederließ. Langsam fuhr sie ihren Rüssel aus und wollte ihn gerade in der Haut des wohlgenährten Kommissars versenken, als er zuschlug.

»Nummer 65«, sagte Küps und schmierte die Mückenreste ins Gras.

Brandeisen schwieg. Er spürte Dumpfheit im Kopf. Seine Füße waren wie gargekocht, sie steckten in Segelschuhen aus elfenbeinfarbenem Tuch. Niemals würde er Küpsens Rentnersandalen oder – Gott behüte! – Flip-Flops tragen. Einzig sein Panamahut aus der Faser der Toquilla-Palme ließ ihn eine gewisse Würde wahren.

Die beiden Ermittler befanden sich auf dem Campingplatz in Bug, einem Ortsteil von Bamberg. Sie zelteten direkt am Regnitzufer in einem pyramidenförmigen Expeditionswigwam aus Brandeisens Interrail-Zeiten. Nicht weniger als zweiundvierzig Heringe, neun Spannseile und Nerven aus Stahl waren nötig gewesen, um es ordnungsgemäß aufzubauen. Als Sitzgelegenheiten dienten Klappstühle mit Blümchenmuster. Ein alter Bluna-Sonnenschirm – Küps hatte das Ding in seiner Jugend auf einem Bierkeller geklaut – spendete ein wenig Schatten.

Auf den ersten Blick konnte diese Szenerie nur dem Gehirn eines Schmierenkomödianten entsprungen sein. Küps, ein schwer verheirateter Gemütsmensch, hatte das eheliche Wohnmobil kürzlich verkauft, weil er am liebsten gar nicht verreiste. Brandeisen, notorischer Hagestolz und an Korrektheit nicht zu überbieten, zog es nur an Orte, wo berühmte

Barockopern aufgeführt wurden. Machten die beiden etwa gemeinsam Urlaub?

Weit gefehlt! Sie waren einem Mörder auf der Spur. Und zwar undercover ...

Dietrich Plößberg, frühpensionierter Ingenieur für Luft- und Raumfahrttechnik, führte mit 53 Jahren ein überaus aktives Leben. Der leidenschaftliche Kajakfahrer hatte schon viele Flüsse bepaddelt und war zu diesem Zweck auch nach Bamberg gereist. Eine ganze Woche wollte er auf dem Buger Camping- platz verweilen, er hatte dort eine fest installierte Hütte gebucht. Doch schon am ersten Tag seines Aufenthalts war er von einer abendlichen Erkundungsfahrt nicht zurückgekehrt. Seither galt er als vermisst. Auch von seinem Kajak fehlte jede Spur.

Es stand zu befürchten, dass Plößberg einen Herzinfarkt oder Schlaganfall erlitten hatte und daraufhin in der Regnitz ertrunken war. Zeugen des Unglücks waren bisher nicht in Erscheinung getreten. Die Polizei suchte den Flusslauf ab, sogar Taucher wurden eingesetzt – vergebens. An der soge- nannten Buger Spitze war die Regnitz fast zweihundert Meter breit, sie teilte sich in einen linken und einen rechten Arm. Der Campingplatz lag 1,5 Kilometer flussaufwärts. Allein die- ser Abschnitt war von den Suchmannschaften kaum abzude- cken.

Falls Plößbergs Leiche samt Kajak jedoch von der Strö- mung erfasst worden war, gab es zwei Möglichkeiten. Entwe- der sie war in den rechten Regnitzarm getrieben. Am Jahn- wehr stürzten die Fluten wasserfallartig herab – ein Katarakt ohne Wiederkehr – und vereinigten sich nach der Heinrichs- brücke mit dem Main-Donau-Kanal.

Oder die Leiche war über den linken Regnitzarm bis zur Oberen Mühlbrücke gelangt, wo eine Turbinenanlage zur Energiegewinnung eine künstliche Sperre bildete. Dort wäre das Kajak möglicherweise hängen geblieben. Wenn der Körper jedoch herausgerutscht war und mit den Turbinen Bekannt- schaft geschlossen hatte ...

»Landleberwurst«, las Küps auf dem Etikett und schraubte den Verschluss ab. »Mittagessen.«

»Grob oder fein?« Brandeisen arrangierte mehrere Scheiben Bauernbrot zu einem hübschen Fächer.

»Grob natürlich.«

Klapptisch. Picknickkorb mit Geschirr und Besteck. Zwei zusammenschraubbare Plastikgläser. Der Staatsanwalt legte Wert auf einen Hauch Zivilisation, sogar bei einer überaus gefährlichen Mission wie dieser.

Küps trank sein Zwölf-Uhr-Bier demonstrativ aus der Flasche. Fünf Tage lief diese verdeckte Operation nun schon. Zwei Schulfreunde lassen die alten Zeiten wieder aufleben – das war ihre Tarnung. Allmächtiger! Fünf Tage mit Brandeisen, der sich unter seinem verdammten Strohhut für Charlie Chan hielt, waren nur mit Alkohol zu ertragen.

Der Staatsanwalt zog Tonic Water vor – das Chinin bot Schutz gegen Malaria. Er bestrich eine Ecke seiner Brotscheibe mit Leberwurst. Nur die Ecke. Biss behutsam ab.

Küps trug das Zeug großzügig auf und stopfte sich den Kanten zwischen die Kiemen. Spülte mit Bier nach. Langsam fühlte er sich wieder wie ein Mensch. Diese nächtlichen Einsätze gingen an die Substanz.

»Die Artischockenherzen gestern fand ich besser«, sagte Brandeisen. »Und die Bruschetta mit Strauchtomaten.«

»Gestern waren Sie für die Verpflegung zuständig. Heute bin ich dran.«

»Fettreich, Ihre Ernährung. Was sagt der Doktor dazu?«

»Wer?«

Brandeisen seufzte. »Kommen wir zur Lagebesprechung.« Er machte Platz auf dem Klapptisch und breitete Skizzen und Diagramme aus. Ein beiläufiger Rundumblick – sie waren unbeobachtet. Im Geiste ging er seine Theorie noch einmal durch, während Küps Stechmücke Nummer 66 plattmachte.

Überflüssig zu erwähnen, dass der Staatsanwalt nicht an einen Unfall Plößbergs glaubte. Dafür war der Mann zu jung und zu gut trainiert. Nein, da musste mehr dahinterstecken. Viel mehr. Wie Küps von einer Gruppe Faltbootfahrer erfahren hatte, war das verschwundene Kajak schwarz. Und es war ungewöhnlich eckig geformt ...

Dabei konnte es sich um nichts anderes als ein Kampfkajak mit Tarnkappentechnologie handeln. Brandeisen hatte seine Beziehungen zur Hardthöhe spielen lassen, wo nach dem Rücktritt des schönsten Verteidigungsministers aller Zeiten noch einige oberfränkische Staatsdiener an ihren Stühlen klebten. Über diese Kanäle hatte er eine brisante Information erhalten.

Plößberg war an der Entwicklung des Eurofighters beteiligt gewesen. Er hatte geholfen, den Radarquerschnitt des Jets zu verringern. Für einen Mann mit derartigen Fähigkeiten lag es nahe, nach der Pensionierung weiterzutüfteln. Hatte der Ingenieur sein Hobby, das Kajakfahren, mit dem Nützlichen verbunden: der Erfindung eines neuartigen Ein-Mann-Boots für militärische Sondereinsätze? Und wo ließ sich der Prototyp dieses Kampfkajaks besser erproben als auf der beschaulichen Regnitz, in der Verkleidung eines harmlosen Touristen? Wenn die Testphase beendet war, konnte Plößberg das Boot auf der nächsten Waffenmesse meistbietend versteigern und den Rest seines Ruhestands auf einer Privatinsel in der Karibik verbringen.

Natürlich würde jeder Geheimdienst, der etwas auf sich hielt, alles dafür tun, eine solche Wunderwaffe in die Hände zu bekommen. Jeder Geheimdienst außer den Ignoranten vom BND, die Brandeisens Andeutungen nicht ernst nahmen und die Einzigen waren, die Plößberg nicht rund um die Uhr beschattet hatten.

»Was macht die CIA?«, wollte der Staatsanwalt wissen.

Küps wies auf einen zehn Meter langen, chromglänzenden Großraumwohnwagen, der in Sichtweite am Flussufer stand. Der Geruch von Popcorn wehte herüber. »Die schauen wahrscheinlich Agentenfilme. Bestimmt haben die Eiswürfel.«

Brandeisen, ganz Old Europe, hatte für die Amerikaner nur ein mildes Lächeln übrig. »Sind unsere russischen Freunde schon wach?«

Aus den Augenwinkeln betrachtete der Kommissar einen vergammelten Dauercamper, wo sich der SWR eingenistet hatte. »Kein Lebenszeichen.« Die Männer vom russischen Auslandsnachrichtendienst pflegten jeden Tag zu grillen. An dem wachsenden Berg leerer Wodkaflaschen neben der Tür ließ sich der Grad ihrer Einsatzbereitschaft ablesen.

»Immer das Gleiche, um die brauchen wir uns keine Sorgen zu machen.« Brandeisen notierte den Status. »Der Mossad ist da schon ein anderes Kaliber.«

Küps holte eine Fotokamera aus seinen großzügig geschnittenen Bermudashorts und richtete sie auf eine Ansammlung von Ein-Personen-Zelten. Er stellte den Zoom scharf, bei den Israelis musste man raffiniert vorgehen. Als sie auf ihren schweren Motorrädern eingetroffen waren, hatte der Kommissar sie einen Moment lang für eine Bikergruppe gehalten: dicke Lederkombis, darunter muskelbepackte Körper. Doch an den Stränden von Tel Aviv und Jaffa schien das Standard zu sein. »Die liegen in der Sonne und polieren ihre Goldkettchen. Ihre beiden Taucher sehen erschöpft aus.«

»Scholem Alejchem«, sagte Brandeisen, für den der Mossad immer noch das Laserschwert unter den Geheimdiensten war: minimalinvasiv und höchst effizient. »Was haben wir sonst noch?«

»Die Leute vom MI6 trinken sich durch alle Biersorten, seit sie hier sind, was anderes interessiert die nicht. Kein Wunder, bei dem Spülwasser, das die armen Kerle daheim kriegen.« Küps checkte ein weiteres Wohnmobil. »Und die Franzosen empfangen wieder mal Damenbesuch. Wenn die sich mal aus ihrem Bus rauswagen, fahren sie höchstens zur Apotheke.«

»Bleibt das Zweite Büro der Staatssicherheit.«

Küps musste aufstehen, um den eiförmigen Mini-Wohnwagen zu erspähen, in dem mindestens zehn Chinesen hausten. Unvorstellbar, wie diese Kerle in dem winzigen Ding Platz fanden. Einen Kontrabass führten die quirligen Asiaten allerdings nicht mit sich.

»Na, was ist?«, fragte Brandeisen.

»Gerade hat einer Pakete vom China-Imbiss gebracht.« Küps nahm wieder den Zoom der Kamera zu Hilfe. »Sieht mir nach Hühnchen süß-sauer aus.«

»Mit Nudeln oder mit Reis?«

»Reis.«

»Liegt nicht so schwer im Magen ...«, sinnierte Brandeisen und bedachte seinen Partner mit einem wissenden Lächeln. »Die bereiten sich auf eine größere Aktion vor.«

»Meinen Sie?«

»Ich habe so ein Gefühl, dass sie heute Nacht zuschlagen.«

Dieses Gefühl hatte der Staatsanwalt andauernd, Geduld war nicht seine Stärke. Küps hielt sich dagegen für die Inkarnation von Geduld. Sein Naturell schwankte zwischen Phlegma und Wachkoma.

Brandeisen nahm sich die Landkarte vor. »Planquadrat 114 B.«

Die Planquadrate. Brandeisen hatte alle Abschnitte, wo Plößberg mit seinem Kajak versunken sein konnte, genau kartiert. Er ging von folgendem Tathergang aus: Ein Scharfschütze hatte Plößberg neutralisiert, wegen des freien Schussfelds wahrscheinlich auf Höhe der Buger Spitze. Plößberg war ins Wasser gekippt und das Boot war mit ihm untergegangen.

Welche Agenten auch immer diesen eiskalten Mord verübt hatten – die anderen Geheimdienste hatten vermutlich alles beobachtet und würden einer Bergung des Kampfkajak-Prototyps nicht tatenlos zusehen. Abwarten war also das Gebot der Stunde – während das Boot immer weiter abtrieb. Zu allem Überdruss hatte die Bamberger Polizei eine eigene Suchaktion gestartet, diese aber aufgrund ihres knappen Etats nach einem Tag eingestellt.

Seitdem war der Weg frei für die Taucher der CIA, SWR und so fort. Jeder versuchte, das Kajak vor den Konkurrenten zu finden. Tagsüber sondierten sie nur die Lage, doch abends und nachts entfalteten sie an der Regnitz jede Menge Unterwasseraktivitäten. Um zu vermeiden, dass der Fluss wie ein beleuchtetes Aquarium aussah, setzten die Taucher Sonar, Restlichtverstärker und Ultraschall ein. Gleichzeitig belauerten und überwachten sie sich gegenseitig. Das war am besten zu bewerkstelligen, indem alle Agenten auf dem Campingplatz blieben und die Kollegen im Auge behielten. Irgendwie war man ja eine große Familie.

Nach den ersten Tagen ließ der Diensteifer jedoch deutlich nach. Keinem gelang es, die Beute in seinen Besitz bringen. Was sprach dagegen, ein bisschen zu relaxen und sich von den Einsätzen in Pakistan oder Afghanistan zu erholen? Sollten sich doch der Mossad und die Chinesen abstrampeln, dachte die CIA – während der Mossad und die Chinesen nur so taten, als wären sie voll bei der Sache. Sie hielten die Saufgelage der Russen und Engländer für Täuschungsmanöver und warteten auf deren nächsten Zug. Die Franzosen von der Direction Générale de la Sécurité Extérieure (DGSE) machten, was sie immer taten: das örtliche Gunstgewerbe einer eingehenden Prüfung unterziehen. Danach drehten sie meist eine Runde mit einem Tauchboot im Haifischdesign und schossen Fotos von der Unterwasserfauna.

Mitten in diesem Spinnennetz saßen Brandeisen, der sich wie geschaffen hielt für das Great Game internationaler Spionage, und Küps, der sogar die Schlafmaske des Staatsanwalts in Kauf nahm für ein paar ehefreie Tage. Die beiden hatten ihrerseits die Aktionen der Geheimdienste verfolgt, wachsam wie eh und je.

»Wir müssen handeln!«, sagte Brandeisen schließlich und deutete auf Planquadrat 114 B. »Das ist beim Hainbad, unter den Stützpfählen der Holzliegefläche. Dort hat noch niemand gesucht.«

»Jetzt gleich?«

»Aye, aye, mein Lieber! Beenden Sie Ihr rustikales Mahl. Auf uns warten ... Abenteuer!«

Es dauerte eine Weile, bis Küps sich in Bewegung setzte. Doch nach einem ordentlichen Schluck Spezial Rauchbier, das bei jeder Temperatur schmeckte, erwachte sein Ehrgeiz.

»Dann mal ran an den Speck!«

Gesagt, getan. Schnell noch Ausrüstung und Proviant eingepackt. Am Ufer wartete ihr Fortbewegungsmittel.

Nein, es war kein Kinderschlauchboot, wie Küps es nutzloserweise mitgebracht hatte. Und mit den Zodiacs der Geheimdienste besaß es auch keine Ähnlichkeit. Brandeisen hatte schon am ersten Tag der Operation ein Kanu geliehen, in Erinnerung an den berühmten Zweikampf zwischen Lex Barker (Old Shatterhand) und Mavid Popović (Intschu-Tschuna) aus den Winnetou-Filmen.

Der Kommissar stieg vorne ein, der Staatsanwalt hinten. Inzwischen hatten sie die unfreiwillige Komik des Kanufahrens hinreichend ergründet und stellten sich recht geschickt an. Sie paddelten los.

Es war wie eine Reise zu den ältesten Tagen der Erde. Ins Herz der Finsternis. Der Fluss trug sie einem unbestimmten Schicksal entgegen.

Zur Rechten erstreckten sich Fiebersümpfe. Myriaden von Stechmücken stiegen auf und fanden zielsicher den Kommissar, der Nummer 67 bis 75 erschlug. Brandeisen zückte eine Sprühdose mit tödlichem Insektizid und schickte eine ganze Wolke von Blutsaugern zur Hölle.

Kurz darauf gelangten sie in ein Gebiet, das von leicht bekleideten Wilden besiedelt war. Sie sonnten ihre Hungerbäuche und planschten in einem großen Schwimmbecken umher. Ein paar Kinder bemerkten die vorüberfahrenden Kanuten und richteten ihre primitiven Waffen auf sie, darunter ein Gerät, das Küps als »Super Soaker Tornado Strike«

identifizierte – bevor ihn ein spiralförmiger Wasserstrahl traf und von Kopf bis Fuß durchnässte.

Der nächste Eingeborenenstamm ließ nicht lange auf sich warten. Diesmal erwischte es Brandeisen, dem der Panamahut vom Kopf geschossen wurde. Das gute Stück verschwand in den Wogen. »Dafür kriegt ihr zwei Jahre Jugendhaft!«, drohte er und bedauerte zutiefst, dass er die kleinen Bastarde nicht in den Steinbruch bei Eschlipp schicken durfte, wie es alter Väter Sitte gewesen war.

Sie erhöhten die Schlagzahl. Der Staatsanwalt, nunmehr barhäuptig, fühlte die Zymbeln der unbarmherzigen Sonne auf der Stirn. Küps hatte sein Käppi mit dem Aufdruck »Kfz-Werkstatt Bayer« ebenfalls verloren – egal, zu Hause hatte er einen ganzen Vorrat davon. Er machte vier Knoten in sein Taschentuch und stülpte es sich über den Schädel.

Das Grauen! Das Grauen! Brandeisen wollte vor Scham in der Regnitz versinken.

Endlich erreichten sie die Franz-Fischer-Brücke. Dort mussten sie all ihr Geschick aufwenden, um tückische Strudel zu umschiffen. Das sah folgendermaßen aus: Der Kommissar paddelte wie verrückt, während Brandeisen steuerte und Anweisungen gab.

Küps hasste diese Aufgabenverteilung. »Sklaventreiber!«

»Bewegung tut Ihnen gut. Da schmelzen die Pfunde im Handumdrehen.«

Küps dachte mehr an Halsumdrehen.

Dann glitten sie in ruhigere Gewässer. Der Fluss wurde breiter, und die Buger Spitze kam in Sicht: der südlichste Punkt des Bamberger Inselgebiets und des Stadtparks namens Hain.

Doch die Gefahren nahmen kein Ende, Tretboote kreuzten ihren Kurs. Ohne Zweifel Flusspiraten – Brandeisens überhitztes Gehirn produzierte Wahnvorstellungen. Ein Zusammenstoß oder gar Kentern würde das Ende ihrer Mission bedeuten. »Dies ist eine Straftat gegen die Krone!«, rief er. »Gebt die Fahrrinne frei! Sonst baumelt ihr alle am Galgen!«

Die Piraten lachten dreckig und machten sich über das Taschentuch lustig, das die rote Birne des Kommissars zierte.

»Ich bin nicht geneigt, mit Gesetzlosen zu verhandeln. Mister Küps, stellen Sie ein Enterkommando zusammen!«

Prompt schickte sich eines der Boote an, das Kanu zu rammen. Es hatte einen blutroten Rumpf und war vollbesetzt mit einer bunt tätowierten Freibeuterschar.

Küps erkannte einen polizeilich bekannten Tunichtgut, den er schon des Öfteren wegen nächtlicher Ruhestörung und Vandalismus festgesetzt hatte. »Wart nur, bis ich rüberkomm!«, rief er. »Dann gibt's einen Satz heiße Ohren! Und deine Mutter bestell ich morgen auf die Wache.«

Brandeisen wunderte sich über die Ausdrucksweise des Kommissars, doch die Piraten drehten bei. Er steuerte das Kanu in den linken Regnitzarm.

Als sie unter dem Steg eines Hochwassersperrtors hindurchfuhren, bestand Küps auf einer Pause. Im Schatten konnte sich sein halluzinierender Kompagnon regenerieren.

Nach einer Reihe deftiger Flüche über den »Abschaum der Meere« kam Brandeisen wieder zu sich. »Warum haben wir keinen Schirm mitgenommen? In dieser Bruthitze kann man ja nicht klar denken.«

»Geht's wieder?«

»Das nächste Mal machen Sie mich bitte darauf aufmerksam, wenn ich mich im Zeitalter vertue. Derartige Verwechslungen sind etwas peinlich.«

Küps vermutete, dass Brandeisen ohnehin in mehreren Zeitaltern lebte und ihm die Gegenwart eher lästig war. Er sagte nichts und paddelte.

Die Weiterfahrt gestaltete sich jetzt behaglicher. Sie kamen durch eine malerische Flusslandschaft. Träge strömte die Regnitz dahin. An beiden Ufern waren Spaziergänger und Jogger unterwegs. Hohe Buchen streckten ihre Äste über das Wasser. Das schwache Plätschern und Gurgeln beim Eintauchen der Paddel wirkte so einschläfernd, dass Brandeisen den Verkehrslärm des Münchner Rings, dessen Trasse sie unterquerten, kaum wahrnahm. Erst am Bootshaus des Rudervereins schreckte er aus seiner Versunkenheit hoch. Sie hatten ihr Ziel fast erreicht.

Auf dem angrenzenden Grundstück befand sich das Hainbad. Seit 1972 war es ein reines Luft- und Sonnenbad. Doch als vor ein paar Jahren die Schließung drohte, war es zu Bürgerprotesten gekommen. Die Bamberger, sonst schwer erregbar, hatten den Amtsschimmel in die Schranken gewiesen. Nach mehrmaliger Überprüfung der Wasserqualität durfte man in der Regnitz sogar wieder baden.

Brandeisen brachte einen Wurfanker aus. Das Kanu hielt in der Nähe des gegenüberliegenden Ufers Position.

Dem Betrachter bot sich ein Anblick, der es in sich hatte.

Die Holzliegefläche direkt am Wasser war vor allem bei Studenten beliebt. Und bei Studentinnen. Das hieß: Grazile junge Körper, nur notdürftig bedeckt von den gewagten Erzeugnissen der Bademodenindustrie, räkelten sich in der Sonne. Oder sie lehnten am Geländer und fragten sich, warum ihr Bikini zwei Nummern zu klein war. Oder sie spielten Ball auf der Liegewiese und sandten ein perlendes Lachen über den Strom, wenn sie durcheinanderhüpften wie Go-Go-Tänzerinnen. Nach den Tagen mönchischer Abgeschiedenheit war das zu viel für die beiden Ermittler.

»Mund zu!«, brummte Küps, der als Erster zur Besinnung kam und sich Wasser ins Gesicht spritzte. »Die denken noch, wir sind Spanner.«

»Ähm, ja.« Widerstrebend riss sich Brandeisen von den Strandnymphen los und wandte sich dem nächsten Schritt ihres Vorhabens zu. Er streifte Hemd, Hose und Schuhe ab. Ein Schwimmanzug kam zum Vorschein, in dem er vor hundert Jahren gewiss eine gute Figur gemacht hätte. Er setzte Taucherbrille und Schnorchel auf und ließ sich – überraschend behände – ins kühle Nass gleiten.

Kühl war wörtlich zu nehmen. Dem Staatsanwalt blieb die Luft weg, im Lendenbereich herrschte schlagartig Ruhe.

Dann gewöhnte er sich an die Wassertemperatur und schwamm los.

Küps brachte das Kanu wieder in die Balance. Was nicht einfach war, weil er sich halb schieflachte.

Ein paar Jünglinge, die im Fluss badeten, fanden Brandeisens Bruststil seltsam. Er ignorierte sie. Mit gleichmäßigen Zügen, die auch Lord Byron zur Ehre gereicht hätten, gelangte er unter die Holzkonstruktion und sah sich zwischen den Stützpfählen um.

Nichts.

Er ging auf Tauchstation.

Die trübe Brühe schien undurchdringlich. Doch Brandeisen hatte Augen wie ein Hecht. Methodisch suchte er Planquadrat 114 B ab, wurde eins mit dem flüssigen Element. Er wand sich zwischen glitschigen Balken hindurch, entfernte Treibgut und Schlingpflanzen – und stieß auf einen länglichen Gegenstand, der sich unter der Wasseroberfläche festgekeilt hatte.

Plößbergs Kajak, kein Zweifel.

Wie oft musste er auftauchen und Atem schöpfen, um das Ding den Fängen der Regnitz zu entreißen? Brandeisen nahm es schließlich in Schlepp und schwamm einarmig zum Kanu zurück. Das dauerte eine Weile. Die Strömung machte sich stärker bemerkbar.

Küps konnte es nicht fassen. Hatte der alte Kniefiesler richtig gelegen? Was er da hinter sich herzog, besaß durchaus Ähnlichkeit mit –

Plötzlich begann das Wasser zu brodeln. Große Luftblasen stiegen auf. Es zischte und blubberte. Gleich einem Killerwal durchbrach das Tauchboot der Franzosen die Wogen.

Ein bärtiger Agent, Kapitän Haddock nicht unähnlich, öffnete die Kabinenkuppel. Er richtete eine Maschinenpistole auf die Bamberger Kriminaler, die gerade das Kanu ans Ufer zogen.

Bevor der Mann »Parlé« sagen konnte, detonierte eine Haftmine am Rumpf des Mini-U-Boots und blies das Gefährt

ins Jenseits. Brandeisen und Küps wurden durch die Druck-
welle an Land geschleudert. Zur Sicherheit blieben sie auf dem
Boden liegen.

Russische Kampfschwimmer tauchten auf, um sich des
Kajaks zu bemächtigen. Mit grimmigen Mienen und was-
serdichten Sturmgewehren rückten sie vor. Doch sie hatten
nicht mit dem Zodiac-Schlauchboot des MI6 und den MG-
Salven der Royal Marines gerechnet. Das Blatt wendete sich,
und der Geheimdienst Ihrer Majestät lag um eine Flossen-
länge vorn ...

... bis das Schlauchboot samt Besatzung wie ein Stein in
der Regnitz versank und nie mehr gesehen wurde. Nur an
dem aufgewühlten Wasser war abzulesen, welch erbitterter
Kampf unter der Oberfläche tobte. Der Mossad schlug lautlos
zu.

Anders die Chinesen. Wer hätte gedacht, dass in ihrem
kleinen Wohnwagen noch Platz für drei entfaltbare Kampf-
dschunken mit Außenbordmotor war? Den Israelis ging es
mit einer alten, aber erprobten Methode an den Kragen. Wie
beim Dynamitfischen wurden sie einer nach dem anderen
durch Wasserbomben ausgeschaltet. Bei jeder Detonation
spritzte eine Fontäne hoch in die Luft. Fehlte nur noch ein
Feuerwerk ...

... für das die CIA sorgte. Eine unbemannte Drohne kreiste
über Bamberg und feuerte eine Hellfire-Rakete ab. Die Amerikaner lenkten diese sogenannte Fire-and-Forget-Waffe bequem
vom Campingplatz aus ins Ziel. Es war ein chirurgischer Ein-
griff, dem nur feindliche Agenten und ein paar Stockenten
zum Opfer fielen. Im Hainbad befand sich niemand mehr, die
Badegäste waren längst geflüchtet.

Langsam erhoben sich Brandeisen und Küps. Verdutzt
sahen sie sich um.

Das Kajak war weg.

»Waren das die Amis?«, fragte der Kommissar. Ihm dröhnte
der Schädel von den Explosionen. »Aber warum –«

»Langley hat offenbar kein Interesse daran, dass jemand das Kajak erbeutet. Deshalb haben sie es einfach zerstört.« Brandeisen entfernte Schilf von seinem Schwimmanzug.

»Wahrscheinlich sind ihre Spezialeinheiten längst mit solchen Booten ausgestattet. Sie wollen ihren taktischen Vorteil behalten.«

»Aus diesem Grund haben sie Plößberg erschossen. Keine Mitwisser.«

»Die CIA ist also der Mörder.« Küps stöhnte auf. »Was machen wir jetzt? Die räumen gerade ihre Leitstelle in Bug, dann sind die über alle Berge. Schreiben wir einen Brief an den Präsidenten?«

»Noch nicht«, sagte Brandeisen gedehnt. Er reckte sich zu voller Körpergröße und hielt Ausschau. Seine Augen verengten sich zu Schlitzen, wie sie es bei jedem Detektiv taten, seit Morde begangen und Krimis geschrieben wurden. »Ich glaube, die Agency war wieder mal nicht gründlich genug.«

Ein Stück flussabwärts erspähte er das Objekt der Begierde. Zwischen multinationalen Leichen trieb anscheinend – das Kajak. Es hatte sich im Laufe der Kampfhandlungen selbstständig gemacht. »Jetzt tut Eile not.« Er packte das Kanu und schob es ins Wasser. »Die Turbinen kennen keine Gnade.«

Küps folgte ihm. Wenn es sein musste, bewegte er sich mit der Geschmeidigkeit eines trächtigen Bibers.

Sie paddelten, als gelte es ihr Leben. Rasch holten sie auf, manövrierten durch tote Chinesen hindurch. »Rechts, links! Rechts, links!«, kommandierte Brandeisen. Die Strömung wurde immer stärker. Die Muskeln des Kommissars waren zum Bersten gespannt, fränkischer Stahl pflügte im Sekundentakt durch die Fluten.

Auf Höhe des Künstlerhauses Villa Concordia applaudierte ihnen Kulturvolk. Man interpretierte das Ganze wohl als Kunstaktion und bewunderte die naturgetreue Plastination der Wasserleichen.

Küps hatte keinen Mittelfinger frei, Brandeisen sah nur die Obere Mühlbrücke näher und näher kommen. Metallisches Kreischen ertönte. Das Mini-U-Boot der Franzosen wurde gerade zerschreddert.

Am Einlauf der rasiermesserscharfen Turbinenanlage sammelten sich leblose Körper. Nach und nach wurden sie alle in den unbarmherzigen Fleischwolf gezogen. Ritsche-ratsche, meck, meck, meck!

»Da!«, rief Küps. »Das Kajak hat sich am Bollwerk quer gestellt!«

Manchmal wurden stille Gebete erhört. Brandeisen brachte das Kanu vorsichtig längsseits. Der Turbineneinlauf bestand aus drei Trennwänden, auf denen Trittgitter angebracht waren. Direkt davor klemmte im rechten Winkel das Kajak – oder was er dafür gehalten hatte.

Ohne Taucherbrille sah er, dass er sich getäuscht hatte. Das »Kajak« war in Wirklichkeit ein aufblasbares, mit Sand gefülltes Krokodil.

Nach einer endlos langen Stunde wurde das Ermittlerduo vom Technischen Hilfswerk gerettet. Bezüglich der drastischen Vorfälle am Hainbad schaltete sich die amerikanische Botschaft ein. Der *Fränkische Tag* gab folgende Informationen an die Bevölkerung weiter: Methangas sei aus dem Regnitzbett entwichen und habe unkontrollierte Knalleffekte verursacht.

Für Brandeisen indes war klar: Plößberg hatte sich bei seiner letzten Kajakfahrt ins Ausland abgesetzt und seine Spur verwischt. Wer mochte der Abnehmer des Tarnkappenprototyps sein? Nordkorea? Die Schweiz?

Küps ließ ihn rätseln.

Am Abend nach ihrem Himmelfahrtskommando brannte das Pyramidenzelt ab. Leider war der Gaskocher umgefallen, als der Kommissar eine Dose Ravioli heiß machen wollte.

Brandeisen kam vom Duschen zurück und starrte

fassungslos auf ein qualmendes schwarzes Viereck, das von 42 Heringen gehalten wurde.

Nie mehr Camping, schwor sich Küps.

Vollmond über Schloss Fahlenstein

Ein kalter Herbstwind strich durchs Gras. Schroff stachen die Felsen empor und hoben sich in bizarren Linien vom Himmel ab. Wolkenfetzen schoben sich über die blasse Scheibe des Mondes. Für Sekunden wurde es so dunkel, dass Brandeisen gezwungen war, das Licht einzuschalten.

Sie befanden sich tief in der Fränkischen Schweiz. Der Staatsanwalt steuerte seinen schwarzen Citroën XM durch ein verschwiegenes Tal, fernab der Touristenrouten. Die Straße war nur ein schmales Band, beschattet von uralten Bäumen. Hin und wieder erglühte ihr Laub scharlachrot.

Es war ein Abend, wie er ihn schon häufig erlebt hatte. Trotzdem war irgendetwas anders als sonst ...

Küps saß auf dem Beifahrersitz und motzte seit der Abfahrt. Erst klagte er über seine zahlreichen Zipperlein – zu hoher Blutdruck, schlechte Zucker- und Cholesterinwerte, die Gicht. Dann verhöhnte er französische Automarken und fingerte mit den Worten »saumäßige Verarbeitung« an den XM-Armaturen herum. Inzwischen machte er sich Sorgen um seine Proteinzufuhr.

»Hoffentlich gibt's was Gescheites zu essen«, sagte der Kommissar. »Ich hab einen Bärenhunger.«

»Sie werden schon nicht vom Fleisch fallen.«

»Hätten wir den Mann nicht einfach auf die Wache bestellen können? Warum kriegt der eine Sonderbehandlung?«

»Freiherr Ludovic zu Fahlenstein ist nicht irgendwer. Den pfeift man nicht herbei wie einen kleinen Famulus.« Brandeisen schüttelte missbilligend den Kopf. »Ich habe ihn um seine Expertenmeinung gebeten. Und er ist so freundlich, uns auf seinem Familiensitz zu empfangen.«

»Kennt sich denn im Klinikum niemand mit Blut aus?«

»Auf dem Gebiet der Hämatologie ist der Professor seit Jahrzehnten eine Koryphäe. Er hat bei Vargha in Budapest promoviert, kurz nach dem Krieg. Danach lehrte er in Prag und London.«

»Dieses blaublütige Adelsgesocks! Kein Wunder, dass die von so was Ahnung haben.«

»Solche Unbotmäßigkeiten möchte ich ab jetzt nicht mehr hören«, entrüstete sich Brandeisen. »Mehr Contenance, bitte!«

»Vor Einbruch der Nacht werden wir kaum zurück sein.«

»Der Freiherr hat uns sogar angeboten, im Gästeflügel zu übernachten. Es gilt, das Verschwinden dreier Abiturienten und einer jungen Frau aufzuklären. Stellen Sie sich auf einen längeren Aufenthalt ein.«

Küps schwieg und stierte aus dem Fenster. Verschwundene Schüler! Waren sie das Jugendamt, oder was?

Nach einer Kurve kam Schloss Fahlenstein in Sicht. Düster und bedrohlich stand es auf einem Hügel – der aus hellem Jurakalk bestand, daher der Name. Im Grunde sah es aus wie eine Burg mit einem mächtigen Turm in der Mitte, umgeben von einem quadratischen Palas. Die Anlage thronte auf steil abfallenden Felswänden.

Brandeisen bog an einer Einmündung unvermittelt ab. Es gab weder Wegweiser noch irgendwelche Schilder, das Schloss war in keinem Reiseführer erwähnt. Anscheinend legte der Freiherr Wert auf Privatsphäre.

»Vielleicht können wir die Gärten besichtigen.« Ein Versuch, den Kommissar aufzumuntern. »Dafür haben Sie doch ein Faible.«

»Welche Gärten?«

»Unser Gastgeber ist Hobbybotaniker. Am Telefon hat er mir von neuen Sorten und Züchtungen vorgeschwärmt.«

Küps merkte auf. »Was wächst denn da oben?«

»Jede Menge exotischer Gewürzpflanzen. Im Treibhaus, versteht sich.«

»Aha.« Das Interesse des Kommissars war geweckt. Seit Jahren experimentierte er mit Kreuz- und Schwarzkümmel, um seinem selbstgebratenen Schäuferla eine besondere Note zu verleihen. Doch die Setzlinge waren kälteempfindlich und wollten nicht gedeihen.

»Gleich treffen Sie einen Seelenverwandten.« Der Staatsanwalt wusste, dass ein »Aha« von Küps ein Höchstmaß an Neugier ausdrückte.

Sie gelangten zu einer Zugbrücke. Die Kettenglieder der Vorrichtung waren mit Stacheln versehen. Brandeisen, seit jeher ein schwungvoller Fahrer, bretterte über die Brücke und schoss durch ein Tunnelgewölbe in den Innenhof. Er stellte den Wagen neben einer alten Kutsche mit Klappverdeck ab. Der Anblick des Gefährts entlockte ihm ein nostalgisches Lächeln.

Langsam fuhr die Zugbrücke hoch.

Die beiden Ermittler hatten sich in Schale geworfen. Küps trug seinen Beerdigungsanzug für alle Gelegenheiten, Brandeisen einen klassischen Smoking mit Kummerbund. Noch bevor er an die eisenbeschlagene Tür des Palas klopfen konnte, schwang sie geräuschlos auf.

Ein Butler von erdgeschichtlichem Alter empfing sie. Offenbar war er stumm. Er nickte und geleitete die Ankömmlinge ins Innere.

Brandeisen hatte schon viele Schlösser gesehen. Doch Fahlenstein setzte allen die Krone auf. In der Halle hingen Gobelins, kunstreich gewirkt und farbenprächtig wie am Tag ihres Entstehens. Komplette Ritterrüstungen zierten die Ecken, poliert und geölt, als stünde das nächste Turnier just bevor. Der Boden bestand aus schwarzem Marmor.

Küps wollte gerade fragen, warum die Wandteppiche schauerliche Folterszenen zeigten. Und warum die Rüstungen große, klaffende Löcher in Brusthöhe aufwiesen – als er ein Geräusch wahrnahm.

Eine Orgel.

Der Butler hatte sich in Luft aufgelöst, also nahmen sie die einzige offen stehende Tür, gelangten in einen schmucklosen, klösterlich anmutenden Gang und folgten den Klängen. Es war das *Via Crucis* von Liszt, wie Brandeisen sogleich bemerkte, eine musikalische Meditation über die Stationen des Kreuzwegs. Die Halbtonwanderungen der Orgel wirkten einsam und verloren, zerrissen zwischen Kontemplation und dunkler Verzweiflung. Gleiches galt für den Bariton, der in klagendem Tonfall »Ave, ave, crux!« verkündete.

Sie betraten die Kapelle derer zu Fahlenstein. Der Raum besaß nur ein paar schießschartengleiche Fenster knapp unter der Decke und lag im Zwielicht des scheidenden Tages. Kirchlichen Zwecken diente er wohl nicht mehr, da Kreuze und andere christliche Symbole fehlten. Brandeisen bewunderte das gotische Maßwerk, während Küps an seine Ministrantenzeit denken musste und an die Tracht Prügel, als er beim Messweinsüffeln erwischt worden war.

Der Freiherr spielte das Stück zu Ende. Dann stieg er über eine verborgene Treppe von der Orgelempore herab und begrüßte seine Gäste. »Die Herren Gesetzeshüter. Willkommen in meinem Reich!«

Auch er trug einen Smoking. Unter der schwarzen Fliege glänzte ein sternförmiger Orden. Ebenso groß an Wuchs wie der Staatsanwalt wirkte er erstaunlich jung, obwohl er an die neunzig Lenze zählen dürfte. Seine Augen waren wach und forschend, die Züge scharf geschnitten. In dem schwarzen, mit Brillantine nach hinten gekämmten Haar zeigten sich allerdings graue Strähnen. Und sein Teint passte zum Familiennamen: fahl wie das Pferd des vierten apokalyptischen Reiters, dem bekanntermaßen die Unterwelt hinterherzieht.

»Welch expressiver Vortrag!« Brandeisen machte einen Bückling. »Liszt ist immer ein faszinierendes Hörerlebnis. Doch kommen die Nuancen des Orgelparts nur durch einen begnadeten Interpreten und ein gutes Instrument voll zur Geltung.«

»Ah, ein Freund der Musik.« Zu Fahlenstein deutete eine Verbeugung an. »Und ein Meister des Kompliments.«

»Gestatten, Brandeisen. Haben Sie Dank, dass Sie uns Ihre wertvolle Zeit schenken.«

Der Freiherr winkte ab. »Die Zeit ist ein endloses Meer. Leider leben nur wenige an ihrem Ufer.« Damit wandte er sich Küps zu. »Dann müssen Sie der Kommissar mit dem grünen Daumen sein.«

»Entschuldigung?«

»Ich weiß alles über Sie, Ihr Ruf eilt Ihnen voraus. Ein Polizist mit Sinn für das Füllhorn der Natur, das ist etwas Besonderes.«

»Na ja …«

»Ich bin gespannt, was ein Fachmann wie Sie zu meinem Mitternachtsgarten sagt.« Mit einer einladenden Geste forderte er die beiden Ermittler auf, die Kapelle zu verlassen. »Das Diner beginnt in einer Stunde. Begleiten Sie mich bis dahin auf einen kleinen Rundgang. Wir haben hier selten Besucher.«

Brandeisen und Küps kamen aus dem Staunen nicht heraus. Das Schloss war wie ein Gemälde, eine dunkle Schönheit, ebenmäßig und elegant, die Handwerksarbeit exquisit. Beim Betreten der einzelnen Räume hatte man den Eindruck, als würden sie nach langem Schlaf zum Leben erwachen und nur zögerlich ihre Kostbarkeiten preisgeben: der Salon mit Louis XV.-Möbeln, ein Porzellankabinett, das Billardzimmer, die Säbel- und Pistolenreihen der Waffenkammer, eine mit schweren Stoffbahnen verschattete Galerie. Doch im Schein des flackernden Gaslichts war kein Staubkorn oder gar eine Spinnwebe zu entdecken.

»Ist es nicht furchtbar aufwendig, das alles instand zu halten?«, wollte Brandeisen wissen.

»Nicht der Rede wert«, entgegnete der Freiherr. »Heißt es nicht: Tradition verpflichtet?« Er öffnete eine mit Intarsien verzierte Flügeltür und führte seine Gäste in die Bibliothek.

Der Staatsanwalt schnappte schier über. In endlos hohen Zedernholzregalen war hier ein Eldorado des Wissens und der Künste versammelt. Schon ein flüchtiger Blick auf die

Buchrücken, etwa auf eine fränkische Rechtsgeschichte des Mittelalters, als Körperstrafen noch eine bewährte judizielle Praxis gewesen waren, sagte ihm: Wo du bist, will ich bleiben. Und lagen in den Schaukästen nicht Original-Partituren von E. T. A. Hoffmann?

»Möchten Sie ein wenig stöbern?«, fragte zu Fahlenstein.

»Mit dem größten Vergnügen!«

»Dann lassen wir Sie allein. Aber bedenken Sie: Nicht alles, was geschrieben steht, ist für die Augen Sterblicher bestimmt.«

Der Freiherr beschleunigte seinen Schritt, der mehr ein lautloses Dahingleiten war, und brachte Küps zum Wintergarten.

Der Kommissar hatte ein nostalgisches Ambiente erwartet, mit Palmen, Zitronenbäumchen und Rattanmöbeln. Doch fand er sich in einem hochmodernen Gewächshaus wieder: automatisierte Bewässerung, Heizung, Natrium- und Metalldampflampen zur künstlichen Beleuchtung sowie ein Energieschirm, der Wärmeverluste verhinderte und zugleich der Verdunkelung diente. Die Beete befanden sich auf verschiebbaren Rolltischen. Prompt erspähte Küps einen Schwarzkümmel, der gerade in Blüte stand, und nahm ihn näher in Augenschein.

»Schon der Prophet Mohammed schätzte diese Gewürzpflanze«, erklärte zu Fahlenstein. »Schwarzkümmel heilt jede Krankheit – nur nicht den Tod. So ist es überliefert.«

Küps strahlte. Sogleich entdeckte er weitere seltene Kräuter, thailändisches Pfefferblatt, Süßkraut, Weinraute und Gotu Kola, wie auf einem Schildchen vermerkt war.

»Ein Doldenblütler aus Indien. Regelmäßiger Verzehr soll verjüngend auf das Gehirn wirken.« Der Freiherr pflückte ein Blatt und steckte es in den Mund. »Ich gebe davon gern etwas in den Tee.«

»Was soll ich sagen? Respekt!«

»Wir haben auch Pflanzen, die der Gesundheit weniger zuträglich sind.« Sie gingen durch die Kräuterreihen und kamen in die Abteilung der Nachtschattengewächse.

»Varietäten der Tollkirsche, Stechapfel, Bilsenkraut. Oder hier, die legendenumwobene Alraune. Ihre Wurzel hat manchmal die Form eines menschlichen Körpers. Sie nur aus der Erde zu ziehen, galt in früheren Zeiten als tödlich.«

Der Kommissar lachte. »Wie ein Hexenmeister sehen Sie mir nicht aus.«

»Ein Gärtner ist auch ein Bewahrer, meinen Sie nicht?« Zu Fahlenstein strich behutsam über die Alraunenblätter und setzte seine Führung fort. »Vermutlich fragen Sie sich, ob ein alter Kauz wie ich überhaupt Verwendung für eine solche Vielfalt an Gewächsen hat. Und wenn Sie es für einen Spleen halten, bekenne ich mich schuldig in allen Punkten der Anklage.« Vor einem weiteren Beet blieb er stehen. »Dies ist mein ganzer Stolz. Die Gattung Capsicum, auch als Paprika, Chili oder Peperoni bezeichnet.«

Chilipflanzen dehnten sich ins Unendliche, mit roten, gelben, grünen, violetten Schoten, in länglicher, bauchiger, konischer Form.

»Wir haben hier die klassische mexikanische Chili beziehungsweise Cayenne. Des Weiteren Kirschpaprika, Piment d'Espelette, Pimenton de la Vera, Habañero, Jalapeño, Thai-Chili, Malagueta aus Afrika. Und natürlich Bhut-Jolokia, die indische Geisterchili. Um nur einige zu nennen.«

Küps war beeindruckt, obwohl er selten scharf aß. Frau Küps verstand es, den Geschmack jedes Gerichts auf ein mehliges Minimum zu reduzieren, deshalb stellte er sich gelegentlich selber an den Herd. Wenn er Lust auf etwas Pikantes hatte, holte er sich ein Pfefferhuhn aus Köttensdorf.

»Ich hoffe, Sie mögen gut gewürzte Kost«, sagte der Freiherr, als hätte er die Gedanken des Kommissars gelesen. »Der Koch wurde angewiesen, für unser Diner ein entsprechendes Menü zu komponieren.«

»Ein ganzes Menü?«

»Aber ja! Scharf ist gesund. Chilis enthalten Capsaicin. Das revitalisiert Zellen, Arterien, Venen und Herz. Es senkt den

Blutzuckerspiegel und steigert die Resistenz der Blutkörper gegen Bakterien.«

Küps horchte auf. »Hilft das auch gegen Cholesterin?«

»Gewiss! Verzehren Sie ein bis zwei Schoten Capsicum frutescens am Tag, und Sie fühlen sich gleich besser. Um Gewicht abzunehmen, ist es übrigens ideal, der Metabolismus verbrennt wegen des thermodynamischen Effekts mehr Kalorien.« Der Freiherr machte eine bedeutungsschwangere Pause. »Vor allem hält Capsaicin das Blut flüssig. Es verhindert die Blutklumpenbildung.«

»So ein Mittelchen könnte ich gebrauchen. Das Ergebnis meiner letzten Untersuchung war nämlich ... unerfreulich.«

Zu Fahlenstein legte dem Kommissar die Hand auf die Schulter wie ein Arzt, der seinen Patienten beruhigen will. »Mit Capsaicin in den Adern werden Sie ein ganz neuer Mensch. Zum Anbeißen, wenn Sie den kleinen Scherz erlauben.«

»Sie müssen es ja wissen, Herr Professor.«

»Im Ruhestand, mein Lieber, ich bin schon lange emeritiert. Doch manchmal sehne ich mich zurück nach bewegteren Tagen voller Leidenschaft und Gefahr.« Ein wehmütiger Gesichtsausdruck trat auf das Antlitz des Freiherrn, der früher ein großer Herzensbrecher gewesen sein mochte.

Küps dagegen hatte die Leidenschaft an den Nagel gehängt. Er galt nicht gerade als Charmeur, und aufgrund seiner Leibesfülle hielt er seine Anziehungskraft für eingeschränkt.

Er seufzte und blickte zum Dach des Gewächshauses empor. Durch einen Spalt des Energieschirms konnte man den Himmel erkennen. Der Polarstern war aufgegangen, hell, klar und unerreichbar.

Plötzlich wurde er von einem Schwarm Fledermäuse verdunkelt. Mit träge schlagenden Schwingen sanken die Tiere dem Burgfried entgegen.

In der Zwischenzeit studierte Brandeisen eine Faksimileausgabe mittelalterlicher Rechtsgeschichte. Auch er schwelgte in der Vergangenheit. Was waren das für Zeiten gewesen, als man noch guten Gewissens die Abtrennung eines Ohres oder einer Hand anordnen konnte! Als man die Wahl hatte zwischen Peitsche und Stock, selbst für geringe Vergehen wie Husten bei der Gerichtsverhandlung oder Blockieren der Kutsche des fürstbischöflichen Inquisitors. Wenn es diese Strafen heute noch gäbe, liefe der halbe Landkreis verstümmelt herum.

Doch als Libertin des Geistes versagte sich der Staatsanwalt sadistische Neigungen. Er klappte das Buch zu und sah sich weiter um. Bücherwürmer wären imstande, in dieser Bibliothek Wochen zu verbringen, ohne sich eine Sekunde zu langweilen! Allein die Barockromane nahmen drei Regale ein.

Zu Fahlenstein schien ein Kenner zu sein. Auch bei den Romantikern war seine Sammlung bestens sortiert. Brandeisen vertiefte sich in die *Hymnen an die Nacht*: »Hinüber wall ich, / Und jede Pein / Wird einst ein Stachel / Der Wollust sein.« Ja, dieser Novalis wusste zu dichten!

Weiter ging die literarische Reise. Was für eine Wonne, die Fingerkuppen über altersglatte Buchrücken gleiten zu lassen. Ob zu erspüren war, welche Geheimnisse dahinter schlummerten?

Bei einem leicht hervorstehenden Band blieb Brandeisen hängen. Seltsam. Er versuchte, das Buch herauszuziehen, doch es steckte fest. Zugleich hörte er ein Geräusch, wie von einem aufschnappenden Riegel. Das Regalbrett klappte nach hinten weg, und eine neue, bislang verborgene Bücherreihe kam zum Vorschein.

Nach dem ersten Schreck konnte sich Brandeisen ein sardonisches Lächeln nicht verkneifen. Hatte er den Giftschrank seines bibliophilen Gastgebers entdeckt?

Chronik der Herren zu Fahlenstein, las er in geprägter Frakturschrift. Die voluminösen Bände waren von 1 bis 13 durchnummeriert. Den Abschluss bildete ein Opus mit dem schlichten Titel *Anonyma*. Diesen Band schlug der Staatsanwalt auf – und traute seinen Augen nicht.

Wenn im Turm von Schloss Fahlenstein das Geisterlicht brennt und die Dohlen um die Zinnen und Dächer fliegen, dann kommt Unheil über das Land. Dann geht der Freiherr um und holt sich seine Opfer. Auf dem Schloss kam er einst zur Welt, als Sohn der Kastellansfrau und eines Gastes aus dem Karpatenland, den alle Welt nur unter dem Namen --- kennt. Das Böse wurde dem Adelsspross also gleich in die Wiege gelegt. Als er den Kindern der umliegenden Dörfer die Zähne in den Hals schlug und ihre Schulaufsätze stahl, nagelten ihn mutige Männer an das Schlosstor – mit einem dicken Meißel mitten durch die Brust. Doch sie enthaupteten ihn nicht, und so überlebte er die Zeiten.

Es folgte eine unkenntlich gemachte Stelle. Nach den verderbten Zeilen ging es weiter:

Oh, ihr Unglücklichen, die ihr die Zeichen nicht erkennt! Er ist stärker als ihr! Niemand hält den Freiherrn auf.

Brandeisen sann über diese triviale Schauermär nach. Ob frühere Leser auch schon das empfunden hatten, was Freud als Angstlust bezeichnete?

Da gewahrte er etwas in seinem Rücken. Einen Lufthauch hinter seinem – glücklicherweise unabgetrennten – Ohr.

»Störe ich?«

Er fuhr herum.

Eine junge Frau stemmte die Hände in wohlgeformte Hüften. Ihr Haar reichte weiter hinab, samtschwarz und glatt wie die Rutschbahn zur Hölle. Unter einem akkuraten Pony schwelte ein Blick, der Brandeisen gegen seinen Willen gefangen nahm. Sie trug High Heels und ... eine Art Gymnastikanzug. Das bemerkenswerte Textil bestand mehr aus Löchern denn aus eng anliegendem Stoff.

»Kommen Sie vom Sport?«, rutschte es dem Staatsanwalt heraus.

»Stellen Sie das wieder zurück.« Sie wies auf die Chronik. »Onkel Ludo kriegt sonst die Krise.«

»Das ist wohl sein Allerheiligstes?« Er tat, wie geheißen.

»Ich bin Belladonna.« Sie zog Band 13 ein Stück weit heraus. Die Regalreihe klappte nach hinten und tauschte ihren Platz mit den Büchern, die sich zuvor an dieser Stelle befunden hatten. »Und Sie müssen das Richterlein sein.«

»Manchmal auch das.« Brandeisen nannte seinen Namen.

»Schnüffeln Sie ein bisschen herum?« Belladonna lächelte verführerisch und tätschelte die Wange des Staatsanwalts.

»Nichts läge mir ferner!«, stammelte er. »Das war reiner Zufall.«

»Du gefällst mir.« Sie schmiegte sich an ihn und öffnete karmesinrote Lippen, die schmachtend zu nennen exakt der Situation entsprach. »Am liebsten würde ich dich gleich hier vernaschen.«

Nachdrückliches Räuspern. Eine weitere Schönheit betrat die Bibliothek. Sie war eisblond und wirkte strenger als Belladonna, steckte sie doch in einer grauen Uniform, die an den Aufzug einer Militärjunta gemahnte. Ihre Reitstiefel waren auf Hochglanz poliert.

Brandeisen, froh über die Unterbrechung, nahm Haltung an und machte sich bekannt.

»Brunfelsia zu Fahlenstein.« Ein knappes Nicken. »Die Manieren meiner Schwester lassen leider zu wünschen übrig.« Sie bedachte Belladonna mit einem strafenden Blick. »Es ist angerichtet«, fügte sie hinzu und ging voran.

Wie sich herausstellte, hatte der Freiherr insgesamt drei Nichten, Studentinnen, die vor dem Beginn des Herbstsemesters bei ihm zu Gast waren.

»Familienbande«, sagte er und hob seine Champagnerflöte.

»Die jungen Damen halten mich auf Trab, sonst werde ich noch zum Einsiedler. À votre santé!«

Brandeisen und Küps prosteten allen zu. Barbiturata war die Letzte im Bunde, ein ätherisch wirkendes Wesen, dessen rote Haare in Kontrast zu den efeugrünen Schleiern ihres Wickelkleids standen.

Sie hatten im Bankettsaal Platz genommen, am Ende eines unglaublich langen Tisches. Im Kamin prasselte ein Feuer, von der Decke hing das Banner derer zu Fahlenstein: ein undefinierbares Tier, vielleicht ein Löwe oder ein Wolfshund, der seine Fänge in den Rücken eines Wildschweins schlug, nicht unähnlich der Abbildung auf dem Schellen-Ass eines Schafkopfspiels.

Der Butler schob einen Servierwagen herein. Ein buckliger Diener folgte ihm und half beim Auftragen. Als ersten Gang gab es Kürbissuppe mit Milchlammspießen.

Der Schärfegrad machte dem ausgehungerten Kommissar nichts aus. Er schaufelte Löffel für Löffel in sich hinein. Brandeisen rang um Atem, doch seit einem Mexiko-Urlaub konnte er pikanter Cuisine durchaus etwas abgewinnen.

Die drei Nichten rührten die Suppe kaum an. Sie saßen den Ermittlern gegenüber. Brunfelsia beobachtete ihre Schwestern. Barbiturata starrte ins Leere. Und Belladonna hatte merkwürdigerweise nur noch Augen für Küps, der einen höllenscharfen Spieß nach dem anderen verputzte und um Nachschlag bat.

»Eigentlich bin ich Vegetarier«, sagte der Freiherr. »Ich enthalte mich, wie man so sagt.«

»Und das Lamm?«, wunderte sich Brandeisen.

»Nun ja, Schafe sind in der Gegend recht verbreitet. Eine Art Grundnahrungsmittel.« Er warf Brunfelsia einen betretenen Blick zu und wechselte das Thema. »Kommen wir zu diesem Fall, wegen dem Sie hier sind. Was kann ich für Sie tun?«

»Keine große Sache, vielleicht klärt sich alles im Handumdrehen auf.« Brandeisen tupfte den Mund mit einer

Damastserviette ab. »Es begann mit dem Überfall auf einen Fahrradkurier. Er transportierte Blutproben mehrerer Bamberger Arztpraxen. Seine Tasche wurde bei einem Zusammenstoß entwendet. Der Kurier prallte mit dem Kopf auf den Asphalt und kann sich an nichts mehr erinnern.«

»Proben, so, so.«

»Namentlich gekennzeichnet, zwei bis zehn Milliliter pro Patient. Sie sollten im Labor an der Promenade analysiert werden.«

»Kleines Blutbild, großes Blutbild, Blutkörperchen-Senkungsgeschwindigkeit«, zählte zu Fahlenstein auf.

»Kurz darauf verschwanden vier Personen, von denen sich Proben in der Tasche befunden haben. Drei junge Männer und eine junge Frau. Sie kamen nachts nicht mehr nach Hause und sind seit einer Woche vermisst.«

»Und weiter?«

»Sie haben alle die gleiche Blutgruppe, AB Rhesus negativ.«

Der Freiherr nahm einen Schluck Champagner. »Interessant. AB Rhesus negativ ist selten. Die Betreffenden besitzen kein Rhesusfaktor-D-Antigen. Es ist vor allem bei Bevölkerungsgruppen verbreitet, die in früherer Zeit isoliert waren. Im Baskenland etwa, oder in der Schweiz.«

»In Amerika und in Ostasien gibt es gar keine Rhesus negativen Ureinwohner«, ergänzte Brandeisen, der sich im Internet schlau gemacht hatte.

»Und Menschen mit diesem Blut werden immer weniger. Es wird nicht dominant vererbt.« Zu Fahlenstein glättete eine Falte im Tischtuch. »Manche Leute halten das für bedauerlich. Sie glauben, AB Rhesus negativ sei besonders rein, unverfälscht. Zu denen gehöre ich natürlich nicht.« Ein Seitenblick zu Brunfelsia, die den Dialog gespannt verfolgte.

»Aber vielleicht wurden die verschwundenen Personen von solchen Leuten entführt«, wagte sich Brandeisen weiter vor. »Von Leuten, die reines Blut schätzen.«

»Wer sollte das sein?«

»Satanisten, Anhänger eines Geheimbunds, eine Vampirsekte. Ich weiß, das klingt abwegig.«

»In der Tat!«

»Heutzutage muss man mit allem rechnen. Ich habe gehofft, ein Mann Ihres Formats wäre auch mit den okkulten Seiten seines Fachs vertraut.«

Das Lachen des Freiherrn hallte im Bankettsaal wider. »Sie haben eine blühende Fantasie, Herr Staatsanwalt. Nicht unsympathisch in diesen geistfernen Tagen.«

Küps war mit der Suppe fertig und wischte sich den Schweiß von der Stirn. »Sie haben nicht zu viel versprochen, Eure Exzellenz. Ich spüre schon, wie das Blut in Fluss gerät.«

Zu Fahlenstein nahm den leeren Teller mit Wohlwollen zur Kenntnis. »Das kann ich mir lebhaft vorstellen.«

»Diese Chilis wirken Wunder.«

»Gäste mit gutem Appetit sind uns die liebsten«, schnurrte Belladonna.

Der Kommissar erschauderte. War das ein nackter Fuß, der da gerade unter dem Tisch seine Wade berührte und anfing, sich daran zu reiben? »Das Lamm hätte etwas Knoblauch vertragen«, meinte er, um irgendwas zu sagen.

»Die Wirkung dieser Knolle wird gemeinhin überschätzt.« Zu Fahlenstein klatschte in die Hände. Das Geschirr wurde abgetragen, der Butler schenkte roten Bordeaux ein.

Belladonna trank ihr Glas in einem Zug aus und zwinkerte Küps zu. Ihre Zehen krabbelten seinen Unterschenkel empor.

»Chilischärfe ist gut fürs Blut?«, fragte Brandeisen nachdenklich und betrachtete den Kommissar, als sei er ein Versuchskaninchen.

»Gerinnungshemmend. Keine Bröckala.« Küps wusste nicht, wohin mit seinen Beinen, also ließ er sie da, wo sie waren. Eine kleine Massage konnte nicht schaden.

Der nächste Gang wurde gebracht, Bluttaube auf Habañero-Reis. Eine Spezialität des Hauses, wie der Freiherr anmerkte.

Brandeisen verneigte sich. »Merci beaucoup. Sie haben uns sehr geholfen.«

»Vampire, also ich muss schon sagen!«

»Nur eine Hypothese.«

»Bleiben Sie, so lange Sie wollen. Dann können wir die langen Winterabende dazu nutzen, uns an intellektuellen Gesprächen zu erbauen.« Zu Fahlenstein senkte seine Nase ins Glas und prüfte versonnen das Bouquet des Weines. »Die langen dunklen Abende. So viele dunkle Winter.«

Küps machte sich über die Taube her. Dabei führte er das Messer ein wenig zu forsch. Die Klinge glitt an der Kruste ab und ritzte seinen Zeigefinger. Ein paar Blutstropfen quollen hervor.

Es war, als ginge ein gefallener Engel durch den Raum.

Belladonnas Augen weiteten sich wie unter Drogen. Brunfelsias gestrenger Blick schmolz zu einem unbändigen Sehnen. Barbiturata erwachte aus ihrer Lethargie und fixierte den verletzten Finger. Ihre Schleier umflatterten sie wie die Schwingen einer Fledermaus.

Der Freiherr streckte seine Hand aus, schien sich aber gerade noch beherrschen zu können und bedeckte die Wunde des Kommissars mit einer Serviette. »Sie sollten vorsichtiger sein!«

Brandeisen erhob sich. »Ich fürchte, wir müssen auf den Nachtisch verzichten.«

»Was soll das heißen?«

»Leider können wir auch nicht übernachten.« Er zerrte Küps vom Stuhl hoch. »Nun kommen Sie schon!«

»Warum dieser überstürzte Aufbruch?«, fragte zu Fahlenstein überrascht. »Nicht so hastig, meine Herren. Festina lente!«

»Eile mit Weile«, raunte Brandeisen dem Kommissar zu. »Das ist der Wahlspruch von Graf Dracula. Nichts wie weg!«

Doch die Saaltür wurde von dem Butler und seinem buckligen Adlatus bewacht. Ihre grauen Gesichter wirkten abweisend und feindlich, eine Hellebarde befand sich in Griffweite.

Der Staatsanwalt war sich sicher, dass die untoten Schergen den Ausgang mit ihrem Leben – oder was davon übrig geblieben war – verteidigen würden.

»Dann eben durchs Fenster.« Brandeisen schubste Küps vor sich her und gab ihm einen kräftigen Stoß. Das Bleiglas zersplitterte, und der Kommissar schoss wie eine Kanonenkugel nach draußen. Brandeisen hechtete hinterher.

Sie rutschten über die abschüssige Dachfläche und landeten auf dem Verdeck der Kutsche, wodurch der Sturz abgefedert wurde. Als sie wieder auf die Beine kamen, rannte der Staatsanwalt zu seinem Citroën und startete den Motor.

»Die Zugbrücke!«, rief er.

Neben dem Tunnelgewölbe befand sich ein Kasten mit einem großen roten Knopf. Küps drückte darauf und sprang in den Wagen.

Unendlich langsam senkte sich die Brücke. Im Rückspiegel tauchten zu Fahlenstein und seine Nichten auf. Brunfelsias Finger streckten sich ihnen wie Krallen entgegen. Belladonna bewegte sich wie ein Panther, bereit zum Sprung. Barbituratas Schleier wehten im Nachtwind, als wollte sie sich in die Lüfte erheben.

Der Staatsanwalt gab Gas.

Nach ein paar Kilometern fand der Kommissar die Sprache wieder. »Und was sollte das jetzt?«

»Haben Sie nicht gesehen, wie diese sogenannten Nichten Sie angestarrt haben? Wir sind in ein Vampirnest geraten.«

»Lesen Sie jetzt Heftchenromane?«

»Den Damen ist bei Ihrem Anblick das Wasser im Munde zusammengelaufen.«

»Ich habe eben eine gewisse Wirkung auf Frauen.« Küps zupfte Glassplitter von seinem Anzug und dachte an Belladonnas gelenkige Zehen.

»Die hätten Sie völlig ausgesaugt. Ein wahres Festmahl wären Sie geworden, wegen der Blutverflüssigung. In den

Augen eines Vampirs sind Sie so etwas wie ein menschliches Partyfass.«

»Meinen Sie wirklich?«

»Zu Fahlenstein wirkt zivilisierter. Vermutlich hat er jahrzehntelang ›vegetarisch‹ gelebt, um nicht aufzufallen. Er ernährte sich von Juraschafen und verirrten Touristen – bis diese Furien seine Ruhe störten. Brunfelsia ist der Kopf des Ganzen. Sie dürstet nach reinem Blut, wie es früher in Transsylvanien verfügbar war. Deshalb überfiel sie den Fahrradkurier. Die Informationen in seiner Tasche waren unbezahlbar. Nie mehr x-beliebige Teenager im Hain aussaugen, die vielleicht nur Blutgruppe Null haben. Oder Sandkerwaleichen mit jeder Menge Aperol Sprizz in den Adern. Der Nachgeschmack muss entsetzlich sein.«

Küps begriff. »Dann haben die sich ganz gezielt die Vermissten geschnappt. Drei junge Männer für die Nichten. Und das Mädchen für den Freiherrn.«

»Ein Schmankerl, damit der alte Gourmet wieder auf den Geschmack kam. AB Rhesus negativ ist quasi der Château Pétrus unter den Blutgruppen.«

»Schön, so fürsorgliche Nichten zu haben.«

»Papperlapapp!«, wies Brandeisen ihn zurecht. »Wir sind gerade noch einem schrecklichen Schicksal entronnen.«

Der Kommissar starrte eine Weile in die Dunkelheit. Sie fuhren schnell, die Bäume eines lichtlosen Tals wischten schemenhaft vorbei.

»Wenn die mich gebissen hätten, wäre ich also zum Vampir geworden?«, überlegte er laut.

»Ein Freifahrschein in die ewige Verdammnis.«

»Na und?« Er zuckte mit den Schultern. »Als Erstes hätte ich mich pensionieren lassen, wegen Burn-out. Dann wäre ich im Schloss eingezogen. Der Freiherr braucht bestimmt einen Gärtner – genau der richtige Job für mich. Ich hätte mir einen hübschen Sarg gezimmert, für tagsüber. Und nachts … Diese Belladonna scheint anlehnungsbedürftig zu sein.«

»Sie kapieren es immer noch nicht«, sagte Brandeisen. »Die zu Fahlensteins halten sich für etwas Besseres, Adelsgesocks, um mit Ihren Worten zu sprechen. Die sehen auf Leute wie Sie herab. Entweder man hätte Sie behandelt wie einen Leibeigenen, oder Sie wären gleich als Blutwurst geendet. Wahrscheinlich ist es den vier Vermissten so ergangen.«

»Blutwurst?«

»Komplettverwertung. Wenn Vampire vom Blutrausch übermannt werden, etwa nach langer Abstinenz, lassen sie von ihren Opfern keinen Bissen übrig. Gehen Sie nicht ins Kino?«

Blutwurst war das Stichwort. Küps kam zur Besinnung. Er bat den Staatsanwalt, auf dem Rückweg nach Bamberg in einem Landgasthof zu halten. Nach diesem Vampirmenü brauchte er etwas Anständiges im Magen.

Es wurde ein opulentes Nachtmahl. Der Kommissar tat sich an einem Schäuferla gütlich. Brandeisen entschied sich für einen Karpfen und trank sogar ein Bier mit.

»Was die wohl mit Ihnen gemacht hätten, wenn Sie ein Vampir geworden wären?«, fragte Küps und züllte den Knochen der Schweineschulter ab. »Bei Ihrer Bildung!«

»Die drei Grazien studieren ja noch. Aber diese Blutsaugerei stelle ich mir extrem zeitraubend vor. Man muss die Opfer ausfindig machen und auf eine günstige Gelegenheit warten. Da kommt es leicht zu Überlastungen. Bestimmt hätte ich ihre Doktorarbeiten schreiben müssen.«

»Ist das nicht verboten? Plagiat und so?«

»Vampire und Freiherren nehmen es da nicht so genau.«

In der Morgendämmerung des folgenden Tages ging Brandeisen frisch ans Werk. Irgendjemand musste der Plage ein Ende bereiten. Er spitzte einen Satz Holzpflöcke an und packte seinen Campinghammer ein, des Weiteren Knoblauchzöpfe, Kruzifixe und Weihwasser. Aus der Stadtbücherei holte er die Vampirromane einer jungen amerikanischen Autorin, vor denen sogar Vlad, dem Pfähler, gegraut hätte.

So ausgerüstet fuhr er zu Küps. Das Radio lief.

Eine Eilmeldung. Das Verschwinden der mutmaßlichen Mordopfer hatte sich aufgeklärt. Die jungen Leute waren spontan zu einem mehrtägigen Rockfestival in Duisburg gefahren. Sie hatten einige Tage Amsterdam drangehängt und waren inzwischen wohlbehalten zurückgekehrt.

Die Lippen des Staatsanwalts bebten. Wieder ein Fall für die Außer-Spesen-nichts-gewesen-Statistik. Dabei war er sich dieses Mal so sicher gewesen!

Er überquerte die Markusbrücke. In der Nacht hatten sich wieder Vandalen an den Blumenkästen zu schaffen gemacht und die Geranien rausgerupft. Schande!

Und all die parkenden Autos in der Markusstraße, einige mit ortsfremdem Kennzeichen. Die hatten bestimmt keinen Anwohnerausweis.

Weiter zum Markusplatz. Ein Radler zischte gefährlich nahe an dem Citroën vorbei und überfuhr die rote Ampel.

Brandeisen reichte es. Er nahm die Verfolgung auf. Über sein Handy verständigte er die Verkehrspolizei. Das gab einen dicken Strafzettel.

Wenn schon Blutsaugen, dann richtig.

Händel, letzter Akt

»Muss das sein?«, fragte Staatsanwalt Brandeisen angewidert. »Dafür sind wir eigentlich nicht den weiten Weg nach Göttingen gekommen.«

»Ich schon.« Kommissar Küps machte sich über die Torte her. Er hatte gleich drei Stück bestellt, Birne, Nuss und Kir Royal. Die erste Gabel schmeckte schon mal prima.

»Die Vorstellung beginnt um 18 Uhr. Schaffen Sie's bis dahin?«

»Knbrmbl.« Küps hatte dringend eine Stärkung nötig. Ihn erwartete eine schwere Prüfung: Er musste mit Brandeisen in die Oper gehen.

Händel-Festspiele im Deutschen Theater, *Serse* stand in diesem Jahr auf dem Programm. Drei Stunden Spieldauer plus Pausen. Deshalb hatte der Kommissar darauf bestanden, zuvor einen Degustationsbesuch in der Traditionskonditorei *Cron & Lanz* einzuschieben.

Sie saßen an einem Tisch im Obergeschoss. Küps, sonst deftiger Kost wie Krautbraten oder Presssack zugeneigt, besaß eine Schwäche für Confiserieerzeugnisse, genauer: für Sahnetorten.

»Heute Abend überführen wir Taylor Reeds Mörder«, sagte der Staatsanwalt und nippte an seiner Tasse Darjeeling. Als Liebhaber klassischer Musik hatte er sich bei diesem besonderen Fall wieder in die Ermittlungen eingeschaltet.

Küps' Kuchengabel verharrte in der Luft. »Was macht Sie so sicher?«

»Es ist jemand aus dem Ensemble, das weiß ich genau. Wenn ich mir die Oper ansehe, werde ich den Fall lösen, darauf gehe ich jede Wette ein. Ich hätte gute Lust, den Täter gleich auf offener Bühne festzunehmen.«

»Sie haben einen Hang zum Theatralischen.« Küps vertilgte den Rest Birnensahnetorte.

»Und Sie zu Kalorienbomben.«

Die beiden stammten aus Franken, und zwar aus Bamberg, doch konnten sie unterschiedlicher nicht sein. Brandeisen: dünn, hoch aufgeschossen, ein Hagestolz, wie er im Buche steht, überkorrekt und dennoch ohne Respekt vor der Obrigkeit. Küps: gedrungen, schwer verheiratet, ein Mann aus dem Volk, der auch mal fünfe gerade sein ließ, um rechtzeitig in den Genuss seines Feierabendbieres zu kommen. Das Duo hatte schon viele Kriminelle das Fürchten gelehrt. Nur mit der Überführung, dem gerichtsfesten Beweis, haperte es zumeist.

Diesmal waren sie dem Mörder eines gefeierten Opernsängers auf der Spur. Taylor Reed, seines Zeichens Countertenor, hätte eigentlich die Hauptrolle in Göttingen singen sollen: Xerxes, den Perserkönig, italienisch »Serse«. Vor einer Woche war er jedoch für einen Händel-Liederabend nach Bamberg gereist. Kurz vor seinem Auftritt hatte er in seiner Künstlergarderobe das Zeitliche gesegnet.

In Bamberg kannte man nur zwei Methoden, jemanden ins Jenseits zu befördern: Entweder schlug man ihm den Schädel ein unter Zuhilfenahme regionstypischer Alltagsgegenstände, als da wären Eispickel, Zapfhämmer, Pflanzspaten und Ähnliches. Oder man benutzte Gift, weil das einfach und bequem war und der fränkischen Trägheit entgegenkam.

Dieses Handlungsmuster bestätigte sich auch im Fall Reed, ungeachtet der Herkunft des noch unbekannten Täters. Insider wussten, dass den Sänger eine geradezu manische Angst vor plötzlichem Stimmversagen plagte. Deshalb hatte er es sich zur festen Gewohnheit gemacht, vor jedem entrée en scène ein Inhalierspray gegen Heiserkeit zu nehmen. Dieses Spray, eigentlich auf biologischer Basis hergestellt, hatte Zyanid enthalten. Der Mörder hatte die Kunststoffpatrone mit einer Spritze entsprechend präpariert. Ein tiefer, nichtsahnender Lungenzug – und Reed war eingegangen wie eine Primel.

Die üblichen Nachforschungen hatten schnell ergeben: Niemand in Bamberg besaß ein Motiv für diese schändliche Tat. Nein, die Erklärung musste in Göttingen liegen, ob es nun ein Verbrechen aus Leidenschaft oder aus schnöder Missgunst war. Und da der Fall für Brandeisen nicht weniger darstellte als ein Verbrechen an der Menschheit, denn Taylor Reed zählte zu den Meistern seines Fachs, hatte er keinen Ermittlungsauftrag an die niedersächsische Polizei gestellt, sondern das Ganze selbst in die Hand genommen.

Küps war mit Nusssahne und Kir Royal durch. Zum Abschluss bestellte er noch ein Stück Baumkuchen, die Spezialität des Hauses.

»Glauben Sie immer noch, dass es einer der anderen Sänger war?«, fragte er und wies auf das Programmheft, das Brandeisen während der gesamten Autofahrt eingehend studiert hatte.

»Manche Sänger«, begann der Staatsanwalt in jenem begütigenden Tonfall, der den Kommissar schon oft zur Weißglut getrieben hatte, »manche Sänger neigen dazu, sich über die Maßen mit ihrer Rolle zu identifizieren. Und Ausnahmekünstler wie Mister Reed fühlen sich so sehr in eine fiktive Person ein, dass es an Schizophrenie grenzt.«

»Hilft uns das irgendwie?«, grummelte Küps mit vollem Mund.

»Reeds Kollegen, die heute Abend auf der Bühne stehen werden, haben einen ähnlich hohen Anspruch: totale Verinnerlichung, Identifikation. Unter Umständen kann das sogar über die Spielszenen hinausgehen. Sie leben ihre Rolle in der Realität weiter.«

»Ich versteh nur Bahnhof.«

»Nehmen wir zum Beispiel Richard Wagners *Götterdämmerung*. Dürfte selbst Ihnen bekannt sein.«

»Geht so.«

»Da kommt doch ein legendärer Mord vor: Hagen spießt Siegfried von hinten auf.«

Küps machte seinem Baumkuchen den Garaus und spülte ihn mit einem großen Schluck Kaffee hinunter. »Und der Kerl, der Hagen spielt, will dem anderen im wirklichen Leben ans Leder. Weil er, na ja, nicht mehr alle Tassen im Schrank hat. Kommt das ungefähr hin?«

»Heiajoho!«, freute sich der Staatsanwalt wagneresk.

»Und wie ist das bei diesem ... Serse?«

»Komplizierter.« Brandeisen erhob sich. »Gehen wir.«

Es waren nur ein paar hundert Meter Fußweg zum Deutschen Theater. Der Kommissar hatte einen Zuckerflash und stürmte trotz seiner Leibesfülle voran wie ein Aufziehdackel. Brandeisen lotste ihn zur Terrasse und flößte ihm ein schnelles Stehbier ein, das dämpfte. Dann betraten sie den gründerzeitlichen Musentempel.

Dem Staatsanwalt lief ein Schauer über den Rücken. Händel-Festspiele in Göttingen, wie erhebend! Zu Hause in Bamberg musste er unbedingt Hilda davon erzählen, seiner treuen dänischen Dogge. Im ausgestopften Zustand war sie ihm eine noch bessere Zuhörerin als zu Lebzeiten.

Er hatte all seine Beziehungen spielen lassen, um noch Karten zu bekommen. Erster Rang, letzte Reihe. Küps quetschte sich fluchend in einen Sitz, der mehr für schmalhüftige Chorknaben gemacht zu sein schien als für einen in Geist und Gestalt nahezu quadratischen Kommissar.

Brandeisen schlug das Programmheft auf und fing an zu erklären. »*Serse* ist eine Liebesgeschichte mit allerlei Verwicklungen. König Xerxes will Romilda heiraten, doch Romilda liebt eigentlich Xerxes' Bruder Arsamene. Romildas Schwester Atalanta wiederum versucht, Arsamene für sich zu gewinnen. Deshalb rät sie Romilda, Xerxes zu heiraten. So viel zur Ausgangssituation.«

»Hä?«

»Das ist doch leicht zu verstehen. Lassen wir die Namen mal weg. A will B heiraten, doch B liebt nicht A, sondern C. Klar?«

»Klar.«

»C wird allerdings auch von D geliebt.«

»Hab ich schon befürchtet«, meinte Küps.

»Nach vielem Hin und Her darf B am Ende C heiraten, und A, der die ganze Zeit über rein gar nichts begriffen hat, entschuldigt sich bei allen. Happy End.«

»Und wer ist A?«

»A ist Serse bzw. Xerxes, der größenwahnsinnige, launenhafte Großkönig und Pharao. Taylor Reed, wenn er noch unter uns weilen würde.«

»Gut.«

»Gar nichts ist gut! Denken Sie an die Identifikation über das Bühnengeschehen hinaus!«

»Wie? Am Schluss haben sich doch alle lieb.«

»Richtig, so gehen Barockopern immer aus. Aber im richtigen Leben, stellen wir uns das einmal vor, würde C nicht einfach sein Schicksal beklagen. Nein, er würde A mit allen Mitteln bekämpfen. Oder zumindest mit B durchbrennen. C ist der Widersacher von A.«

»Also ist C der Hauptverdächtige.«

»Jetzt hat er's!«, triumphierte Brandeisen. »Zumindest im Ansatz. Denn B hätte ebenso Grund, A umzubringen, weil er sie gegen ihren Willen zur Liebe zwingt.«

»A, B, C ... Hört sich an wie aus einem alten Krimi.«

»Unsere Fälle ähneln recht häufig den Klassikern dieses Genres, ist Ihnen das noch nicht aufgefallen?«

Die Ränge füllten sich. Luftraumbeherrschende Frisuren wurden zur Vorführung gebracht. Parfumwolken legten sich auf die Atemwege wie Mehltau. Ganze Schmuckkollektionen klimperten fröhlich an ihren Trägerinnen umher. Premierenpublikum.

Brandeisen setzte das Gespräch *sotto voce* fort. »Wie so oft habe ich mir erlaubt, vorab einige Erkundigungen über die Verdächtigen einzuziehen. Ich habe mit dem Festspielleiter telefoniert, der Regisseurin, der Kostümbildnerin, so gut wie allen Orchestermitgliedern, und ich kann Ihnen sagen, diese Opernleute sind allesamt Klatschweiber. Die ziehen übereinander her, dass es eine Wonne ist.«

»Was haben Sie denn erfahren?«

»Da wäre zunächst B, die Frau, um deren Gunst A und C ringen. Eine Sopranistin namens Liz Greenwood.«

Der Staatsanwalt hielt dem Kriminaler das Programmheft hin und deutete auf das Bild einer schwarzgelockten *beauté*, deren glühender Blick selbst Küps in Wallung geraten ließ.

»Ob Sie es glauben oder nicht, mein kunstferner Freund, Reed wollte tatsächlich ein Verhältnis mit ihr anfangen. Nach einer Probe sind sich die beiden nähergekommen und haben im Hotel die Nacht miteinander verbracht. In diesen Kreisen ist das nichts Ungewöhnliches. Die Einsamkeit wahren Künstlertums, Hormonstau, ein Fläschchen Champagner zu viel – man nimmt die Dinge, wie sie kommen.«

»Bei dieser Greenwood könnte jeder Mann schwach werden.«

»Genau. Doch Reed soll sich ziemlich ... dominant aufgeführt haben, getreu seiner Rolle. Xerxes war ja vermutlich auch kein Frauenflüsterer.«

»Die gute alte Zeit«, meinte Küps wehmütig. Seine Gattin wurde schon handgreiflich, wenn er vergaß, den Müll nach draußen zu bringen.

»Nach einem etwas rabiaten Schäferstündchen wollte Liz Greenwood jedenfalls nichts von einer Beziehung wissen. Außerdem ist sie – mehr oder weniger offiziell – mit Tony Dupree liiert, der singt den Arsamene.«

»C, der Widersacher.« Küps entdeckte das Bild im Programmheft. Mit Glatze und einem sardonischen Lächeln in seinem Durchschnittsgesicht glich Dupree dem Serienmörder von nebenan. »Auf Reed war der bestimmt nicht gut zu sprechen.«

»Bleibt noch D, die in C verschossen ist und im Hintergrund Ränke schmiedet. Margit Jóhannsdóttir, eine rothaarige Isländerin.« Brandeisen zeigte dem Kommissar die Fotografie der eigenwilligen Naturschönheit. »Natürlich ist sie Dupree auch abseits der Bühne zugetan. Doch nicht nur Dupree, sondern dem Vernehmen nach allem, was zwei Beine hat und einer spontanen Amour fou nicht abgeneigt ist. Bei den Probenpausen sollen sich im Orchestergraben babylonische Szenen abgespielt haben. Reed hatte in ihrer Sammlung noch gefehlt. Doch er schenkte ihr keine Beachtung – wie es in der Oper angelegt ist.«

»Die Rache einer zurückgewiesenen Frau«, ergänzte Küps. »Auch ein starkes Motiv.«

Das Licht erlosch. Ehrfürchtige Stille. Dann setzte Musik ein, die Ouvertüre.

Brandeisen lehnte sich zurück. Händel war Balsam für seine Juristenseele. Doch würde es ihm gelingen, den Mörder nur aufgrund seines Bühnenverhaltens zu identifizieren? Die Sänger waren Profis, wie kam er bloß auf den Gedanken, einer von ihnen würde sich *coram publico* verraten?

Der Vorhang öffnete sich. Serse trat auf, der Perserkönig, wasserstoffblond, mit Kajalaugen, einer mehrstufigen Goldkrone – und Brüsten, die beim besten Willen nicht zu übersehen waren.

»Wer ist denn das?«, flüsterte Küps. Ihm dämmerte, dass die Inszenierung ja ohne Reed auskommen musste.

»Die Zweitbesetzung, Gaetana Caffarella.«

»Eine Frau?«

»Das ist so üblich, Sopranistinnen und Countertenöre haben in etwa die gleiche Stimmlage.«

»Klingt aber ziemlich hoch«, wunderte sich der Kommissar, der nichts verstand, weil auf Italienisch gesungen wurde. »War dieser Reed ... voll ausgestattet?«

»Sie elender Banause!«, zischte der Staatsanwalt. »Still jetzt!« Er zückte sein Opernglas, ein Erbstück seiner Tante

Theophilia, und spreizte dabei den kleinen Finger ab wie Oscar Wilde in seinen besten Tagen.

Der Kommissar kam aus dem Staunen nicht heraus. »Was zum Henker macht sie da?«

»Nun ja ...«

»Singt sie einen Baum an?«

»Pst!«, ertönte es von den benachbarten Sitzen.

Was jetzt kam, rührte selbst das Innerste eines Polizisten an, dessen Musikgeschmack nie über *Schau hi, do liegt a toter Fisch im Wasser* hinausgekommen war. Es war die Arie *Ombra mai fù*, eine von Händels bekanntesten Melodien. Und ja, das Liebeslied galt ... einer Platane.

Küps lauschte ergriffen und betrachtete mit wachsendem Wohlgefallen die üppigen Formen der Sopranistin, die aus einer Art Kettenhemd gleichsam herausdrängten – obwohl sie doch einen Mann verkörperte.

Kurz entschlossen schnappte er sich Brandeisens Feldstecher.

Es stimmte, diese Gaetana Caffarella trug so wenig auf der braungebrannten Haut, dass man sich fragte, was die metallenen Ringe, Reife und Platten überhaupt verbargen. Und sie sang buchstäblich mit Leib und Seele, mit vollem Einsatz, als hinge ihr Leben von diesem Auftritt ab, den die Zuschauer mit einer Mischung aus Faszination und Entrüstung verfolgten.

Schien sie den Skandal nicht sogar zu genießen? Küps stutzte. Und würde so jemand nicht alles tun, um den Part des Serse – in dieser mehr als gewagten Interpretation – bei einem Festival von Weltgeltung an sich zu reißen?

Die Arie währte nur ein paar Minuten. Dann trat Tony Dupree als Arsamene auf. Das Singspiel nahm seinen Fortgang.

»Schon irgendwelche Erkenntnisse?« Küps biss in ein Lachs-Canapé. Die Pause nach dem ersten Akt bot ihm Gelegenheit, seinen Bedarf an Omega-3-Fettsäuren zu decken.

»Ich denke, wir können mindestens zwei Personen ausschließen.« Brandeisen hatte das Programmheft mit allerlei Notaten bekritzelt. »C und D, Dupree und Jóhannsdóttir. So sklavisch, wie er sie anschmachtet, hat sie ihn schon seit Längerem um den Finger gewickelt. Wenn die beiden außerhalb der Bühne keine heiße Affäre haben, dürfen Sie mich Lestrade nennen. Ein Mordmotiv entfällt somit.«

»Einverstanden«, sagte der Kommissar. »Und was ist mit Liz Greenwood?«

»Blanke Eifersucht. Die Caffarella stiehlt ihr die Schau.«

»Eine echte Granate.«

»Eigentlich ist die Greenwood ja der weibliche Star dieser Oper. Aber eine Frau wie Caffarella, mit solch einer Ausstrahlung! Genialer Einfall, sich über die Geschlechtergrenzen hinwegzusetzen und aus Xerxes eine Art Sexdespotin zu machen. Hier werden uns die Verführungskünste uneingeschränkter Macht vor Augen geführt, das Blendwerk roher Triebe, die gleichwohl zaub'risch in uns walten –«

»Ist ja gut«, versuchte Küps ihn zu beruhigen.

»Von Reed wäre das jedenfalls nicht zu erwarten gewesen. Und deshalb scheidet auch Liz Greenwood als Täterin aus. Eine Konkurrenz wie die Caffarella, diese Lady Gaga der Oper, hätte sie sich freiwillig nie auf die Bühne geholt.«

»Das heißt ...«

»Nur Caffarella selbst kommt für den Mord infrage. Dieser Auftritt wurde zweifellos von langer Hand vorbereitet, so etwas schüttelt man nicht aus dem Ärmel. Reed war ihr im Weg, also musste er vor der Premiere verschwinden. Vielleicht steckt die Regisseurin mit ihr sogar unter einer Decke.«

»Mal sehen, wie es weitergeht.«

Im zweiten Akt zeigte sich die Caffarella noch freizügiger. Doch nicht nur das, sie sang und spielte den Rest der Truppe förmlich an die Wand – in der Gewissheit, dass ihre Darbietung die Opernwelt in den Grundfesten erschütterte.

Unter den Zuschauern brodelte es. Die einen spendeten ihr frenetischen Szenenapplaus, andere hielten sich mit Buhrufen nicht zurück und sahen die heiligen Hallen des Deutschen Theaters entweiht. Selbst das Orchester war nicht richtig bei der Sache. Bratschistenhälse verrenkten sich, Flötistinnenmünder standen offen, und der Mann am Kontrabass hielt im Saitenstrich anbetungsvoll inne.

Fast wäre es Brandeisen entgangen, dass schon im ersten Akt der Vorstellung eine weitere Verdächtige hinzugekommen war: Amastre, die ehemalige Braut des Serse, von diesem jedoch ignoriert und vergessen. Er machte Küps darauf aufmerksam. »Amastre tritt anfangs in der Verkleidung eines Soldaten auf und schwört Rache. Im Laufe der Handlung gibt sie jedoch die Hoffnung auf, Serse zurückzugewinnen, und versteckt sich.«

»Spielt das jetzt noch eine Rolle? Ich dachte, wir hätten unsere Mörderin?«

»Abwarten. In der letzten großen Szene vor dem Schlusschor wird es noch einmal spannend.«

Der Staatsanwalt sollte recht behalten, in vielfacher Hinsicht.

Doch zuerst kam die zweite Pause. Der Streit zwischen dem gespaltenen Publikum drohte zu eskalieren, zumal sich alle Parteien mit Wein und Sekt aufputschten und der allgemeine Erregungsgrad stieg. Im Foyer fingen Studentinnen an, sich aus Solidarität mit der Caffarella zu entkleiden, worauf sich ein Proteststurm konservativer Musikfreunde erhob und die Platzanweiser einschreiten mussten. Dabei hatte man von der Diva außer Busenblitzern und lasziven Gesten bislang wenig Anstößiges gesehen.

Der dritte Akt würde die Entscheidung bringen. Brandeisen und Küps spürten, dass sich etwas Außerordentliches, etwas nie Dagewesenes anbahnte.

Die Handlung der Oper näherte sich dem Höhepunkt. Serse befahl, Arsamene zu töten. Dann befahl er, Romilda zu töten. Indes, nichts davon geschah. Bis schließlich Amastre, gespielt von einer androgynen Altistin aus Wien, ihre Identität enthüllte. Sie richtete die Klinge gegen ihren Ex in der Absicht, erst ihn und dann sich selbst zu erdolchen.

Das Publikum hielt den Atem an.

»Fermate!«, bat Serse und beteuerte seine Reue. »Ora mi pento!«

»E torni a amarmi?« Amastre wollte wissen, ob der König sie wieder liebte.

Daraufhin breitete die Caffarella ihre Arme aus, und durch einen Kostümtrick fiel das Kettenhemd, nein, auch der Lendenschurz und was sie sonst noch an Klimbim am Leibe trug, klirrend zu Boden. Da stand sie nun, auf High Heels, in all ihrer splitternackten Pracht, schob das Becken nach vorn wie ein Model von Helmut Newton und reckte einen langen Finger triumphierend in den Theaterhimmel.

Stille. Das, was fast alle sehnlichst erwartet, jedoch nicht zu träumen gewagt hatten, war eingetreten. Was der Film *In einem Sattel mit dem Tod* dem Zuschauer versagte, nämlich dass der Poncho von Raquel Welsh nur ein einziges Mal gelüftet wurde – an diesem denkwürdigen Tag in Göttingen wurden die Liebhaber des Körperlichen nicht enttäuscht.

Brüste wie bronzene, zu Kultzwecken blankpolierte Gongs. Eine Taille, nicht unähnlich dem von Tautropfen benetzten Kelch einer Orchidee. Und weiter unten jene schwellende, wild behaarte Scham, die dem Dichter schon je den Abgrund, wenn nicht den Urgrund alles Seienden vor Augen geführt hatte.

Doch die Oper ging weiter. »Sì, ma di tua pietate indegno sono«, fuhr die Caffarella fort.

»Ja, ich liebe dich, aber ich bin deiner nicht würdig«, ergänzte Brandeisen für Küps. »Jetzt sagt Amastre, dass sie Serse verzeiht, und beide fallen sich in die Arme.«

»Amami pur, o caro, io ti perdono.« Die Altistin war auf weniger kurvenreiche Weise ebenfalls gut gewachsen. Sie schlüpfte aus Harnisch und Hoplitenröckchen und näherte sich dem Ziel ihres Begehrens in eindeutiger Absicht.

Anscheinend sollte das junge Glück an Ort und Stelle vollzogen werden. Mehrere knackige Eunuchen zogen einen Prunkdiwan herein. Die Caffarella ließ sich huldvoll nieder, spreizte, was zu spreizen war, und gewährte einen Einblick, der die meisten Anwesenden vollends um den Verstand brachte.

Jetzt passierte vieles gleichzeitig. Der Kontrabassist sprang aus dem Orchestergraben, zog die Frackjacke aus und versuchte, die Caffarella damit zu bedecken.

»Das ist der Mörder!«, rief Küps. »Er hat Reed umgebracht, damit sie ihren Auftritt bekommt.«

Des Rätsels Lösung ging im allgemeinen Tumult unter. Einige Männer stürmten die Bühne und trampelten den Bassisten nieder, Sektgläser und Programmhefte flogen durch die Luft. Die Caffarella fühlte sich geschmeichelt, ließ sich von ihren Fans emporheben und nolens volens auch ein wenig begrapschen. Da wollte die feurige Isländerin nicht zurückstehen. Jóhannsdóttir schleuderte Tunika und Stringtanga ins Publikum. Wenn schon Striptease, dann kollektiv, Happening statt Happy End.

Die Orchestermusikerinnen, sonst ein zurückhaltender Berufsstand, taten es ihr gleich. Eine Hornistin legte ihren hochalpinen Vorbau frei. Die gesamte Belegschaft des Festspielbüros riss sich synchron das kleine Schwarze vom Leib. Selbst eine Abordnung des Damenchors Gutingia warf die Korseletts ab und tauchte ins Geschehen ein. Von dieser Sternstunde der Oper konnte man noch den Enkeln erzählen. Dabei sein war alles.

Während die Frauen außer Rand und Band gerieten, waren die meisten Männer noch mit ihren Schnürsenkeln beschäftigt, bevor auch sie sich ins Getümmel stürzten. Einzig ein Fähnlein Moralapostel verließ fluchtartig den Saal und konnte nicht verhindern, dass eine beispiellose Orgie ihren Lauf nahm.

Es war wie eine dieser Kunstaktionen, bei denen massenhaft nackte Leute fotografiert werden. Nur dass die Leute es mit dem Nacktsein nicht bewenden ließen, sondern wahllos zu kopulieren begannen. Eine Feier des Lebens. Händel siegte auf der ganzen Linie.

Brandeisen und Küps betrachteten das wüste Treiben von der Balustrade des ersten Rangs, wo sich außer ihnen niemand mehr befand. Sie würden den mutmaßlichen Täter später festnehmen, falls etwas von ihm übrig blieb.

»Wie sind Sie bloß darauf gekommen?«, fragte der Staatsanwalt und steckte beiläufig ein Spitzenhöschen ein, das bis zu ihm hochgesegelt war.

»Ich hab das Orchester genau beobachtet. So wie der Kollege am Kontrabass geschaut hat, war da was im Busch.«

»Was denn?«

»Er hat diese Sängerin vergöttert. Das hab ich in seinen Augen gesehen. Er hätte alles für sie getan.«

»Meinen Sie die Tragik einer unerwiderten und dennoch verzehrenden Liebe? Die plötzlich umschlägt in Eiseskälte, jene Entschlossenheit, die einen frösteln macht und das wahre, unbarmherzige Gesicht eines Mörders offenbart?«

»So ungefähr.«

Wollüstige Schreie drangen an ihre Ohren, ein Seufzen und Ächzen, wie es im Harem des Perserkönigs vermutlich zum Grundrauschen gehört hatte. Sage keiner, den Niedersachsen fehle es an barockem Lebensgefühl! Das Motto dieser Nacht lautete: *Mund, lass Küsse mich auf deinen Purpur setzen!* Venus bewirtete ihre Gäste großzügig, Cupido goss reichlich sein Füllhorn aus.

»Nette Oper«, meinte Küps.

»Ein wertvoller Beitrag zur Gender-Debatte. Aber sollten wir jetzt nicht die örtlichen Behörden verständigen?«

»Die sind wahrscheinlich beschäftigt. Genau wie ich.« Der Kommissar zerrte eine Schachtel aus seinem geräumigen Jackett und öffnete sie. »Petits Fours. Möchten Sie eins?«

»Nein danke.« Brandeisen nahm wieder Platz und stellte sein Opernglas scharf.

Küps entschied, mit einem knallgelben Teilchen zu beginnen. »Es kann natürlich auch ein anderer gewesen sein.«

»Was?«

»Der Mörder.«

»Ist jetzt nicht so wichtig.«

Mafia Bamberga

Ein langer, nicht enden wollender Rülpser schallte durch die Bamberger Polizeiinspektion. Die Fensterscheiben erzitterten.

»Mahlzeit!«, sagte Kommissar Küps im Tonfall einer milden Ermahnung und dachte an die letzte Betriebsfeier zurück. In seinem Büro war es schon bedeutend geräuschvoller zugegangen.

Doch dann erreichte ihn die Geruchswolke, welche dem Rülpser folgte: abgestandenes Bier, Schnaps unterirdischster Herkunft sowie Magensäfte, die auf den Genuss von Zwiebelfleisch und Schlimmerem hindeuteten.

»Du alter Dreckbär!«, entfuhr es ihm. »Fühlst dich wohl wie dahamm?«

Der Rauchbier-Rudi zuckte mit den Achseln. Er war ein gern gesehener Gast bei der Bullerei, wusste er doch stets Ergötzliches aus dem Bamberger Nachtleben zu berichten. Als Obdachloser kriegte er viel mit. Zum Beispiel konnte er präzise sagen, welcher feuchtfröhliche Stadtrat X zur Stunde Y Laternenpfahl Z umarmte. Seinen Spitznamen hatte der Rudi bekommen, weil er kein normales Bier trank, sondern ausschließlich Rauchbier. Für ihn war das eine Frage des Geschmacks und der Würde. Kein Lager, kein Helles, kein verdammtes Pils – nur Rauchbier. Alles andere soff er durcheinander, wie es gerade kam. Wodka, Franzbranntwein, Hauptsache Prozente.

»Noch mal von vorn«, versuchte es der Kommissar. »Wo genau hast du die Geldtasche gefunden?«

»Beim Pinkeln.«

»In dem Toilettenhäuschen am ZOB, gestern Abend um halb neun. Das hatten wir schon!«

»Echt?« Der Rauchbier-Rudi war immer noch rabenfett. Er öffnete den Mund zu einem weiteren Rülpser.

»Pass bloß auf!«, warnte ihn Küps. Über die Grundmuffigkeit seines Gegenübers sah er zwar großzügig hinweg, das

Leben auf der Straße war kein Zuckerschlecken. Doch ein bisschen Beherrschung war nicht zu viel verlangt.

Es wurde ein Aufstoßer, den jeder züchtig nennen musste, der den Rauchbier-Rudi kannte. Er dachte scharf nach. Dieses Mal war er in einer ernsten Sache beim Küps, den er als Erstes immer fragte, ob er aus Oberküps oder Unterküps bei Ebensfeld stammte. Worauf Küps immer erklärte, dass Küps im Landkreis Kronach liege, also ganz woanders, er selber aber ein alteingesessener Bamberger aus dem Mühlenviertel sei.

»Wie war die Frage noch mal?«, lallte Rudi schließlich.

»Das Geld«, beharrte der Kommissar. »Wo hast du es gefunden?«

»Neben dem Klo.«

»Ganz sicher? Nicht neben dem Pissoir oder beim Waschbecken?«

»Klo.«

»Ist dir irgendjemand aufgefallen, dem die Tasche gehören könnte?«

»Nein.«

Küps machte eine Notiz. »Und warum hast du uns nicht gleich verständigt? Warum hast du erst heute Morgen eine Streife angehalten und den Kollegen zur Begrüßung auf die Kühlerhaube gekotzt?«

Der Rauchbier-Rudi machte eine fahrige Geste. »Also die Daschn, die war so weich und bequem. Da hab ich sie einfach als Kissen benutzt. Zum Schlafen.«

»Eine Tasche mit fast dreißigtausend Euro? In losen, nicht durchnummerierten Scheinen.« Küps schnaufte durch. »Also, wer da nicht in Versuchung gerät ...«

»Geld verdirbt den Charakter. Hat schon mein Vater gesagt.«

»Aber für Notfälle zweigt man vielleicht etwas ab ...«

Jetzt merkte der Rauchbier-Rudi auf. »So einer bin ich net! Frag doch deine Kameraden, ob die was geklaut haben von dem Scheißgeld! Ich fass des Deufelszeuch net an!«

Mehr bekam der Kommissar aus der bekanntermaßen ehrlichen Haut nicht heraus. Eine Tasche mit einer ansehnlichen Geldsumme war im Toilettenhäuschen am ZOB »vergessen« worden. Was hatte es damit auf sich?

Die Tür öffnete sich, und Brandeisen stürmte herein. In Windeseile hatte sich die ominöse Fundsache bei den Gesetzeshütern herumgesprochen. »Wo ist die Tasche?«

Sie lag auf Küpsens Schreibtisch, ein billiges Fabrikat ohne Markenbezeichnung, dunkelgrau, aus Polyester. Fingerabdrücke waren bereits genommen worden. Daneben in ordentlichen Stapeln mit ein paar Münzen: 29.975,60 Euro.

Der Staatsanwalt betrachtete das Geld, als habe er eine Erscheinung. »Wissen Sie, was das ist? Ein ganz großer Fall! Der Beginn einer wunderbaren Ermittlung, die uns in ganz Franken, ach was, bundesweit berühmt machen wird.« Er war so aufgeregt wie ein Teenager beim ersten Rendezvous.

»Ich kann's kaum erwarten«, brummte Küps.

Der Rauchbier-Rudi wurde auf eigenen Wunsch in die Ausnüchterungszelle verfrachtet. Dort hatte er es schön warm und sauber. Am Mittwoch gab es immer Linsen mit Spatzen. Die mochte er für sein Leben gern.

Im Büro des Kommissars rauchten derweil die Köpfe. Operative Fallanalyse nannte der Staatsanwalt das, was für Küps nur das übliche Rätselraten war. Sie hatten so gut wie keine Hinweise.

»Das ist garantiert schmutziges Geld«, sagte Brandeisen. »Dreißigtausend. Damit lässt sich eine Menge anfangen.«

»Was denn?« Küps spielte wieder mal den Stichwortgeber.

»Vielleicht haben wir es mit einer fehlgeschlagenen Übergabe zu tun. Ich sage nur: Parteispendenskandal!«

»In Bamberg?«

»Die CSU ist bettelarm, seit sie sich mit den letzten Wahlkämpfen übernommen hat. Und die restlichen Parteien pfeifen sowieso aus dem letzten Loch. Die können alle eine kleine Finanzspritze vertragen.«

»Bestechung?«, zweifelte Küps. »Die ist bei uns viel billiger zu haben: Geben Sie den Burschen einen Schweinsbraten und ein Bier aus, dann stimmen die schon richtig ab.« Er schüttelte den Kopf. »Nicht, dass es irgendwas ändern würde.«

»Ein Punkt für Sie.« Brandeisen respektierte das Insiderwissen des Kommissars. In Fragen der Bamberger Politik war der Staatsanwalt schon manchem Irrtum aufgesessen. »Wie wäre es mit einer Entführung?«, schlug er vor. »Jemand wird erpresst und hat Angst, sich an die Polizei zu wenden. Also hat er das Lösegeld in der öffentlichen Bedürfnisanstalt am Zentralen Omnibusbahnhof deponiert.«

Diese Bandwurmwörter! Küps fragte sich, ob Brandeisen schon als Tüpferlesscheißer auf die Welt gekommen war. »Dreißigtausend Euro. Wen wollen Sie denn mit so einem Kleckerbetrag auslösen? Den Leiter der Verkehrsplanung?«

»Gilt er denn als vermisst?«

»Schmarrn! In Bamberg gibt es doch gar keine Prominenten, die man halbwegs rentabel entführen könnte.«

Brandeisen warf sich in die Brust und wollte im Hinblick auf seine eigene Wenigkeit widersprechen. Dann begriff er, was Küps meinte. Heimatpresse und Lokalstolz behaupteten zwar hartnäckig das Gegenteil, doch wahre Prominenz war in Bamberg dünn gesät. Es gab zwar zahlreiche Kandidaten, die sich auf ihrem Gebiet für bedeutend hielten. Wenn man die Stadtgrenzen jedoch um wenige Kilometer überschritt, kannte sie niemand mehr. »Vielleicht handelt es sich gar nicht um ein Lösegeld«, mutmaßte er.

»Sondern?«

»Das Geld ist eine Belohnung dafür, dass man nie wieder etwas von der betreffenden Person hört oder sieht. Mir kommen da so einige Gestalten in den Sinn.«

»Mir auch.« Küps nickte gewichtig. Dann musste er lachen. »Aber einen Auftragsmord gab es in Bamberg noch nie.«

»So?«

»Denken Sie nach! Ein Oberfranke, von Natur aus sparsam, würde nie so viel Geld ausgeben, um jemandem das Licht auszublasen. Solche Angelegenheiten erledigt er eigenhändig.«

»Auch wieder wahr.« Der Staatsanwalt verstand, worauf der Kommissar hinauswollte. Er legte zwar Wert auf einen hochdeutschen Umgangston, doch tief in seinem Herzen war er Bamberger. »Schließen wir die Eingeborenen also aus.«

»Einverstanden.«

»Bleiben die Ausländer.«

»Bayern? Preußen?«

»Nein, alle. Von überall her.«

Küps erhob sich und blickte aus dem Fenster, wie es Kommissare seit Urzeiten taten. Es wirkte irgendwie ... gedankenvoll. Er fand, das passte zu ihm. Schließlich hatte Brandeisen den Part der Intelligenzbestie nicht für sich allein gepachtet. »Ausländer«, wiederholte er und drehte sich um. »Machen Sie jetzt auf Sarrazin?«

»Keineswegs!«, entrüstete sich der Staatsanwalt. »Ich spreche nicht von unbescholtenen Bürgern, die sich bei uns niedergelassen haben, um ihrem Leben eine neue Richtung zu geben.«

»Wovon sonst?«

»Internationale Kriminalität.«

»Aha.«

»Wir steigen hinab in die Höhlen des organisierten Verbrechens. Davon gibt es in Bamberg mehr, als Sie denken.«

»Halten Sie mich für naiv?«

»Nehmen Sie nicht alles so persönlich, Küps. Seien Sie mein Begleiter in die Unterwelt!«

»Und wo fangen wir an?«

»Bei der Mafia!« Brandeisen setzte eine verschlagene Miene auf. »Die haben jemandem ein Angebot gemacht, das er abgeschlagen hat. Oder so ähnlich.«

Der Kommissar runzelte die Stirn. »Welche Mafia meinen Sie denn? Die sizilianische, die kalabresische, die französische, die russische, die ukrainische, die rumänische, die serbische, die albanische? Nicht zu vergessen die amerikanische, unterteilt in Buffalo, Chicago, Cleveland, Detroit, Florida, Kalifornien, Milwaukee, New England, New Jersey, New Orleans, New York City mit den fünf großen Clans, Philadelphia, Pittsburgh, St. Louis und Seattle. Aber die sind meines Wissens bei uns nicht aktiv.«

Brandeisen hatte nicht mit einer derartigen Auswahl gerechnet. »Natürlich das Original«, sagte er rasch. »La Famiglia. Cosa Nostra. Die ehrenwerte Gesellschaft.«

»Na dann: Pack mer's!«

Küps brachte die Geldtasche in die Asservatenkammer. Dann machten sie sich auf den Weg.

Immer, wenn in Bamberg eine neue Pizzeria aufmachte und der Besitzer einen Mercedes fuhr, kursierte das Gerücht: Da hat die Mafia ihre Hände im Spiel. Zum Bedauern der unterbezahlten Polizei war jedoch noch kein Consigliere mit Schmiergeldangeboten oder wenigstens einer Gratissalami an sie herangetreten.

Dennoch war klar, dass irgendwo im Fränkischen Rom ein Pate seine Fäden spann. So hatte sich das Stadtbild in den letzten Jahren merklich verändert. Wo früher in den Abendstunden nur Steppenbüsche über menschenleere Straßen wehten, herrschte inzwischen Jubel, Trubel, Heiterkeit. Jede verfügbare Freischankfläche war mit Tischen und Stühlen bestückt, die Leute tranken Vino Rosso und Espresso, man sprach von »italienischem Flair«. Das musste Methode haben!

Doch wo lag das Hauptquartier der Cosa Nostra-Dependance? Küps hatte ein bestimmtes Ristorante schon seit Längerem im Visier. Es war binnen Kurzem zum Szenelokal aufgestiegen und befand sich auf dem Michaelsberg, mit bester Aussicht auf Bamberg, zu Füßen der berühmten Klosterkirche.

Der Kommissar stellte seinen schlammfarbenen Opel auf dem Parkplatz ab. Das Auto nahm sich neben pechschwarzen Bonzenschüsseln und schnittigen Sportwagen wie ein Hundehaufen aus. Brandeisen war schon froh, dass sie es damit überhaupt den Berg hoch geschafft hatten. Die Kirchturmuhr schlug halb elf. Es war ein sonniger Septembervormittag.

Die beiden Ermittler wurden empfangen, als seien sie bereits erwartet worden. Ein Schrank von einem Mann mit Knautschgesicht und buschigen Augenbrauen führte sie in einen abgedunkelten Raum. Die Rollläden waren heruntergelassen, durch die Schlitze drangen Lichtstreifen herein.

Hinter einem Schreibtisch saß Don Federico. Er trug einen schwarzen Anzug und lächelte gewinnend wie ein Junge, der sich freut, seine Fußballkumpels zu sehen. »Buongiorno! Il commissario e il procuratore! Wenn das keine Überraschung ist! Was kann ich für Sie tun?«

Brandeisen und Küps nahmen Platz.

»Haben Sie sich extra für uns so herausgeputzt?«, fragte der Staatsanwalt.

Don Federico blickte an sich hinab und schnippte eine Fluse vom Revers. »Aber nein! Zufällig haben wir heute ein Familientreffen. Da muss man bella figura machen, non è vero?«

»Zufällig, so, so. Worum geht es bei diesem … Treffen? Um die eine oder andere Gefälligkeit, die man sich gegenseitig erweist?«

»Wie das unter Verwandten so üblich ist.«

Brandeisen beschloss, nicht lange zu fackeln. »Sind Ihnen vielleicht dreißigtausend Euro abhandengekommen?«

»Sie fragen mich nach meinen Geschäften?«

»Nach Ihren Transaktionen, Machenschaften, Schiebereien. Nennen Sie es, wie Sie wollen!«

»Procuratore, procuratore!«, wunderte sich der Pate und strich mit dem Ringfinger über seinen dünnen Schnurrbart. Er stand auf und durchquerte gemessenen Schrittes den

Raum. »Was habe ich Ihnen bloß getan, dass Sie mich so respektlos behandeln?«

Der Staatsanwalt blickte sich um. War er in einem Film gelandet? In Bamberg wurden neuerdings sogar Hollywood-Streifen gedreht. Wo waren die Kameras versteckt?

»Ich kenne Sie schon lange«, sagte der Pate. »Sie nehmen immer den gleichen Tisch und bestellen Spaghetti aglio e olio, das billigste Gericht auf der Karte. Keine große Herausforderung für meine Küche. Ich kann mich nicht erinnern, wann Sie ein ganzes Menü in meinem Lokal gegessen haben. Aber heute kommen Sie zum ersten Mal zu mir um Rat oder um Hilfe.«

Das stimmte. Brandeisen war etwas knauserig, wenn er auswärts speiste. Aber was hatte das mit ihrem Fall zu tun?

Küps schritt ein. Der Staatsanwalt stellte sich an wie ein Anfänger. Mit dem Paten musste man anders reden. »Ich bitte um Entschuldigung, Don Federico, wir möchten Ihnen keine Unannehmlichkeiten bereiten. In der Innenstadt wurde eine größere Geldsumme gefunden, herrenlos, könnte man sagen. Und da haben wir uns gefragt, ob ein gut informierter Mann wie Sie etwas darüber weiß.«

»Ich bin kein Auskunftsbüro, auch wenn Sie es sich offenbar so vorstellen.« Don Federico sah betrübt auf die Ermittler herab. »Doch meine Antwort soll ein Geschenk an Sie sein zum Hochzeitstag meiner Tochter.«

»Verzeihung, das ist mir entgangen«, beeilte sich Brandeisen zu versichern. »Wie unsensibel.«

Mit einer Handbewegung gebot ihm der Pate zu schweigen. »Leider habe ich nicht die geringste Ahnung, wem diese Geldtasche gehört. Oder für wen sie bestimmt war.«

»Aber eine Tasche haben wir gar nicht erwähnt ...«

»Ich habe viele Augen und Ohren. Dreißigtausend, das ist ... una bagatella. Uninteressant.« Don Federico machte eine Pause und schob den Unterkiefer vor, als hätte er Nackenschmerzen. »Ich liebe Bamberg. Ich möchte, dass Sie das wissen. Bamberg ist für meine Familie und mich das Paradies.« Er schaute Brandeisen und Küps lange an. »Wir sind nicht ins Paradies gekommen, um einen Apfel zu stehlen. Wenn Sie verstehen, was ich meine.«

Nach diesen Worten begleitete er die beiden hinaus und lud sie zur Feier des Tages auf einen Teller Antipasti ein. »Stärken Sie sich, damit Sie mit Ihrer Arbeit vorankommen. Die Hochzeit fängt erst in einer Stunde an. Seien Sie meine Gäste.«

Brandeisen hatte Skrupel, Küps nicht. Ein Happen zu essen war seiner Ansicht nach kein Bestechungsversuch. »Mille grazie.« Das wusste er noch von einem Urlaub am Gardasee.

Die Tische auf der Terrasse waren festlich eingedeckt, doch außer ein paar Kellnern ließ sich niemand blicken. Brandeisen und Küps waren ungestört. Sie nahmen Rindercarpaccio, leider kalt, wie Küps bemerkte. Der Pate war nach drinnen verschwunden.

»Aufgeblasener Kerl«, schnaubte der Staatsanwalt. »Möchte mal wissen, woher der schon wieder Bescheid weiß.«

»Die gesamte Kripo geht hier ein und aus. Die lieben Kollegen würden alles tun, um eine Reservierung zu bekommen.«

»Korruption, wohin das Auge reicht!«

»Vorauseilender Gehorsam«, präzisierte der Kommissar. »Die rufen Don Federico ganz von allein an.« Er schlang das letzte Stück rohes Fleisch runter. »Kein Wunder, schmeckt ja auch prima.«

»Kulinarisch war das schon mal ein guter Start.« Brandeisen faltete seine Stoffserviette zusammen. »Wohin jetzt?«

Küps funkte die Zentrale an, ob sich schon jemand gemeldet hatte, der dreißigtausend Euro vermisste. Fehlanzeige. »Zu den Russen.«

Sie fuhren ans andere Ende von Bamberg. Nach der Unterführung in der Memmelsdorfer Straße ging es irgendwann rechts. Mietskasernen und einförmige Häuserzeilen bestimmten das Bild. Der Himmel zog sich zu, und es war, als sänke die Temperatur um mindestens zehn Grad. Das Flair war nicht mehr südländisch, sondern sozialistisch.

Brandeisen hütete sich, darüber die Nase zu rümpfen. Er hatte seine Kindheit jenseits des Bahndamms im Osten der Stadt verbracht – da sah es eben so aus, wie es aussah. Die Gegend galt in besseren Kreisen allerdings als zweifelhaft. Nachdem der Staatsanwalt beruflich Fuß gefasst hatte, war er ins Berggebiet gezogen, wegen der Ruhe. Trotzdem dachte er mit Wehmut an die ungezwungene Zeit in Bambergs wildem Osten zurück, als es noch hieß, gleich hinter dem Haupts- moorwald begänne der Todesstreifen.

Sie bogen auf das Gelände eines Supermarktes ein. Auf dem Parkplatz standen zahlreiche Rostlauben. Dieses Mal fiel das Küpsmobil nicht weiter auf.

»Wollen Sie einkaufen?«, fragte Brandeisen.

Der Kommissar stieg aus. »Am besten lassen Sie mich reden.«

Vor dem Supermarkt standen Paletten mit Sonderangebo- ten. Die Waren trugen ausschließlich Beschriftungen in kyril- lischen Buchstaben. Er ging daran vorbei und steuerte auf eine Imbissbude zu.

Es gab nur einen einzigen Kunden. Nun war ja schon Küps von vierschrötigem Wuchs. Doch was da zusammen mit einer Flasche Wodka an einer Garnitur Gartenmöbel saß, war Küps mal drei, ein Mann wie ein Lenin-Monument: lange schwarze Lederjacke, ein Glatzkopf aus russischem Stahl, unbehaarte Wülste anstelle von Augenbrauen. Er glich einem Preisboxer, der ein paar Niederlagen zu viel kassiert hatte, und war bis zur Halskrause und darüber hinaus tätowiert. Offenbar hatte er die harte Schule diverser Strafvollzugsan- stalten durchlaufen.

»Vadim, der Schlächter von Magnitogorsk«, raunte Küps dem Staatsanwalt zu und blieb ein paar Meter vor dem Monu- ment stehen. Niemand sprach Vadim von sich aus an. Man wartete, bis man begrüßt wurde.

Aus dem Schatten der Imbissbude lösten sich finstere Gestalten, die einem Trainingslager für Meuchelmörder entsprungen schienen. Im Nu hatten sie die beiden Ermittler umringt.

Vadim entließ seine Leibgarde mit einem Wink, worauf sich die Gewitterwolke aus Muskeln, Fäusten und Händen in den Taschen verzog. »Zdravstvuj, Kommissar. Was machen die Kinder?«

Küps hatte keinen Nachwuchs, doch die Floskel gehörte zum üblichen Einschüchterungsritual. »Alles wohlauf, und selber?«

»Kann nicht klagen.« Vadim blickte in die Ferne, als erstreckten sich dort die Weiten der Taiga. »Was führt dich zu mir?«

Der Kommissar hielt sich nicht lange auf. »Es geht um dreißigtausend Euro. Lagen einfach so rum, mitten in der Stadt. Können Sie uns da irgendwie behilflich sein?«

»Es ist gefährlich, solche Fragen zu stellen.« Vadim ließ die Worte ein paar Sekunden in der Luft hängen und richtete seinen Blick auf Brandeisen. »Wen hast du da mitgebracht?«

»Den Staatsanwalt.« Küps wollte Brandeisen vorstellen, doch der Russe unterbrach ihn.

»Das weiß ich! Aber ich weiß nicht, ob der Herr Prokuror mein Freund ist oder mein Feind.«

»Wenn ich an dieser Stelle auch etwas sagen darf«, fing Brandeisen an.

»Stoj!« Vadim machte eine Handbewegung, und wie aus dem Nichts standen zwei zusätzliche Bechergläser auf dem Tisch. »Verträgt dein Prokuror Wodka? Dann ist er mein Freund.«

»Muss das sein?«, sagte Brandeisen zu Küps, doch der legte den Finger an die Lippen und forderte ihn stumm dazu auf, gute Miene zum bösen Spiel zu machen.

Vadim wandte sich direkt an den Staatsanwalt. »Möchten Sie etwas über die russische Seele erfahren?«

»Warum nicht?« Brandeisen nahm Platz und fragte sich, ob die Klischees irgendwann ein Ende nahmen. »Schenken Sie ein!«

Und so geschah es. Vadim füllte die Gläser bis zum Rand. Die Flüssigkeit war nicht klar, sondern bernsteinfarben. »Eine Spezialität. Mit Honig und Pfefferschoten.«

»Sie leben ja nicht schlecht«, erwiderte Brandeisen.

»Johann Sebastian Bach«, sagte Vadim. Bei »Bach« stürzte er sein Glas hinunter.

Küps schätzte. Das waren locker 0,1. Nach dem ersten Schluck setzte er ab und rang nach Atem. Das Zeug brannte einem Löcher in die Speiseröhre. Mit Todesverachtung kippte er den Rest hinunter.

Brandeisens Glas war längst leer. »Ich muss schon sagen, ganz ausgezeichnet! Diese Ausgewogenheit von Süße und Schärfe, zugleich kompromisslos im Abgang ...«

»Spasiba!« Vadim schenkte mit diabolischem Lächeln nach und brachte wieder seinen Johann-Sebastian-Bach-Spruch.

Küps sträubte sich, trank aber mit.

Brandeisen war wieder am schnellsten. »Bach. Sie sind ein Mann von Kultur!«

»Das ist eine traurige Geschichte.« Vadim seufzte und begann zu erzählen. Von seiner Jugend, als er aufs Petersburger Konservatorium gegangen war. Eine glänzende Zukunft als Bach-Interpret hatte vor ihm gelegen. Bis der Zusammenbruch der Sowjetunion ihm einen Strich durch die Rechnung gemacht hatte und er gezwungen gewesen war, sich nach handfesteren Berufsfeldern umzusehen. Noch heute könne er *Toccata und Fuge* im Schlaf spielen – was er sogleich unter Beweis stellte. Seine Mitarbeiter schafften ein Akkordeon herbei. Vadim brachte den Gästen ein Ständchen.

Drei Wodkas später sagte Brandeisen: »Die russische Seele ist nuancenreich.« Das trug ihm eine heftige Umarmung inklusive Bruderkuss ein.

Küps hatte bereits Schlagseite.

Vadim spendierte seinen neuen Freunden einen sauren Hering, damit sie wieder auf die Beine kamen. Dann erklärte er, dass er leider nichts über die dreißigtausend Euro wisse. Vielleicht sollte man den Bamberger Einzelhandel unter die Lupe nehmen. Der schleuse gerne mal ein Sümmchen an der Steuer vorbei.

Küps war völlig fertig, also fuhr Brandeisen. »Einzelhandel! Wo sollen wir da ansetzen?«, fragte er.

»Vadim hat doch keine Ahnung«, blubberte der Kommissar und kämpfte mit seiner Muttersprache.

Brandeisen schaffte es mit Mühe und Not zum Troppauplatz. Dort versorgten sie sich in einer Bäckerei mit Kaffee und Hörnla, einer Kombination, die jeden Franken stocknüchtern machte und neue Energien freisetzte.

»Sonst noch irgendeine Mafia, bei der wir es probieren könnten?«, fragte der Staatsanwalt.

»Keine, die bei uns viel zu melden hätte.«

»Heute Morgen klang das aber noch anders.«

»Na ja«, räumte Küps ein. »In Bamberg passiert nicht besonders viel. Prostitution, illegales Glücksspiel, Drogenhandel, Waffengeschäfte – das findet alles nur im Kleinformat statt, für den Hausgebrauch.« Plötzlich fiel ihm etwas ein. »An die Hells Angels hab ich noch nicht gedacht.«

»An wen?«

Küps erklärte, dass es sich dabei um eine Motorradrockergruppe handelte, die allerlei kriminellen Betätigungen nachging.

»Und was haben Motorradfahrer am ZOB verloren?«, zweifelte Brandeisen. »Nein, da liegen Sie falsch. Wo treiben sich diese Hells Angels überhaupt herum? Ich habe noch keinen von denen in der Stadt gesehen.«

»Aber auf dem Land«, konterte der Kommissar. »Bei der *Kathi* in Heckenhof.« Die *Kathi-Bräu* war ein beliebter Gasthof und ein Biker-Treff in der Fränkischen Schweiz. Das dunkle Lagerbier war legendär.

»Das sagen Sie nur, weil Sie Appetit auf ein Schäuferla haben«, mutmaßte Brandeisen.

»Ich brauch jetzt was Warmes im Bauch. Ein richtiges Mittagessen!«

Wenn Küps Hunger hatte, wurde er bockig. Angesichts seiner geschwächten Konstitution hatte der Staatsanwalt ein Einsehen. »Gehen wir mal zu You Xie.«

»Häh?«

»Zum China-Imbiss im Univiertel.«

»Was wollen Sie denn da?«

»Haben Sie je von den Triaden gehört? Chinesische Mafia? Inzwischen operieren die weltweit.«

Der Kommissar stimmte widerstrebend zu. »Aber gibt's da was Anständiges zu essen?«

»Knusperente«, schwärmte Brandeisen. »Mit Bergen von Reis. Das hält tagelang vor.«

»Überredet.«

Brandeisen stellte den Opel mitten in der Fußgängerzone ab, schließlich repräsentierten sie das Gesetz. Die vielen Wodkas waren irgendwo in seinem Metabolismus versickert. Alkohol brauchte manchmal eine gewisse Zeit, um bei ihm Wirkung zu entfalten. Dagegen hatte Küps immer noch einen unsicheren Gang und schnürte dem forsch ausschreitenden Staatsanwalt hinterher.

»Hallo!« You Xie kam sofort hinter der Theke hervor. Er schüttelte Brandeisen die Hand und klopfte ihm auf die Schulter. »Wie geht's? Geht's gut? Wie viele Verbrecher hast du heute ins Gefängnis geschickt?«

Küps staunte nicht schlecht. Seines Wissens hatte Brandeisen keine Freunde. Und jetzt stand einer leibhaftig vor ihm.

You Xie und der Staatsanwalt kannten sich seit ihrer gemeinsamen Studienzeit. Brandeisen hatte nämlich zuerst einige Semester Germanistik in Bamberg belegt, bevor er auf Jura in Erlangen umgeschwenkt war. In beiden Fächern kam es darauf an, möglichst viel Unsinn zu verzapfen. Doch Juristen wurden dafür wenigstens einigermaßen bezahlt. In sentimentalen Stunden trauerte Brandeisen der Literaturwissenschaft hinterher. Wo sonst verbanden sich Schönheit und Wahrheit zu geistreichem Tun?

»Wo geht immer ein Gespenst um?«, fragte Brandeisen.

»Wo Geld ist«, antwortete You Xie. »Fontane!« Er hatte den Zitatentest wieder mal spielend bestanden.

»Tja, wir suchen ein Gespenst.« Der Staatsanwalt nahm seinen alten Weggefährten beiseite und setzte ihm den Fall auseinander. Die Triaden waren in Bamberg natürlich nicht aktiv, ebenso wenig wie die japanische Yakuza. You Xie bekam in seinem Imbiss jedoch so einiges mit, was nicht für fremde Ohren bestimmt war. Als Dissident, der sich für Pressefreiheit und Menschenrechte einsetzte und eine Zeitung für Auslandschinesen herausgab, verstand er es, genau hinzuhören.

»Am ZOB, sagst du? Abends um halb neun?« You Xie kratzte sich am Schädel. »Vielleicht suchst du einen Geschäftsmann. Jemanden, der jeden Tag viel Geld mit nach Hause nimmt.«

»Welcher Geschäftsmann läuft denn mit dreißigtausend Euro in der Tasche herum? Eine solche Summe trägt man doch zur Bank.«

»Wer traut schon einer Bank?«

»Auch wieder wahr.« Brandeisen nickte.

»Konfuzius sagt: ›Der sittliche Mensch liebt seine Seele, der gewöhnliche sein Eigentum.‹«

»Aber wie sollen wir diesen Menschen finden, der nur sein Eigentum liebt? Hast du irgendeinen Tipp?«

You Xie verfügte nicht nur über einen unerschöpflichen Zitatenschatz, sondern auch über gesunden Menschenverstand. »Leg dich auf die Lauer, mein Freund. Abends am ZOB.«

Küps hatte die Unterhaltung skeptisch verfolgt. Jetzt fiel es ihm wie Schuppen von seinem ausgebeulten Jackett. »Heilig's Blechla! Da hätten wir auch selbst draufkommen können!«

»Was darf's zu essen sein?«, fragte You Xie.

Brandeisen bestellte.

Sie fingen mit Suppe scharf-sauer an. Das Zeug war heiß und so gut gewürzt, dass es selbst den schlaffsten Rathausbeamten reanimiert hätte. Für den Hauptgang trieb You Xie seine Küchenschergen, allesamt Landsleute, lautstark zu Höchstleistungen an. Die Knusperente machte ihrem Namen alle Ehre. Zartes Fleisch, traumhafte Kruste – trotz kurzer Garzeit quasi das Schäuferla unter den asiatischen Gerichten. Als Nachtisch gab es Herbstrollen und Jasmintee. Küps fühlte sich wie im siebten Himmel und nahm noch ein Stützbier, um wieder auf Pegel zu kommen. Im Zuge der Nahrungsaufnahme war ihm bewusst geworden, dass die alten Chinesen in puncto Lebensweisheit mit den Franken verwandt sein mussten: Der Weg war das Ziel.

Der Abschied von You Xie war wieder sehr herzlich. Sie kehrten zum Wagen zurück. Unter dem Wischerblatt klemmte ein Knöllchen.

Brandeisen zerriss es in winzig kleine Fetzen. »Unverschämtheit!« Dann fuhr er zum nahegelegenen Omnibusbahnhof und parkte auf dem Gehsteig in Sichtweite des Klohäuschens. Es war noch reichlich Zeit bis zum Abend, das opulente Mahl forderte seinen Tribut. Hundschlagmüd stellten sie die Sitze in Liegeposition und hielten ein Verdauungsschläfchen.

Es klopfte. Küps schlug die Augen auf. Gerade waren noch gebratene Enten auf seinen Mund zumarschiert und hatten ihm ihre röschen Brüste dargeboten. Stattdessen glotzte ihn ein PÜDler durch die Scheibe an. Ein Blick aufs Armaturenbrett: 19.03 Uhr.

Der Kommissar gähnte ausgiebig. Dann möhrte er sich aus dem Wagen.

»Was is'n des!« Er wies auf das Polizeiwappen in einer völlig verdreckten Ecke der Windschutzscheibe und machte den Mann vom Parküberwachungsdienst rund. »Wir sind hier mitten im Einsatz. Sie behindern eine polizeiliche Ermittlung!«

Der PÜDler winselte um Gnade.

Küps zeigte sich barmherzig und befahl dem Störenfried, zur Wiedergutmachung zwei Kaffee zu organisieren, aber ruck, zuck! Er weckte Brandeisen.

»Wo sind wir?« Der Staatsanwalt brauchte eine Ewigkeit, bis er ansprechbar war. In seinem Kopf drehte sich alles. Er tastete wirr umher und hielt sich an Lenkrad und Türgriff fest. »Sofort anhalten!«

»Wir fahren doch gar nicht.«

»Karussell. Ich hasse Karussell!«

»Reißen Sie sich am Riemen, Mann! Sie haben nur einen Kater.« Küps drehte die Fensterscheibe herunter. »Frische Luft wird Ihnen guttun.«

»Um Himmels willen, schreien Sie nicht so!«

Es stellte sich heraus, dass Brandeisen mit Verzögerung auf den Alkohol reagierte. Alles, was er bei Vadim getrunken hatte, schlug erst jetzt und dafür umso heftiger durch. Er war ein wenig neben der Kapp.

Der Kaffee kam in einem Warmhaltebecher. Küps entließ den PÜDler. Dann flößte er Brandeisen ein paar Schlucke von dem heißen Gebräu ein.

Nach und nach bremste das Karussell, schließlich kam es zum Stehen. »Dieser Wodka ist die reinste Zeitbombe.«

»Wird Ihnen hoffentlich eine Lehre sein.« Der Kommissar ließ sich in seinen Sitz sinken und ging in Wartestellung.

Die Observation des Klohäuschens begann.

Am Abend war der ZOB so belebt, wie es sich die Stadtplaner einst vorgestellt hatten. Aus allen Richtungen strömten Leute herbei und stiegen in Busse, die sie nach Hause brachten. Manche hatten einen Rucksack dabei oder Einkaufstüten. Die Toilette war relativ gut besucht. Man gab sich die Türklinke in die Hand und folgte dem Ruf der Natur.

Dann war es so weit. »Individuum mit verdächtiger Tasche«, meldete Küps. »Wusste ich's doch! Die Macht der Gewohnheit.«

Eine Frau schickte sich an, das Häuschen zu betreten. Ihre Tasche wies eine verblüffende Ähnlichkeit mit dem Corpus Delicti auf, obwohl streng genommen noch gar kein Delikt vorlag.

Vor dem Dameneingang hatte sich eine Schlange gebildet, aber bei den Herren war frei. Die Frau zierte sich nicht lange und nahm das Männerklo. Als sie wieder herauskam, presste sie die Tasche an sich, als habe sie Angst, das Ding zu verlieren.

»Zugriff!« Küps sprang aus dem Wagen und rannte los, Brandeisen hinterdrein.

»Hilfe, Überfall!«, kreischte die Frau, als sie den Kommissar auf sich zustürmen sah.

Er nahm die Verdächtige in den Polizeigriff. »Kripo Bamberg, halt die Pappn!«

Der Widerstand der Frau erlahmte. Doch was war das? Küps schnüffelte. Ein wohlbekannter Geruch drang ihm in die Nase: Röststoffe. Überrascht stellte er fest, wen er da am Wickel hatte. »Die Kunni von der *Wörschtla-Hüttn*!«

Das Geständnis ließ nicht lange auf sich warten. Noch im Wagen des Kommissars gab die Kunni alles zu. Ja, am Tag zuvor habe sie das Herrenklo genommen, weil sonst alles besetzt gewesen sei. »Ich bin net zimperlich. Den ganzen Tag Wörscht braten. Irgendwann hat man halt seine Bedürfnisse.«

»Sie brauchen nicht ins Detail zu gehen«, meinte Brandeisen. Auch er kannte die Frau, die da auf dem Rücksitz neben ihm saß. Sie betrieb einen Imbiss auf dem Grünen Markt und verkaufte die besten Bratwürste der Stadt.

»Der letzte Bus nach Hallstadt fährt immer pünktlich ab«, fuhr sie fort. »Da hab ich mich gschickt und in der Hektik mei Daschn vergessen.«

»Wie sah die aus?«, fragte Küps.

Die Kunni beschrieb die Tasche haargenau.

»Und was war da drin?«

»Mei Tagesumsatz. 29.975 Euro und 60 Cent.«

Auch die Höhe der Summe stimmte. »So hoch ist Ihr Tagesumsatz?«, wunderte sich der Kommissar. »Da müssen Sie aber viele Wörscht auf den Grill schmeißen.«

»Jeder, wie er kann«, sagte sie stolz.

Küps hatte es schon lange vermutet. Die *Wörschtla-Hüttn* sah zwar unscheinbar aus, stellte jedoch eine wahre Goldgrube dar. Ganz Bamberg war verrückt auf Kunnis Bratwürste, die sie von einer Landmetzgerei bezog und mit jahrzehntelanger Erfahrung zu rösten verstand. Die Kunni selber galt als Original. Im Laufe der Zeit hatte sich ihre Anatomie immer mehr der Beschaffenheit ihrer Brötla angeglichen: ovale Kipfform, saftig in der Mitte, die Wurstenden bzw. Beine standen irgendwie heraus.

»Warum haben Sie den Verlust der Tasche nicht einfach gemeldet?«, hakte Brandeisen nach.

»Dann weiß des Finanzamt ja gleich, was ich verdien«, erwiderte die Frau.

»Sollte es das nicht?«

»Ich zahl mei Steuern, so is des net!« Die Kunni drUckste herum. Offenbar lag ihr etwas auf der Seele. »Aber wenn sich rumspricht, wie viel ich jeden Tag einnehm, dann kommt die bucklige Verwandtschaft und hält die Hand auf. Die denken dann, ich wär die Caritas.«

»Verstehe«, sagte der Staatsanwalt. »Niemand darf erfahren, wie reich Sie sind.«

»Geht ja auch niemand was an.«

Für eine Weile herrschte Schweigen im Auto. Keine Mafia, keine kriminellen Umtriebe. Schlicht und ergreifend Geiz, der in Anbetracht fränkischer Familienverhältnisse nicht einmal unbegründet war. Und um die Steuern der Wurstbraterin sollten sich mal schön die Finanzer kümmern. Solange nichts gegen die Kunni vorlag, gab es auch keinen Grund zu ermitteln.

Am Ende übernahm es Küps, sich bei der Frau zu entschuldigen. Er konnte ja nicht ahnen –

»Mei Bus is fort!«, beschwerte sich die Kunni. »Wie komm ich jetzt heim?«

»Wo wohnen Sie denn?«

»Und mei Geld? Wiedersehen macht Freude!«

Also fuhr der Kommissar zur Polizeiinspektion, übergab die Kunni dem Wachhabenden und bat sie, ein paar Minuten Geduld zu haben. Der drohende Papierkrieg wegen der Herausgabe der dreißigtausend Euro versetzte ihn in Angst und Schrecken. Mittlerweile war er total groggy.

»Können Sie das nicht erledigen?«, fragte er Brandeisen. »Mit einem Federstrich und fertig?«

»Auch das noch!« Dem Staatsanwalt steckte der aufreibende Tag erst recht in den Knochen und nicht nur dort, sondern auch im Magen und im Blut. Doch es war wohl am besten, dieses traurige Kapitel schnell hinter sich zu bringen. Einstellung des Ermittlungsverfahrens, et cetera, et cetera.

Wie zwei begossene Pudel standen sie an der Pforte und warteten darauf, dass sich einer von beiden in Bewegung setzte und den Anfang machte.

Da tauchte plötzlich der Rauchbier-Rudi auf. Er hatte in aller Ruhe ausgeschlafen und war wieder nüchtern. Zum Abschied winkte er einem Wachtmeister zu, der ihm schnell noch ein Käsebrot zusteckte.

»Mahlzeit!«, sagte er munter kauend, als er an dem deprimierten Duo vorbeiging.

Brandeisen und Küps schauten sich an. Dann kam das Sodbrennen.

Der Kongress

Kommissar Küps roch vorsichtig an der Bowle. In Anbetracht der Umstände konnte man die Farbe durchaus als giftgrün bezeichnen.

»Stehen diese Schreiberlinge auf Rohrreiniger?« Er rang nach Luft. »Wer säuft denn so ein Zeug freiwillig?«

Staatsanwalt Brandeisen trug die Einschätzung der Kriminaltechniker vor: »Weißer Rum, brauner Rum, hochprozentiger Rum, Blue Curaçao und Orangensaft«, sagte er und zog die Nase kraus. »Das allein ist schon lebensgefährlich. Zur Abrundung enthält die Bowle noch eine beträchtliche Menge Strychnin.«

»Das hätte sogar Hemingway umgehauen«, fand Küps.

»Oder Chandler, wir haben es mit Krimiautoren zu tun.«

»Toten Krimiautoren, Stücker 27, um genau zu sein.«

Brandeisen schritt die Reihe der offenen Leichensäcke ab. Der Kongress der fränkischen Krimiautoren sollte dieses Jahr in den Bamberger Harmoniesälen stattfinden. Doch schon der Begrüßungsabend, an dem kostenlos Bowle ausgeschenkt worden war, hatte in einem Artensterben geendet.

Brandeisen kannte sich ein wenig aus in der Literaturszene. Hier hatten unterschiedslos Stars und Sternchen des Genres das Zeitliche gesegnet, aus Nürnberg, Fürth und Erlangen, Würzburg, Bamberg und Hof, vom Bestsellerautor bis zum Book-on-Demand-Kleckser, alle tot. Fast alle.

»Wer macht denn so was?«, fragte Küps.

Brandeisen wies auf eine Frau in einem ekzemfarbenen Chanel-Kostüm. »Wie wär's mit der Überlebenden?«, schlug er vor.

Wilma Nachtweih, Regierungsoberinspektorwitwe, spät berufene Verfasserin eines Heimatkrimis und beliebt wie ein starker Schnupfen, galt als Schnulzigste ihres Fachs. Sie war die Einzige, die unter Hinweis auf eine Alkoholallergie nichts von der Bowle getrunken hatte.

»Ich bin unschuldig«, protestierte sie.

Das hatte der Täter in Nachtweihs Krimi am Anfang auch gesagt. Fantasieloser konnte man einen Mord nicht leugnen.

Für Brandeisen war der Fall klar. Er ließ die Frau festnehmen und alle ihre Bücher als Beweismittel beschlagnahmen. Verbrechen durfte sich nicht auszahlen.

Das große Rennen

Brandeisen und Küps saßen an dem Samstagnachmittag, als der sehnlichste Wunsch des Kommissars in Erfüllung gehen sollte, in der Gaststube des *Spezial-Kellers*. Versonnen blickten sie auf die Stadt hinunter. Schäuferladünste waberten durch den Raum. Eine lange Arbeitswoche neigte sich dem Ende zu. Besser ging's – vorerst – nicht.

»Alles Gute zum Namenstag!«, sagte der Staatsanwalt.

»Häh?«

»Heute ist der 27. Januar. Herzlichen Glückwunsch, Gerhard!«

»Ach so.« Küps begriff. »Haben Sie mich deshalb herbestellt?«

»Bei uns zu Hause wurde der Namenstag immer besonders gefeiert. Ich finde, man sollte diese schöne Tradition pflegen.«

»Von mir aus.« Da der Kommissar nichts Weltbewegendes vorhatte, seine Frau zu ihrem VHS-Kurs *Bulgarisch für Anfänger* gegangen war und der Staatsanwalt ihn praktisch nie zu irgendetwas einlud, machte er gute Miene zu dieser ungewöhnlichen Zusammenkunft.

»Dasselbe wie immer?« Brandeisen winkte dem Wirt, der ihnen kommentarlos zwei Seidla Lager hinstellte.

Küpsens gute Miene erstarrte. »Für mich nur Wasser.«

»Wie bitte?«, fragte der Wirt entsetzt.

»Sie haben's gehört, Mineralwasser.«

Brandeisen musterte ihn ungläubig. »Heute sind Sie doch nicht mehr im Dienst.«

»Stimmt.«

»Aber warum ... Hat es gesundheitliche Gründe? Schlechte Leberwerte? Magengeschwür? Macht Ihnen Ihr Bluthochdruck wieder zu schaffen?«

»Nichts davon.«

»Für die Fastenzeit ist es noch zu früh«, überlegte Brandeisen. »Außerdem heißt es ›Liquida non frangut ieunum‹, Flüssiges bricht Fasten nicht. Alte Mönchsregel.«

»Mit Fasten hat es nichts zu tun.«

»Sind Sie etwa auf Diät?« Die Besorgnis des Staatsanwalts nahm zu. Wenn Küps wegen des landauf, landab grassierenden Kalorienwahns auf sein Lebenselixier verzichtete, war mit allem zu rechnen.

Der Kommissar streichelte seinen Bierbauch. »Aus Gewichtsgründen halte ich mich eigentlich nicht zurück.«

Der Wirt brachte das Wasser mit einem Gesichtsausdruck, als läge seine Lieblingsoma im Sterben.

»Jetzt spannen Sie mich nicht auf die Folter«, quengelte Brandeisen. »Warum trinken Sie nichts?«

Küps wollte gerade eine umfangreiche Erklärung abgeben, als es in seinem Funkgerät rauschte. »Hab ich wohl vergessen auszuschalten.« Die Unterbrechung kam ihm gerade recht. »Mal hören, was die Kollegen so treiben.« Er drehte den Ton auf.

»Wagen 12 an alle Einheiten! Wir befinden uns auf einer Hochgeschwindigkeitsverfolgung auf der A 73 Höhe Memmelsdorf. Silberner Jeep, zugelassen im Bamberger Landkreis. Bitten um Unterstützung.«

Der Kommissar merkte auf. »Klingt wie die Schmidtlein. Was ist denn da los?«

»Anscheinend sind Ihre Kollegen einem Verkehrssünder auf den Fersen.«

»Dann müssen sie ihn auf frischer Tat ertappt haben.«

»Sieht so aus«, sagte Brandeisen. »Vielleicht hat er eine rote Ampel überfahren.«

»Silberner Jeep.« Küps wurde unruhig. »Doch nicht *der* silberne Jeep, der uns seit Wochen an der Nase herumführt?«

Es hatte mit einem Auffahrunfall im Hafengebiet begonnen. Der Jeep-Fahrer war ausgestiegen und hatte sich nach dem Befinden der Opfer erkundigt. Die Insassen des anderen

Wagens waren leicht verletzt gewesen und hatten nach einem Krankenwagen verlangt. Daraufhin war der Unfallverursacher verduftet. Einfach so.

Seither wurde eine ganze Reihe von Verstößen gegen die Straßenverkehrsordnung gemeldet, immer mit Beteiligung eines silbernen Jeeps. Doch es war noch niemandem gelungen, das Nummernschild aufzuschreiben.

»Der Drecksack drängt uns ab!«, tönte es plötzlich aus dem Funkgerät. »Achtung, die Leitplanke –«

Ohrenbetäubendes Krachen und Splittern. Dann Stille.

»Heilig's Blechla!«, entfuhr es dem Kommissar.

»Das kann man wörtlich nehmen.« Brandeisen verkniff sich ein Lächeln.

»Wagen 12, bitte kommen!«, funkte Küps. »Hören Sie mich, Wagen 12?«

Nach ein paar bangen Sekunden erklang die Stimme von Kommissarsanwärterin Schmidtlein. Sie galt nicht nur hinter dem Steuer als kompromisslos. Jetzt aber schien sie ihren Meister gefunden zu haben. »Ich krieg dich«, schnaufte sie. Im Hintergrund war zu hören, wie eine Radkappe scheppernd davonrollte. »Und wenn's das Letzte ist, was ich tu.«

Küps starrte auf das Funkgerät in seiner Hand. Dann sprang er auf. »Sind Sie mit dem Auto da?«

»Natürlich.« Brandeisen nickte.

»Worauf warten wir dann noch? Nichts wie los!«

Das Ermittlerpaar verließ fluchtartig die Gaststube und rannte zum Parkplatz. Küps war ganz aufgeregt. Privat fuhr er zwar nur einen alten Opel, doch Autorennen waren seine große Leidenschaft und Verfolgungsjagden erst recht. Benzin floss durch seine Adern, sein Herz schlug im Zylindertakt, vor seinem inneren Augenpaar tanzten Drehzahlmesser und Tachonadel regelmäßig Bossa nova. Oder war's Testarossa? Früher hatte er Bambergs sieben Hügel mit einem frisierten Hercules-Mofa unsicher gemacht und auf der stark abschüssigen

Altenburger Straße Geschwindigkeitsrekorde aufgestellt. Das war lange her.

Mit der Geschmeidigkeit zweier Raubtiere – Kahlkopfgeier und Waschbär – schwangen sich die beiden Kriminaler in Brandeisens schwarzen Citroën XM.

Die Kiste sprang an. Ein sattes, tiefes Wummern erfüllte den Fahrerraum. Dem Kommissar kroch der Sound bis in die Zahnplomben hinein, er staunte nicht schlecht. »Ihre Franzosenschaukel hatte doch nur einen serienmäßigen 3-Liter-V6?«

»Das war gestern.« Der Staatsanwalt schoss aus der Parklücke und bretterte die Sternwartstraße hinunter. »Aufgrund der jüngsten Vorkommnisse mit diesem Jeep habe ich einige Veränderungen vornehmen lassen. Der XM hat jetzt einen Bullenmotor, auf 350 PS aufgeblasen, er hat Bullenreifen, Bullengetriebe und Bullenstoßdämpfer. Was sagen Sie jetzt?«

»Seltsame Ausdrucksweise.« Küps drückte an der Mittelkonsole herum. Er wollte sich eine Kippe anstecken. »Der Zigarettenanzünder ist im Arsch!«

»Sie mögen den Wagen nicht?«

»Nein, ich mag den Wagen nicht.«

Brandeisen bog in den Oberen Stephansberg ein und latschte aufs Gaspedal. Sie schossen den steilen Berg hoch, es presste Küps in den Sitz.

»Ich geb zu, das Ding hat nen ziemlichen Abzug.«

Der Staatsanwalt lächelte diabolisch, als sie die Kuppe erreichten. »Festhalten, mein Lieber.« Der XM hob vom Boden ab.

Küps sprach ein Stoßgebet. Der Wagen setzte elegant auf. »Wo haben Sie so fahren gelernt?«

»Ihr Kollege von der Verkehrserziehung gibt auch Privatunterricht.«

»Sie sind mir ein Hund!« Das war ein Lob.

»Was Neues von unserem Unfallflüchtigen?«, fragte Brandeisen.

Der Kommissar funkte die Zentrale an. Das gesuchte Fahrzeug war gerade von Wagen 7 auf dem Berliner Ring gesichtet worden. »Den schnappen wir uns! Hier spricht Küps auf Kanal eins-zwo-eins. Wagen 7, hört ihr mich? Hört ihr mich? Bitte kommen!«

»Wir sind an ihm dran, Küps!«, kam es als Antwort zurück.

»Wagen 7, 8 und 9. Versuchen, den Mistkerl in die Zange zu nehmen. Aber der fährt, als wär der Teufel hinter ihm her.«

Der Teufel sitzt schon neben mir, dachte der Kommissar. Brandeisen überholte einen Zeitlupenbenz und benutzte dabei den Gehsteig. Eine für den Folgetag herausgestellte Biotonne wurde von der Stoßstange des XM zur Seite katapultiert. »Abholung ist erst morgen«, kommentierte der ansonsten so korrekte Jurist. Das Rennfieber hatte ihn gepackt.

»Wo auf dem Berliner Ring seid ihr?«, brüllte Küps ins Funkgerät.

»Kreuzung Geisfelder. Der will zurück auf die Autobahn. Hat der nen Turbo zugeschaltet oder was? Gib Gas, Hermann, sonst haut der uns wieder ab!«

»Wie schnell seid ihr denn?«

»140. Gleich sitzen wir dem hinten drauf.«

»Seid bloß nicht zimperlich«, sagte der Kommissar. »Ein kleiner Stupser von hinten kann nicht schaden.«

»Aber gerne, Chef.« Die Stimmung in Wagen 7 stieg. »Dann schauen wir mal, was seine Rücklichter aushalten.« Das Triumphgeheul des Kollegen erstarb und wich nackter Panik. »Scheiße, der biegt ab! Scheißeeeee!«

Wie sich später herausstellte, kriegten Wagen 7, 8 und 9 die Kurve nicht und durchpflügten stattdessen eine Burger-Filiale. Da gerade eine Weichbrötchenkreation mit Geflügelpressfleisch *Gericht des Monats* war, hielten sich nur wenige Gäste in dem Etablissement auf, es wurde kaum jemand verletzt.

»Wo ist der Jeep jetzt?«, wollte Küps wissen.

»Auf dem Münchner Ring«, meldete die Zentrale. »Keine weiteren Wagen in Reichweite.«

»Keine weiteren Wagen? Warum denn das?«

»Die sind alle bei einem Großeinsatz in Priesendorf. Massenschlägerei nach einem Fußballspiel.«

»Dass die Priesendorfer immer Ärger machen müssen!« Der Kommissar fluchte. »Wie sieht's mit Hubschraubern aus?«

»Dauert noch. Wir haben im ganzen Bezirk Verstärkung angefordert.«

»Egal, wir sind gerade auf der Schellenberger Straße. Nähern uns dem Zielgebiet.«

»Viel Glück, Küps! Ihr werdet es brauchen.«

Brandeisen nahm die Auffahrt zum vierspurigen Münchner Ring, als wäre sie die Startbahn eines Flugzeugträgers. Er schaltete einen Gang zurück. Der neue Motor des XM heulte freudig auf, witterte Beute. Der Gott des Asphalts schien es heute gut zu meinen.

Sie wichen ein paar Kleinwagen aus und beschleunigten weiter. »Rate mal, wer zum Essen kommt«, sagte Küps und klammerte sich am Türbügel fest.

Dann sahen sie ihn. Auf der Gegenfahrbahn, dazwischen armierte Leitplanken. Keine Chance, da rüberzukommen.

Der silberne Jeep röhrte an ihnen vorbei und hupte wie bei einer Hochzeit. Auf dem Dach war eine auffallend lange Antenne angebracht.

Ein irres Lachen drang aus dem Funkgerät. »Falsche Richtung, Bullen. Küsst meinen Arsch!«

»Verdammt!«, stieß Küps hervor. »Hat der sich in den Polizeifunk gehackt?«

»Geboren wurde er mit einem Lenkrad in der Hand und einem Gaspedal unter seinem Stiefel. Er ist der Nightrider, und in seinem Tank ist die Furcht der anderen. Hört ihr mich? Hier spricht der Nightrider!«

»Das ist aus *Mad Max*«, sagte Brandeisen. »Wir haben es mit einem Verrückten zu tun.«

»Ich bin eine vollgetankte Selbstmordmaschine!«, plärrte der Nightrider.

»Und ich bin Captain Chaos!« Küps flippte aus. »Neben mir sitzt mein treuer Begleiter Blutbad! Sag artig guten Tag, Blutbad!«

»Guten Tag«, sagte Brandeisen und legte an der nächsten Ampel eine Beinahe-Vollbremsung hin. Auf der Abbiegespur zum Heinrichsdamm machte er eine 180-Grad-Kehre. Das Heck des XM driftete in einem vollendeten Bogen herum.

Das sah richtig gut aus. Der Staatsanwalt wollte wieder Gas geben. Doch er würgte den Motor ab.

Die anderen Autofahrer bremsten, hupten, hielten an. Nur durch ein Wunder hatte es keinen Unfall gegeben.

»Rücken Sie durch!«, rief Küps. »Ich übernehme das Steuer.« Er sprang aus dem Wagen und flitzte zur Fahrertür herum.

Angesichts der protestierenden Tempo-30-Bürger zog er seine Heckler & Koch und ballerte ein paarmal in die Luft. Da der XM weder Blaulicht noch Martinshorn hatte, musste das reichen, um sich Respekt zu verschaffen. Der Geruch verbrannter Bremsbeläge und frischen Gummiabriebs erfüllte die Luft.

Er plumpste auf den Fahrersitz. »Ich weiß nicht, was Sie hier getrieben haben, aber mit Fahren hatte das wenig zu tun.«

Brandeisen ließ den Kommissar widerstrebend gewähren. »Wenn Sie dem Baby auch nur ein Haar krümmen, trete ich Ihnen mit Anlauf in den Hintern.«

»Reden Sie jetzt auch in Filmzitaten?«

»Sie haben ne Art, dass man laufend kotzen könnte.«

»Hören Sie auf, sich so aufzuregen.« Küps drehte den Zündschlüssel. Der XM grollte unheilvoll, sie waren wieder im Geschäft.

Der Kommissar wollte es gleich wissen: Brutalstbeschleunigung. Er spürte, wie ihm das Testosteron aus den Poren schoss und in den Ledersitzen versickerte.

»Jetzt mag ich den Wagen.«

»Der Tank ist voll«, sagte Brandeisen. »Bedauerlicherweise haben wir keine Sonnenbrillen.«

Nach den ersten hundert Metern blickte Küps in den Rück-spiegel. In die kreuz und quer stehenden Autos kam Bewe-gung. Aber nicht durch Rangieren, Zurücksetzen, Vorwärtstas-ten. Ein Monstertruck brach von hinten durch und kickte die PKWs aus dem Weg.

»Ich bin wieder dabei, Jungs!« Schmidtleins Stimme über Funk. »Hab einen 40-Tonner konfisziert und den Auflieger abgehängt.«

»Sie haben *was*?«, fragte der Kommissar.

»Das sind fünfhundert Pferdchen unter meinen Bäckchen. Sagt bloß, ihr braucht mich nicht?«

»Schließen Sie sich hinten an, Schmidtlein! Und nehmen Sie Rücksicht auf die Zivilisten.«

Der Truck machte einen Mini Cooper platt, den die Fah-rerin gerade noch schreiend verlassen konnte. Papi würde bestimmt einen neuen bezahlen.

»Wie lange dauert das denn noch?« Der Nightrider hatte mit-gehört. »Ich stehe hier an der Kreuzung nach Waizendorf und warte auf euch, ihr verdammten Rohrkrepierer!«

»Du hast meine schöne Uhr kaputt gemacht«, erwiderte die Schmidtlein.

»Och, das tut mir aber leid.«

»Jetzt heißt es du oder ich, Freundchen. Wenn ich mit dir fertig bin, singst du wieder im Knabenchor.«

»*Du* singst – und ich steppe dazu!«

»Ich treffe dich auf der Straße.«

Sie rasten den Münchner Ring hoch und sahen von Wei-tem, wie der Jeep anfuhr und in den Babenberger Ring abbog. Diese Straße hatte so gut wie nichts mit dem Münchner Ring gemein. Sie war kreisförmig und führte durch ein verschlafenes Wohnviertel – das jäh aus der Nachmittagsruhe erwachte, als die Schmidtlein das Presslufthorn ihres Trucks ertönen ließ.

Die wilde Jagd ging exakt neun Mal um den Ring herum. Parkende Autos wurden angeschrammt, Bushaltestellen plattgemacht. Eltern zerrten ihre Kinder von der Straße, Schwangere bekamen Sturzgeburten.

Küps war ganz in seinem Element. Er verschmolz förmlich mit dem getunten XM. Seit Jahrzehnten fühlte er sich nicht mehr so lebendig. Bei seinem letzten Rennen hatte er einen holländischen Wohnwagen am Brenner abgehängt. Für einen alten Nockenwellenkrieger wie ihn ein etwas schaler Erfolg.

Brandeisen verbarg seine Genugtuung hinter einer untypischen Einsilbigkeit. Er war Küps einiges schuldig. An wie vielen Todesermittlungen hatte der Kommissar ihn klaglos teilhaben lassen? Da war es nur recht und billig, dass er sich am Namenstag seines Freundes revanchierte. Und da der hochbetagte XM ohnehin nicht mehr durch den TÜV gekommen wäre, hatte er ihm für einen besonderen, vielleicht letzten Anlass Leben einhauchen lassen. Dass der Fahrer des silbernen Jeeps ausgerechnet heute Amok lief, war einer jener Zufälle, ohne die packende Krimis nicht auskamen.

Doch was die Ermittler auch anstellten, um aufzuholen: Sie sahen das Heck des Jeeps immer nur dann, wenn es schon hinter der nächsten Biegung verschwand.

»Ich komm mir vor wie auf einer Kartbahn«, sagte Küps.

»Aber Sie fahren nicht so.« Brandeisen schüttelte tadelnd den Kopf. »Bleiben Sie auf dem Gas und bremsen Sie gleichzeitig, falls nötig. Kuppeln ist auf dieser Strecke vollkommen überflüssig.«

»Also dann verrate ich Ihnen jetzt mal etwas, was fast jeder Mensch auf dieser Welt automatisch weiß. Kontrolle ist eine Illusion. Niemand weiß, was als Nächstes passiert. Nicht auf der Straße, nicht in einem Auto und schon gar nicht in einem Geschoss wie diesem.«

»Kontrolle?«, fragte die Schmidtlein und verarbeitete einen Gartenzaun zu Kleinholz. »Mein Motto ist: Geschwindigkeit stabilisiert.«

»Meins auch«, gab der Nightrider zurück und bog prompt wieder stadteinwärts auf den Münchner Ring ab. Es war, als spiele er mit seinen Verfolgern.

Der kleine Konvoi hatte jetzt eine lange Gerade vor sich.

Küps kam langsam, aber unaufhaltsam näher. »Wir sehen dein Nummernschild, du Ratte!«

»Ich wette, ihr habt dieses neue Computerding«, sagte der Nightrider.

»Computerding?«, fragte Küps.

»Damit ihr jederzeit feststellen könnt, wen ihr am Haken habt.«

»Wir kriegen dich, so oder so.«

»Wie blöd seid ihr Bullenschweine eigentlich?« Der Nightrider bekam einen Kicheranfall. Er klang wie eine Hyäne auf Speed. »Die Karre ist geklaut, ihr Wichser!«

»Unterlassen Sie doch bitte sexuell konnotierte Verbalinjurien«, sagte Brandeisen. »Bislang sind wir so schön ohne ausgekommen.«

»Wichser seid ihr! Wichser! Wichser! Richtige Wichser!«

»Was möchten Sie mir damit sagen? Dass Sie unter einer Masturbationsneurose leiden, vielleicht schon seit Jugendtagen, und dass Sie deshalb einen PS-starken Wagen entwendet haben, quasi als Surrogat einer Manneskraft, welche Sie als nachlassend empfinden?«

»Mach's dir selber!«, rief der Nightrider – und stellte entsetzt fest, dass der schwarze Bullenwagen während der Quatscherei aufgeschlossen hatte. Die Ampel stand freundlicherweise auf Grün, das Verkehrschaos auf der Gegenfahrbahn hatte sich noch nicht aufgelöst. Die Vibration des Asphalts veranlasste alle anwesenden Wackeldackel zu einem Synchronnicken.

Sie brausten über die Heinrichsbrücke, der XM auf der linken Spur, der Jeep rechts. Die Schmidtlein schien mit ihrem Truck zurückgefallen zu sein.

»Gleich haben wir dich!«, rief Küps.

»Niemand kriegt den Nightrider!«

»Was ist los mit Ihnen? Mussten Sie den Führerschein abgeben nach einer Radarkontrolle? Wir können über alles reden.« Der Kommissar probierte es mit einem Gesprächsangebot. Damit man ihm später nicht vorwarf, er habe nicht alles versucht.

Der Jeep bog an der Kreuzung Forchheimer Straße rechts ab und dann nochmal scharf rechts in die Galgenfuhr Richtung Bug. Küps folgte ihm mühelos und setzte sich neben den silbernen Geländewagen – der XM beschleunigte nach den Kurven besser. Kopf an Kopf hielten sie auf die Schleuse am Main-Donau-Kanal zu.

»Warum fahren Sie nach Bug?«, fragte Brandeisen. »Sie glauben doch nicht, dass Sie uns dort abhängen können.«

»Ihr wollt reden?«, meldete sich der Nightrider wieder. »Dann sagt vier Worte!«

»Und die wären?«

»Wir möchten tot sein.«

Jetzt wurde es ben-hurig: Aus einer Radnabe des Jeeps sprang ein verborgener Mechanismus heraus. Chromblitzende Klingen klappten auf und rotierten in der Wintersonne. Der Nightrider fuhr dichter an den XM heran und zerfetzte den rechten Vorderreifen.

Küps bremste und hielt den Citroën gerade noch auf der Straße. Doch dann brach der Wagen aus. Ein Dreher, und er blieb kurz vor der Schleusenbrücke liegen.

»Ihr Penner könnt nicht mal nen Regenschirm zumachen!« Der Nightrider lachte sein Hyänenlachen und zischte ab.

Der Kommissar stierte auf das Lenkrad. Seine Lippen bebten in stummer Verzweiflung. Er konnte es nicht fassen. Nach einer Weile fand er die Sprache wieder. »Womit wir es hier zu tun haben, ist ein vollkommener Mangel an Respekt und Achtung vor dem Gesetz.«

Brandeisen schnappte sich das Funkgerät. »An alle Einheiten! Hiermit genehmige ich die Anwendung unnötiger Gewalt bei der Ergreifung des sogenannten Nightriders.«

»Der ist jetzt über alle Berge.« Küps seufzte.

»Ich würde gern konstruktive Kritik hören.« Der Staatsanwalt stieg aus. »Wie schnell sind Sie im Reifenwechseln?«

Küps quälte sich aus dem Fahrersitz. Sein Flanellanzug klebte am ganzen Körper. »Hat doch keinen Sinn mehr. Wir rufen den ADAC, gehen heim und heulen ne Runde.«

Brandeisen holte das Reserverad und den Wagenheber aus dem Kofferraum. »Kommen Sie, Gerhard, jeder hat irgendein Ziel vor Augen. Heute ist ein besonderer Tag. Von einem kaputten Reifen lassen wir uns doch nicht aufhalten.« Er machte eine dramatische Pause. »Im Grunde Ihres Herzens sind Sie ein Highway-Killer, und Sie wissen das. Wo ist Captain Chaos geblieben?«

Plötzlich knisterte es im Funkgerät.

»Habt ihr ne Panne, Jungs?«, fragte die Schmidtlein.

»Kann man so sagen«, erwiderte Küps.

»Bleibt, wo ihr seid! Dann kommt ihr mir nicht in die Quere.«

»Wo sind Sie? Was haben Sie vor?«

»Wenn ich hier fertig bin, lass ich euch neue Unterhosen schicken!«

Die junge Polizistin wartete mit ihrem Truck auf einem Parkplatz an der Buger Hauptstraße. Sie hatte eine Abkürzung genommen, um dem Nightrider den Weg abzuschneiden. Die Zentrale hatte ihr den Wohnort des Jeep-Fahrzeughalters durchgegeben: Pettstadt. Selbst wenn der Kübel gestohlen war, konnte es gut sein, dass der Nightrider aus dem südlichen Umland stammte – und jetzt dorthin zurückkehren wollte.

Sie hatte richtig geraten: Der Jeep kam in Sicht. Er überquerte die Franz-Fischer-Brücke.

Ihr Plan war simpel: Rammkurs.

Der Truck bäumte sich erwartungsvoll auf. Dann donnerte das Ungetüm los. Bog in die Hans-Schmitt-Straße ein und kannte kein Erbarmen mehr.

»Du kannst nicht vorbei«, sagte sie mit fester Stimme. »Ich bin eine Dienerin des Diesels und gebiete über 440 PS. Du kannst nicht vorbei.«

»Halt die Klappe!«

Auf der Straße war kein Platz, um einen frontalen Zusammenstoß zu vermeiden. Also riss der Nightrider am Steuer, rumpelte über den Bordstein und schoss zwischen zwei Bäumen hindurch auf eine Brachfläche.

Da die Kollision ausblieb, hatte die Schmidtlein zu viel Schwung. Die Kurve zur Brücke würde sie nie im Leben packen. Sie sah sich schon durchs Geländer brechen und in die Regnitz stürzen. Es gab nur einen Ausweg: den Minigolfplatz zur Linken.

Das Kassenhäuschen zerbarst in einer Wolke von Holzsplittern. Der Truck ebnete die Bahnen eins bis vierzehn ein und fräste sich durch die Botanik. Am Flussufer kam er endlich zum Stehen, die Schnauze halb im Wasser.

Däng! Ein Minigolfball titschte vom Dach der Fahrerkabine ins kühle Nass. Unter der Motorhaube zischte es, das Presslufthorn sandte einen Klagelaut über die Regnitz und erstarb.

»Schmidtlein ruft Zentrale«, lallte sie und spuckte einen Zahn aus. »Bin raus aus dem Spiel. Kann ihn nicht weiterverfolgen.«

Ihre Nase war angeknackst und blutete wie blöd. Der Schädel dröhnte, ein Auge schwoll spontan zu. Und das rechte Bein tat verteufelt weh, es musste gebrochen sein. Sie sah Sternchen.

Kräftige Arme zerrten sie aus dem Truck heraus.

»Bitte kommen, Schmidtlein!«, fragte Küps. »Alles in Ordnung bei Ihnen?«

»Euer Riesenbaby gehört jetzt mir!«, höhnte der Nightrider ins Funkgerät. Er steckte die Dienstpistole der Schmidtlein in seinen Hosenbund. Allerdings hatte er Mühe beim Abtransport seiner vollschlanken Geisel. »Wovon ernährt die sich? Mammutsteaks?«

Es dauerte eine Weile, bis er die benommene Kommissarsanwärterin auf den Rücksitz des Jeeps verfrachtet hatte. Zur Sicherheit bog er ihr die Arme auf den Rücken und fesselte sie mit ihren eigenen Handschellen. Dann fuhr er zurück auf die Straße und machte sich auf den Weg nach Pettstadt.

Brandeisen und Küps hatten den defekten Reifen inzwischen ersetzt. Es war nicht ohne Unstimmigkeiten abgegangen, der Staatsanwalt besaß eine andere Vorstellung von der Verwendung eines Kreuzschlüssels als der Kommissar. Schließlich übernahm Brandeisen wieder das Steuer – und sah den Jeep auf der Buger Hauptstraße erneut vor sich.

»Damit kommen Sie nicht durch«, sagte er. »Lassen Sie unsere Kollegin frei!«

»Wollt ihr die Dicke wirklich zurück?«, erwiderte der Nightrider. »Die kackt euch bloß die Bude voll.«

»Schluss mit den dummen Witzen! Es hat zu viel Gewalt und Schmerz gegeben.«

»So wie ich das sehe, fangen wir gerade erst an.«

Sirenen ertönten in der ganzen Ortschaft. Die Verstärkung in Gestalt von mindestens fünfzig Wagen aus dem gesamten Bezirk machte sich lautstark bemerkbar. In einer endlosen grün-silbernen Kette fuhren sie durch Bug und reihten sich hinter Brandeisen und Küps ein. Zwei Hubschrauber kreisten in der Luft.

»Gib auf!«, sagte Küps. »Du hast keine Chance.«

»Ich bin krank, Wachtmeister. Ich bin ein ... wie heißt das noch? Ein Psychopath, ja, das ist ne fehlentwickelte Persönlichkeit. So hat es jedenfalls der Richter gesagt.«

Die Kolonne prügelte mit Tempo 100 durch die Ortschaft, teilweise fuhren die Polizeiautos in Dreierreihe nebeneinander. Auch die nach Priesendorf abkommandierten Einheiten waren nach Bamberg zurückgekehrt und hatten sich der Hatz angeschlossen: Oberfrankens geballte motorisierte Staatsmacht war unterwegs, darunter mehrere Mannschaftswagen, Transporter mit Hundestaffeln sowie ein Bus mit Polizeischülern, die ihren Kegelausflug unterbrochen hatten, um was zu erleben.

Unglücklicherweise verengte sich die Fahrbahn an der Kapelle »Heilige Dreifaltigkeit« – eine Verkehrsberuhigungsmaßnahme, die an diesem denkwürdigen Januarsamstag ihren Zweck verfehlte.

Der XM packte die Schikane ohne Probleme. Doch die nachfolgende Blechlawine passte nicht mehr durch die Engstelle. Die vorderen Autos bremsten und stellten sich quer, die nächsten rutschten in sie hinein und verkeilten sich. Binnen Kurzem entstand ein gigantischer Schrotthaufen. Einige Fahrzeuge benutzten ihn unfreiwillig als Rampe und überschlugen sich im Flug. Als Letztes hob der Polizeischülerbus ab. Er drehte sich in der Luft ganz langsam auf die Seite und schlitterte mit berstenden Scheiben in einen Vorgarten.

»Schade, dass *Der 7. Sinn* nicht mehr läuft«, sagte Küps in Erinnerung an eine Fernsehsendung zur Verkehrssicherheit. »Dann wär das nicht passiert.«

Brandeisen konzentrierte sich darauf, an dem Jeep dranzubleiben. Seit der Reifenpanne zog der XM schlecht. Da war ein Schleifgeräusch im Motorraum, und die Spur hatte sich verstellt.

Sie ließen Bug hinter sich und fuhren auf der Landstraße nach Pettstadt weiter. Zu beiden Seiten ragten hohe Bäume auf, der Bruderwald reichte bis an die Fahrbahn heran.

»Wie tief und dunkel ist der Tann, doch mich treibt ein Versprechen an, und Meilen noch, bevor ich endlich schlafen kann.« Die drohende Stimme des Nightriders tropfte wie Altöl aus dem Funkgerät des Kommissars. »Hast du gehört, Bullentante? Und Meilen noch, bevor du endlich schlafen kannst.«

»Ist das nicht aus *Death Proof,* diesem Tarantino-Film?«, fragte Küps.

»Eigentlich stammt es aus einem Gedicht von Robert Frost«, korrigierte Brandeisen. Er verfügte nicht nur über eine umfassende musische Bildung, sondern auch über eine stupende Kenntnis der zeitgenössischen Actionfilmproduktion. »Die Liste der Anklagepunkte wird immer länger. Jetzt kommen noch Urheberrechtsverletzungen hinzu.«

Der Jeep hatte zweihundert Meter Vorsprung, Tendenz steigend.

»He, Nightrider!«, rief Küps. »Wie geht es unserer Prinzessin?«

»Wen interessiert's?«

»Wir wollen ein Lebenszeichen hören.«

Ein Schlag, gefolgt von einem dumpfen Stöhnen. »Reicht das? Eure Elefantenlady hat sich selbst außer Gefecht gesetzt. Die ist ziemlich hinüber.«

Elefantenlady? Nach und nach drang diese Beleidigung zum geprellten Hirn der Schmidtlein durch. Sie lag auf der Rückbank wie ein Sack Kartoffeln. In ihrem Kopf veranstaltete jemand Seriensprengungen, ihr Auge pulsierte wie ein Reaktorkern, das Bein fühlte sich amputationsreif an.

Reiß dich zusammen, Mädchen! Waren da nicht noch andere Gemeinheiten gefallen? Irgendwas mit »dick« und »Mammut«?

Sie hatte schwere Knochen, zugegeben, aber dick? Wer war hier dick!?

Ihr gesundes Auge öffnete sich.

»Wozu diese Geiselnahme?«, bohrte Küps weiter. »Dafür kriegst du ein paar Jährchen obendrauf.«

»Na und?«

»Das Einzige, was du im Knast fahren darfst, ist ein Hometrainer.«

»Bla bla bla«, sagte der Nightrider. »Wenn ich euch Kletten losgeworden bin, hab ich mit meinem Glücksschweinchen hier noch ein bisschen Spaß.« Er klopfte der Polizistin auf den Schenkel ihres verletzten Beins. »Das bring ich zum Quieken, lebendig oder tot. Heute steht Hausschlachtung auf dem Programm.«

Was zu viel war, war zu viel. Die Wut verlieh der Schmidtlein ungeahnte Kräfte. Sie wuchtete sich trotz ihrer gefesselten Hände hoch, warf sich nach vorn und biss zu.

Küps erbleichte, als er die Schreie hörte. »Mein Gott, Brandeisen, die durchgeknallte Mistsau macht Ernst.«

Der Nightrider fuhr Schlangenlinien.

»Sticht er sie gleich im Wagen ab oder was? Schneller, Mann! Soll ich aussteigen und schieben?«

»Unterschätzen Sie nie eine Bamberger Kommissarsanwärterin«, beruhigte ihn der Staatsanwalt.

Vor der nächsten Kreuzung wurde der Jeep langsamer und bog am Pettstadter Bierkeller nach Höfen ab. Er mähte ein paar Leitpfosten um und nahm die Abfahrt in das Örtchen Neuhaus.

Im Wageninneren schien es turbulent zuzugehen. Der XM kam näher. Waren da Blutspritzer an der Windschutzscheibe? Plötzlich fielen Schüsse.

Zick-zack-Kurs durch die einzige Straße von Neuhaus, an einem Umspannhäuschen vorbei. Der Jeep schlenkerte hin und her und hielt auf eine Scheune zu. Schräg davor stand ein Baum. Scheune oder Baum? Fifty-fifty, wo der Wagen dagegenprallte.

Es war die Scheune. Doch kurz zuvor wurde die Fahrertür aufgerissen. Eine schwarz gekleidete Gestalt warf sich heraus.

Brandeisen konnte nicht mehr ausweichen und traf den Baum.

Ein Moment der Ruhe und des Innehaltens. Und der Trauer. Der XM tat seinen letzten Atemzug. Die Frontpartie sah wie eine Ziehharmonika aus. Das Ersatzrad löste sich von der verbogenen Achse und plumpste zu Boden. Eine Rückleuchte erglühte rot – das ewige Citroënfahrer-Licht. Entweichendes Kühlwasser breitete einen gnädigen Dampfschleier über die Szenerie.

Küps quetschte sich aus dem Wrack und klopfte seine Klamotten aus. Beim Umbau war der XM mit Airbags nachgerüstet worden. Prima Idee. »Und ich wollte noch sagen: Wenn Sie was Gerades mit Blättern dran sehen – das is'n Baum. Fahren Sie dran vorbei!«

Brandeisen lächelte matt. »Wir haben Winter. Wo sehen Sie Blätter?«

»Nur so ne Redensart.«

Der Staatsanwalt war hinter dem Steuer eingeklemmt und steckte fest. »Mich schneidet hier nur die Feuerwehr raus. Bringen Sie es zu Ende, Gerhard.«

Der Kommissar schwor Rache für den XM und rannte los. Zuerst in die Scheune. Was war mit der Schmidtlein geschehen? Trotz ihrer forschen, etwas unbeholfenen Art brachte er der jungen Kollegin väterliche Sympathien entgegen, erinnerte sie ihn doch an seine eigene Zeit als Frischling: erst handeln, später fragen.

Schusslöcher im Dach des Jeeps verhießen nichts Gutes. Da hatte jemand wild durch die Gegend geballert. Hoffentlich ohne Folgen.

Der Geländewagen war in eine Heuballenwand gerauscht. Reglos lag die Schmidtlein zwischen den Fahrersitzen. Küps fühlte den Puls – sie lebte noch. Ihre stattliche Brust hob und senkte sich. Anscheinend war sie nur gegen das Armaturenbrett geprallt.

Er atmete auf. Doch überall war Blut. Und irgendetwas steckte zwischen ihren Zähnen.

Küps fummelte das eklige Ding heraus.

Ein Ohr.

Bisschen abgekaut.

Später, als alles vorbei war, berichtete die Schmidtlein, dass es sich wie Bauernsülze mit Knorpeln drin angefühlt habe. Aber so genau wollte das niemand hören.

Der Kommissar forderte über Funk einen Krankenwagen an. Dann traf er Vorbereitungen fürs Finale.

Der Nightrider hatte sich wie ein Stuntman abgerollt und war zu Fuß in den Bruderwald geflohen. So weit alles klar. In Bamberg hatte sich so ein Fall schon einmal zugetragen: Amokfahrt – Verfolgungsjagd – ab ins Gehölz. Der Täter war nicht gefasst worden und hatte sich erst Tage später der Polizei gestellt. Was für eine Blamage!

Das durfte sich nicht wiederholen. Küps brauchte einen fahrbaren Untersatz, sonst holte er den Nightrider nie ein.

In einer Ecke der Scheune stand ein uralter Lanz-Traktor.

Die Augen des Kommissars glänzten. Und lag da nicht ein speckiges Hütchen auf der Sitzschale, das ihm genau passte?

Küps pumpte zur Sicherheit Öl vor, vielleicht war der Lanz länger nicht bewegt worden. Dann ließ er ihn vorglühen und fühlte sich wie damals, als er in einer Gärtnerei jobbte und mit dem Traktor Erika-Pflanzen vom Treibhaus ins Freiland brachte. In Franken sagte jedoch niemand »Traktor«. »Bulldog« war das Zauberwort, das Männerherzen höherschlagen ließ.

Kurz den Anlasser betätigen. Der Lanz spuckte ein paarmal. Dann sprang er an.

Küps setzte das Hütchen auf und tuckerte auf die Straße. Allmählich brach die Dämmerung herein. Er kontaktierte die Hubschrauber. »Hier wurde eine Polizistin verletzt. Höchste Alarmstufe. Wo steht der Feind?«

Die Piloten kreisten über dem Bruderwald und gaben die ungefähre Position des Nightriders durch.

Der hochbetagte Lanz preschte los, als hätte er Doppelherz im Tank. Der Kommissar erreichte den Bruderwald. Keine Blätter an den Bäumen. Das machte es leichter, den Nightrider aufzuspüren.

Was hatte der Irre vor, ohne Ohr? Er musste offenes Gelände meiden, logisch. Sich in die Büsche schlagen und dort verkriechen? Unwahrscheinlich, dort säße er irgendwann in der Falle. Nein, die besten Chancen hatte er, wenn er es irgendwie zum Klinikum schaffen würde, quer durch den Bruderwald. Ein Krankenhaus am Besuchertag, tausend Leute unterwegs, tausend Autos klauberbereit, zuvor vielleicht ein Ausflug in die Ambulanz, um sich eine Kompresse für die Wunde zu besorgen.

Die Waldwege bereiteten dem Lanz keine Mühe. Seine Reifen gruben sich in den Schotter wie Baggerschaufeln. Wenn der Untergrund fester wurde, stürmte er voran, als ginge es zur Kirchweih auf Tanz.

»Aus den tiefsten Tiefen der Hölle will ich dich verfolgen!«, zürnte Küps. Er hatte nur noch ein einziges Ziel vor Augen: den Nightrider zur Strecke zu bringen. »Wohin du dich auch wendest, ich bin hinter dir. Bis nach Waizendorf und durch die Flammen der Verdammnis werde ich dich jagen, bevor ich aufgebe. Ich will große Rachetaten an dir vollführen, und mit Grimm werde ich dich strafen, dass du erfahren sollst: Niemand verarscht Küps. Die Zeit der Zusammenkunft ist nahe.«

Nach einer Kurve sah er ihn endlich. Nur knapp hundert Meter trennten den Kommissar noch von seinem Widersacher.

Der Nightrider hörte den Lanz. Er drehte sich um und hob die Pistole. Schüsse krachten.

Das Hütchen flog Küps vom Kopf. Ansonsten blieb er unversehrt. »Gut gezielt, aber viel zu weit weg. Verliert wohl die Nerven.«

Mit einem Satz sprang der Nightrider in den Wald und flüchtete einen Abhang hinunter.

Sollte Küps ihm zu Fuß folgen? Für einen Geländelauf war er nicht ganz in Form.

Sein Blick fiel auf einen Stapel frisch geschlagener Baumstämme. Ihm fiel etwas Besseres ein.

Er fuhr mit dem Lanz vorsichtig an den Stapel heran, bis die Reifen Kontakt mit dem Holz bekamen. Dann hieß es: schieben.

Es dauerte ein bisschen, bis Bewegung in die Stämme kam. Die ersten lösten sich von dem Stapel, rollten den gerodeten Abhang hinunter und wurden immer schneller. Weitere folgten unter großem Gepolter. Nichts hielt sie auf.

Als der Nightrider merkte, was Sache war, holte ihn einer der Kaventsmänner schon von den Beinen. Ein anderer sprang über ihn hinweg, der nächste erwischte ihn am Knie. Er schrie auf und warf sich hinter einen Baumstumpf. Sein Glücksschweinchen hatte ihn verlassen.

Küps wartete, bis das Gröbste vorüber war. Dann fuhr er mit dem Lanz langsam den Abhang hinunter.

Ein Fehler. Mit beiden Händen am Lenkrad konnte er keine Waffe halten.

Der Nightrider kämpfte sich hoch, stützte die Pistole auf dem Baumstumpf ab und zielte. Es war nur noch eine letzte Kugel im Lauf.

Der Kommissar haute die Handbremse rein. Der Boden war weich, aber der Lanz blieb trotzdem gehorsam stehen.

»Hände hoch!« Die Ledermontur des Nightriders starrte vor Schmutz und welkem Laub. Sein Knie war zertrümmert. Er sah nur eine Möglichkeit: den Bullen killen und den Traktor kapern.

»Kannst du damit überhaupt umgehen?«, versuchte es Küps.

»Es gibt zwei Arten von Menschen. Die einen haben eine geladene Pistole und die anderen sitzen auf nem Trecker.«

»Wenn du mich umbringst, kriegen dich meine Leute trotzdem.«

»Aber es geht mir bestimmt besser«, sagte der Nightrider und hob zu einer kleinen Ansprache an. »Das war ne beschissene Woche für mich. Angefangen hat alles, als ich nach Bamberg reingefahren bin, um mir Geld von der Bank zu holen. Kommt so ein PÜDler daher und gibt mir ein Knöllchen. Dass sich da was zusammenbraut, hätte ich eigentlich schon merken müssen. Jetzt mal ehrlich, Herr Polizeidirektor! Womit hab ich das verdient? Ich bin nur ein einfacher Steuerzahler. Den Jeep hat mir mein Schwager geliehen. Irgendwie komm ich nicht damit klar.«

Während er quasselte, suchte er einen günstigen Schusswinkel. Nicht einfach, bei dem schwindenden Tageslicht.

»Wer schießen will, der soll schießen und nicht quatschen.« Küps löste die Bremse und zog seine Kanone.

Der Lanz kam ins Rutschen.

Der Nightrider drückte ab.

Woran es auch immer lag – die Kugel prallte von der Schnauze des Lanz zurück und zerschredderte, was Drogen und Computerspiele vom Gehirn des Nightriders übrig gelassen hatten.

Küps saß ab und schaute sich die Sauerei an. Bis die Spurensicherung vor Ort war, dauerte es bestimmt eine Ewigkeit. Ein Glückstag für die Wildschweine.

Nachdem die Schmidtlein ins Krankenhaus gebracht worden war und die Feuerwehr den unverletzten Brandeisen befreit hatte, ließen sich die beiden Ermittler zurück zum *Spezial-Keller* bringen.

Küps nickte dem Wirt zu. In Windeseile standen zwei frische Seidla auf dem Tisch. Der Fritz strahlte. So kannte er seine Stammgäste.

»Sie trinken wieder?«, fragte Brandeisen.

»Ab und zu muss man eine Pause machen. Um die Geschmacksknospen zu stimulieren.«

»Worte eines wahren Gourmets!«

Sie stießen an. Es wurde ein langer Schluck.

»Schade um den XM«, sagte der Kommissar. »An den hätt ich mich gewöhnen können.«

»Für Ihren Namenstag ist mir nichts zu schade.«

»Echt?«

Brandeisen winkte ab. »Der war völlig durchgerostet. Auf seiner letzten Fahrt sollte er noch ein bisschen Tod und

Verderben kosten. Das haben wir einigermaßen hingekriegt, oder?«

»Er ruhe in Frieden.« Küps nahm sich vor, einen neuen Wagen zu erwerben. Die Opelphase war nach diesem Tag definitiv vorbei. Vielleicht sollte er sich einen Lanz zulegen, zum Basteln. Und irgendwas Flottes für die Straße. Er trank von seinem Bier und verschob die Markenwahl auf später. »Wann haben *Sie* denn Namenstag?«

Brandeisen schwieg.

»Aber Ihre Familie hat das doch immer gefeiert, haben Sie heute Nachmittag gesagt.«

»*Mein* Namenstag wurde nie gefeiert.«

»Warum denn?«

»Weil es zu meinem Namen keinen Heiligen gibt. Altes Kindheitstrauma.«

Küps überlegte. Auf allen Strafsachen und amtlichen Mitteilungen stand immer nur »Brandeisen«, mehr nicht, kein Vorname, nicht mal eine Abkürzung. »Wie heißen Sie eigentlich richtig?«

Der Staatsanwalt stieß geräuschvoll die Luft aus. Es wurde merkwürdig still in der Gaststube. Er senkte seine Stimme. »Hyperion.«

»Hü ... Wie?«

»Hyperion Freimund Brandeisen. Behalten Sie es bitte für sich.«

Der Kommissar hielt kurz inne. Dann fragte er den Wirt: »Was habt ihr für Schnäpse?«

Draußen vom Walde kam er her

Hilda. Ihre treuen Augen flößten ihm Zuversicht ein. Zugleich waren sie erfüllt von jener Melancholie, wie sie den Musen großer Dichter eignet. Erahnte sie die Einsamkeit auf den letzten Gipfeln des Geistes, wissend, dass ihr Beistand dort endete, wo kristallklares, eisiges Denken begann?

Staatsanwalt Brandeisen tätschelte den Kopf seiner ausgestopften Dogge. »Braves Mädchen.« Dann wandte er sich wieder der Schreibmaschine zu. Er hatte nicht viel übrig für die modernen Medien. Deshalb verfasste er sein Opus magnum auf althergebrachte Weise. Es trug den Titel *Der fränkische Serienmörder im Spiegel der Zeit.*

Es war der Samstag vor dem vierten Advent. Im Kaminofen knisterte ein munteres Feuer. Über Nacht hatte es wieder stark geschneit. Die Straßen im Bamberger Berggebiet waren kaum passierbar. Brandeisens Haus lag am Ende eines ungeräumten Weges. Mannshoch türmte sich die weiße Pracht.

»Wir sind von der Außenwelt abgeschnitten«, hatte er zu Hilda gesagt und frohlockt. An einem solchen Tag machte das Verbrechen Pause. Endlich konnte er sich ungestört seinem Buch widmen.

Er nahm einen Schluck Darjeeling. Strich seinen dunkelroten Crêpe-de-Chine-Hausmantel glatt und ordnete dabei seine Gedanken. Schließlich fing er an zu tippen:

»Was geht im Kopf eines Psychopathen vor? Schlichte Naturen neigen zu mantragleich wiederholten Formeln wie ›töten, töten, töten‹. Durch die binnendeutsche Konsonantenschwächung wird daraus im fränkischen Dialekt ›dödn, dödn, dödn‹. Das mag harmlos klingen. Doch solche Wortreihungen entfalten im Verein mit dem regionstypisch hohen Bierkonsum eine beachtliche Autosuggestionskraft.«

Brandeisen lehnte sich zurück. Ja, die Fachwelt würde staunen. Seit Jahren trug er einschlägige Fallgeschichten zusammen. In seiner Studie sollten sie sich zu einer beispiellosen Phänomenologie des Schreckens verbinden.

Dann war da dieses Geräusch an der Fensterscheibe.

Ein Eichhörnchen? Nicht so wichtig.

Die Zeit war wie im Flug vergangen. Stunde um Stunde hatte er in ungetrübter Versenkung verbracht. Nicht einmal ein Anruf von Kommissar Küps. Der Staatsanwalt kannte den Grund: Heute fand die Weihnachtsfeier der Polizei statt. Dabei handelte es sich um ein widerwärtiges Bacchanal, bei dem der Punsch in Strömen floss und am Ende alle in den Ecken lagen. Eine Schande für jeden aufrechten Gesetzeshüter.

Draußen dämmerte es. Brandeisen spannte ein neues Blatt Papier ein. Nach seinen allgemeinen Ausführungen zur forensischen Phonetik nahm er sich den Schlitzer von Scheßlitz vor. Homophonie war ein verkanntes Stilmittel.

Unter den dienstältesten Bamberger Polizisten gab es nur wenige, die sich an den Schlitzer erinnerten. Hubert Pflaum, so sein bürgerlicher Name, hatte in den 1970er-Jahren sein Unwesen getrieben.

»Der Schlitzer ging immer nach dem selben Schema vor«, schrieb Brandeisen und sprach laut mit. »Zuerst vergewisserte er sich, ob seine unschuldigen Opfer allein waren. Dann pirschte er sich an die zumeist abgelegenen Behausungen heran.«

Der Staatsanwalt horchte auf. Da war es wieder.

Eine Art Kratzen oder Schaben, das abrupt in einem dumpfen Schlag endete. Es kam aus der Küche.

Manchmal legte er Nüsse oder Fruchtreste aufs Fensterbrett, damit die Tiere im Winter etwas zu fressen hatten. Aber die Eichhörnchen aus seinem Garten waren ein bisschen dämlich, das wusste er. Wollten die eine Nuss an der Scheibe knacken?

Er zuckte mit den Schultern und fuhr fort. »Dem Schlitzer bereitete es ein perverses Vergnügen, sein Kommen anzukündigen. Er strich ums Haus herum und produzierte allerlei unheimliche Geräusche. Dann drang er mithilfe eines Glas-schneiders ein. Seinen Opfern näherte er sich bevorzugt von hinten und schlug sie bewusstlos. Er fesselte sie an einen Stuhl und wartete, bis sie erwachten.«

Brandeisen trank wieder von seinem Tee und inspizierte den Plätzchenteller. Die Gattin des Kommissars hatte ihm einen Teil ihrer Jahresproduktion zukommen lassen. Er ent-schied sich für ein Stück Quittenspeck, rautenförmig und tief-rot. Vermutlich hatte Frau Küps mit Lebensmittelfarbe nach-geholfen.

Irgendwo im Garten knackte es. Zweige, die unter der Last des Schnees zerbrachen? Ein Baummarder auf Beutezug? Dann sollten sich die Eichhörnchen besser in Sicherheit brin-gen.

Der Staatsanwalt rieb sich die Hände und fing einen neuen Absatz an. »Was nun folgte, war eine ritualisierte Tötung, die der Schlitzer später als ›Handwerk mit Tradition‹ bezeichnete und nach eigener Aussage wortlos durchführte. Zuerst breitete er die Tatwaffen vor dem Opfer aus, eine Sammlung gewerb-licher Schlachtermesser. Je nach Funktion kamen sie nachein-ander zum Einsatz: Stechmesser, Dolchmesser, Abhäutemes-ser, Ausbeinmesser, Gekrösemesser, Zerlegemesser und – last but not least – der Knochenauslöser, eine stabile Klinge, am vorderen Ende gerundet und dadurch der Knochenform ange-passt.«

Brandeisen öffnete die Schlitzer-Akte. Sie enthielt jede Menge Bildmaterial, das sich zur Illustration des Buches eignete, ein Album der Albträume. Er wählte ein hübsches Messerfoto aus und zeigte es Hilda. »Wie wäre es mit diesem hier?«

Er nahm das Schweigen der Dogge für ein Ja. Sie hieß mit vollem Namen Hilda von Bjørndal und war ein sogenannter Großer Däne, schwarzweiß gefleckt, mit einer Schulterhöhe von stolzen 97 Zentimetern. Zu ihren Lebzeiten hatte sie zahlreiche Briefträger, Paketboten, Müllmänner und Zeugen

Jehovas verschlissen. Am liebsten war ihr der Stromableser von den Stadtwerken gewesen. Unermüdlich hatte sie ihn die steile Wildensorger Straße hinauf- und hinuntergehetzt.

»Kommen wir zu den Verletzungen.« Brandeisen stöberte in den alten Abzügen. Sie waren gestochen scharf und erstaunlich farbecht. Der damalige Polizeifotograf hatte als Gunter Sachs seines Metiers gegolten, ein Künstler.

»Das ist nichts für dich«, sagte der Staatsanwalt und klappte die Akte wieder zu. Der Anblick offener Wunden machte Hilda immer ganz rappelig.

»Entschuldige, meine Liebe. Eigentlich kann ich solch drastischen Details wenig abgewinnen. Aber die Leser gieren förmlich danach. Wir wollen ja nicht nur ein Fachpublikum erreichen, sondern breitere Schichten. Jetzt wirst du einwenden: Wer findet schon Gefallen an Gewaltorgien mit literweise Blut und filetierten Körperteilen? Doch nur eine Minderheit! *Au contraire*, halte ich entgegen. Der Buchhandel bezeichnet derartige Schocker als ›Kindergärtnerinnen-Literatur‹. Und warum? Ich habe mich informiert. Weil vornehmlich junge Frauen so etwas lesen, Frauen in gesicherter und vergleichsweise unspektakulärer Lebensstellung mit wenig Freizeit und hoher Reizschwelle. Da muss man in die Vollen gehen, sonst verlieren sie das Interesse. Sollen wir die Kindergärtnerinnen enttäuschen?«

Mit dieser rhetorischen Frage beendete Brandeisen seinen kleinen Vortrag. Er stand auf und legte Feuerholz nach.

Zum Arbeiten hatte er im Wohnzimmer Platz genommen. Durch die Terrassentür und eine breite Fensterfront konnte er sein Auge in die Ferne schweifen lassen. An klaren Tagen sah man den Windpark Oberngrub auf der Fränkischen Alb.

Doch jetzt war es dunkel.

Ein Rumpeln ließ ihn zusammenfahren.

Es klang, als mache sich jemand an den Mülltonnen zu schaffen. Sie standen auf der anderen Seite des Hauses, gleich neben dem Eingang.

Ein streunender Hund, der im Bioabfall nach Nahrung suchte? Unwahrscheinlich.

Brandeisen beschloss nachzusehen.

Bei dieser Gelegenheit konnte er auch gleich kontrollieren, ob im Erdgeschoss alle Türen und Fenster verschlossen waren. Man musste an die Heizkosten denken.

Als er damit fertig war, ging er zur Haustür und spähte vorsichtig hinaus. Die Außenbeleuchtung schaltete sich ein.

Nichts Verdächtiges in Sicht.

Er schlüpfte aus seinen karierten Hausschuhen und zog die Gartenstiefel an. Dann schob er sich nach draußen.

Die Einfahrt lag unter einer geschlossenen Schneedecke. Zu den Mülltonnen an der Hauswand waren es nur ein paar Meter. Ein Ziegeldächlein schützte sie vor den Unbilden der Natur.

Die braune Biomülltonne, die ganz außen stand, war leicht verrückt. Seltsam. Brandeisen richtete die Tonnen immer korrekt aus, er liebte rechte Winkel.

Und waren da nicht Schuhabdrücke im Schnee?

Der Staatsanwalt verglich sie mit seinen eigenen. Nein, diese Abdrücke konnten nicht von ihm stammen. Sie waren viel größer und wiesen kein Profil auf – im Gegensatz zu den Sohlen seiner Gartenstiefel.

Er blickte sich um. Wo die energiesparende Beleuchtung nicht hindrang, begann ein undurchdringliches Schattenreich. Wolkenmassen hatten sich vor die schmale Sichel des Mondes geschoben. Sogar der Schnee, tagsüber noch von blendendem Weiß, schien geschwärzt, als habe eine Geisterhand Kohlenstaub darüber ausgeschüttet.

»Hallo, ist da wer?«

Keine Antwort.

Brandeisen kehrte rasch ins Haus zurück. Nein, seine Fantasie hatte ihm keinen Streich gespielt. Da war jemand an den Tonnen gewesen.

Er schlug noch einmal die Akte des Schlitzers auf. Hubert Pflaum, ein Metzgergeselle mit einem ganzen Sack voller psychischer Störungen, hatte fast zwei Meter gemessen. Jahrgang 1954, Körpergewicht bei Festnahme 115 kg. Es folgten weitere persönliche Daten. Dann: Schuhgröße 47.

Das mochte mit der Schuhspur übereinstimmen. Brandeisen blätterte weiter. Er hatte in den vergangenen Wochen die Fühler ausgestreckt und seine Unterlagen ergänzt. Der Schlitzer war im Februar 1977 festgenommen und nach einem spektakulären Prozess zu 20 Jahren Haft ohne Bewährung verurteilt worden. Doch in der JVA Bayreuth setzte er sein schändliches Werk fort. Ein Wärter und drei Mitgefangene fielen seinen selbst angefertigten Klingen zum Opfer. 1979 wurde er in die geschlossene psychiatrische Abteilung des Bezirkskrankenhauses verlegt. Dort befand er sich seither in Sicherheitsverwahrung.

Auf der nächsten Seite der Akte waren Pflaums Ausbruchsversuche aufgelistet. Unblutig lief keiner ab. Der letzte hatte 2006 stattgefunden, das war schon ein paar Jahre her. Der Schlitzer hatte nach guter Führung wieder einen Platz in der Anstaltswerkstatt ergattert. Dort härtete er ein Bilderbuch für Demenzkranke mit Kunstharz aus, schliff die Kanten an und ging damit auf zwei Pfleger los. Sie wurden förmlich guillotiniert.

Inzwischen war er 57 Jahre alt.

Brandeisen schluckte. 57. Da stand man noch in Saft und Kraft.

Er nahm den Hörer seines Bakelit-Telefons ab – ein Manufactum-Kauf – und wählte die Nummer der Auskunft. Das Bayreuther Krankenhaus sollte ihn auf den neuesten Stand bringen.

Die Leitung war tot.

Er probierte es erneut. Nicht mal ein Freizeichen.

Sein Diensthandy? Lag auf seinem Schreibtisch im Gericht. Er hasste das Ding. Man bediente es, indem man mit dem Finger auf dem Display herumschmierte. Wer sich so etwas ausdachte, konnte dem Kindergarten noch nicht entwachsen sein.

Also auch kein Notruf.

Nun gehörte der Staatsanwalt nicht zu den Männern, die schnell die Fassung verlieren. Außergewöhnliche Situationen erforderten eben entsprechende Maßnahmen, konstatierte sein Juristenverstand. Doch langsam wurde selbst ihm mulmig zumute.

»Ich denke, wir sollten uns bewaffnen«, sagte er zu Hilda.

Die Dogge gab seinen Blick gleichmütig zurück. Bewaffnung? Die Natur hatte Hilda hinreichend ausgestattet. Sie war in Habachtstellung präpariert, das Maul leicht geöffnet, damit die furchteinflößenden Fangzähne zur Geltung kamen.

Es klopfte. Nicht an der Haustür, sondern ... in der Gästetoilette? Brandeisen hielt den Atem an.

Da war es wieder. Klopf-klopf-klopf! Fordernd und nachdrücklich. Pochte jemand von außen gegen den Fensterrahmen? Oder war der Schlitzer schon eingedrungen – Glasschneider gab es in jedem Baumarkt. Machte er sich einen Spaß daraus, den Poltergeist zu spielen, bevor er zur Tat schritt?

Brandeisen überlegte fieberhaft. Mit einem Küchenmesser brauchte er Pflaum nicht gegenüberzutreten. Auf diesem Gebiet war ihm der Psychopath überlegen.

Ab in den Keller! Er machte das Licht in Flur und Wohnzimmer aus und hastete die Treppe hinunter.

Moment! In Horrorfilmen vergaßen die unglücklichen Opfer stets, hinter sich abzusperren. Das sollte ihm nicht passieren! Er stieg die Stufen wieder hoch und verriegelte die klapprige Holztür. Das Haus hatte schon ein knappes Jahrhundert auf dem Buckel. Damals kannte man noch keine verzinkten Sicherheitstüren.

Bewaffnung. Der Staatsanwalt ging die Möglichkeiten durch. Sein Campinghammer aus Gummi? Er wog ihn in der Hand. Plump und wohl kaum effektiv. Gleiches galt für Schaufel, Heckenschere, Rohrzange. Die Giftspritze, mit der er den

Rasen ökologisch unkorrekt einnebelte? Leer. Ein Satz Boule-kugeln? Brandeisen rollte lieber, als dass er warf. Eine Pistole besaß er nicht, er lehnte Schusswaffen ab.

Eigentlich fiel ihm nur sein Tennisschläger ein.

Er zerrte die Sporttasche aus dem Regal und holte das gute Stück heraus. Marke Wilson, aber hoffnungslos veraltet. Jimmy Connors hatte mit diesem Modell einst Rekorde aufge-stellt. Ein echter Kämpfer!

Allmählich kam der Staatsanwalt in die richtige Stim-mung. Bei der Clubmeisterschaft fegte er immer noch die jungen Talente vom Platz. Seine Vorhand war knallhart, seine Rückhand präzise wie ein Skalpell. Behutsam fuhr er über die Bespannung des Schlägers. Solider Metallrahmen, perfekt ausbalanciert. Damit konnte er dem Schlitzer das Gehirn aus dem Schädel prügeln.

Weg mit den Gartenstiefeln. Jetzt galt es, leise zu sein.

Auf Strümpfen hoch zur Kellertür.

Lauschen. Nichts.

Brandeisen drehte den Schlüssel unendlich langsam, damit es kein Geräusch gab. Dann machte er die Tür einen Spalt weit auf.

Alles dunkel.

In seinem seidenen Hausmantel bewegte er sich wie ein Ninjakrieger, geduckt, katzenhaft, den Schläger zum tödlichen Streich erhoben.

Etwas prallte gegen die Terrassentür. Als ob der Schlitzer ausgerutscht wäre und Bekanntschaft mit den doppelt isolier-ten Scheiben gemacht hätte.

Brandeisen war sofort klar: Das war seine Chance.

Er schlich ins Wohnzimmer und näherte sich der Tür.

Blitzte da draußen ein Licht auf? Wie von einem Feuer-zeug? Vielleicht zündete sich der Schlitzer vor dem Final Cut noch eine Zigarette an.

Jetzt hieß es, die Initiative zu ergreifen. Angriff war die beste Verteidigung! Und es musste schnell gehen,

Überraschungseffekt! Brandeisen steckte den Tennisschläger in den Gürtel seines Hausmantels, packte einen Stuhl und schleuderte ihn gegen die Fensterfront.

Die Scheiben barsten in einem Splitterschauer. Es regnete Glas.

Der Staatsanwalt zog sein Racket, öffnete die Terrassentür und sprang ins Freie. Ein Samurai hätte es nicht besser machen können.

Auf Verdacht eine blinde Kombination: Vorhand Cross und eine Topspin-Rückhand hinterher. Links, rechts.

Dumpfes Stöhnen in der Finsternis.

Eine schemenhafte Gestalt stürmte an ihm vorbei ins Innere. Alkohol lag in der Luft.

Er folgte den merkwürdigen Schwaden. Es roch weihnachtlich, nach Gewürzen und Glühwein. Schweres Keuchen, als litte der Schlitzer an Asthma. Davon war jedoch nichts in der Akte vermerkt.

Brandeisen schaltete das Wohnzimmerlicht ein. Gegen einen erschöpften Serienmörder hatte er vielleicht eine Chance.

Ein markerschütternder Schrei.

Der Staatsanwalt ließ den Schläger sinken. Er konnte nicht fassen, was er da sah.

Auf seinem Perserteppich kniete Hauptwachtmeister Dippold und hyperventilierte. Als das Licht angegangen war, schien er Hilda direkt ins Maul geschaut zu haben. Dippold, von der zarten Statur eines Zwetschgenmännlas, stand kurz vor seiner Pensionierung und galt als notorischer Spaßvogel. Sein Witzearsenal hatte enzyklopädische Ausmaße, Frucht einer Karriere im Innendienst.

An der Terrassentür lehnte Kommissarsanwärterin Schmidtlein und hielt sich ihren Brummschädel. Die Rückhand hatte sie an der Schläfe erwischt. Doch die stattliche junge Frau verfügte über eine unverwüstliche Konstitution. Es war kein nennenswerter Schaden entstanden.

»Ich glaube, Sie beide sind mir eine Erklärung schuldig.«
Brandeisen setzte sich auf seinen Drehsessel und schlug die
Beine übereinander. »Wer fängt an?«

Es stellte sich heraus, dass die Punschwogen auf der Weihnachtsfeier der Polizei hoch und höher geschlagen waren.
Doch wenn ein Franke ungewohnte alkoholische Getränke
zu sich nimmt, bricht eine alte Charakterschwäche durch: Er
lästert auf Teufel komm raus. Irgendwann war der Staatsanwalt an der Reihe gewesen. Seit Wochen nervte er die gesamte
Belegschaft mit den Plänen für sein Serienmörderbuch. Jeden
löcherte er mit Fragen über den Schlitzer von Scheßlitz. Und
er hielt aus dem Stegreif ellenlange Vorträge, zur Fortbildung.
Keiner konnte es mehr hören. Deshalb waren zwei angetrunkene Kindsköpfe losgezogen, um ihm einen Streich zu spielen.

»Wir wollten Ihnen nur einen Schreck einjagen«, schloss
Dippold kleinlaut und musste aufstoßen. »Damit wir auf der
Wache was zu erzählen haben.«

»Dann haben *Sie* an die Scheibe geklopft?«

»Ja.«

»Und das Kratzen und Schaben?«, wollte Brandeisen wissen.

»Das war ich.« Die Schmidtlein wärmte sich an dem
Kaminofen. Weil sie sich nach drei Krügen Eggnog noch
für nüchtern hielt, war sie und nicht Dippold zum Haus des
Staatsanwalts gefahren. »Wer konnte denn ahnen, dass Sie
gleich mit Stühlen schmeißen?«

»Sie sind zu weit gegangen. Die Telefonleitung abklemmen – also, ich muss schon sagen!«

»Was?«, wunderte sich Dippold. »Aber –«

»Mein Apparat ist tot. Soll das der Heilige Geist gewesen
sein?«

»Das waren wir nicht!«

»Leugnen macht alles nur noch schlimmer!« Brandeisen
hatte den Eindruck, zwei Pennäler zu vernehmen, denen man
jede Missetat aus der Nase ziehen musste. Er fand das alles

überhaupt nicht witzig. Wegen dieser beiden Dummbeutel hatte er sein Wohnzimmer demoliert. Er saß mit dem Rücken zum Fenster. Ein kalter Luftzug drang herein.

»Und gegen die Mülltonnen sind Sie wohl auch nicht geknallt?«, setzte er unwirsch hinzu.

Verständnislose Mienen. Sein Blick fiel auf die Schuhe der Polizisten. Keiner von beiden hatte Schuhgröße 47. Ihre Füße waren erkennbar kleiner.

Dann wurde ihm schwarz vor Augen.

Als Brandeisen zu sich kam, konnte er sich nicht rühren. Was war bloß los?

Sein Schädel dröhnte. Er saß immer noch auf seinem Drehsessel – jedoch fachgerecht verschnürt mit einer handelsüblichen Wäscheleine. Neben ihm Dippold und Schmidtlein, auf Esszimmerstühlen, ebenfalls gefesselt und offenbar bewusstlos.

Ein neuer Gast hatte es sich auf dem Sofa bequem gemacht. Er war in seine Lektüre vertieft, *Der fränkische Serienmörder im Spiegel der Zeit*. Neben ihm lehnte eine Schneeschaufel an der Wand, mit einem Blatt aus gehärtetem Aluminium, leicht eingedellt. Anscheinend hatten sich die Hirnschalen der Bamberger Polizisten als ungewöhnlich robust erwiesen. Auf dem Boden stand eine Werkzeugkiste.

Es war kein anderer als – der Schlitzer.

»Handwerk mit Tradition«, las er laut und nickte. »Genau!«

Brandeisen bekam langsam wieder einen klaren Kopf. Sogleich fühlte er sich geschmeichelt. »Vielen Dank! Ich lege größten Wert auf Authentizität.«

Pflaum wies auf die Akte: »Bei den Ausbruchsversuchen fehlt einer.« Ein irres, viel zu hohes Lachen. »Der von heut früh!«

»Bei Gelegenheit werde ich es hinzufügen«, sagte der Staatsanwalt. »Was, wenn ich fragen darf, führt Sie hierher?«

»Ich hab erfahren, dass du ein Buch über mich schreibst. So was spricht sich rum, sogar bei den Bekloppten. Da musste ich mal vorbeischauen, quasi zur Kontrolle.«

»Haben Sie die Telefonleitung gekappt?«

»Logisch.«

»Und jetzt wollen Sie sich vergewissern, ob ich mich in meiner Studie an die Fakten halte.« Brandeisen hatte Verständnis für derlei Bedenken. »Nun, ich kann Ihnen versichern, dass ich den Sachstand sorgfältigst gegenrecherchiert habe. Aufgrund der vorliegenden –«

»Das klingt alles so gestelzt«, unterbrach ihn der Schlitzer.

»Eine gewisse Fachsprache ist leider vonnöten.«

»Kann man das nicht spannender machen?«

»Wie meinen?«

»Du bist doch der Dichterfürst! Stehst du auf der Leitung, oder was?« Pflaum strengte seine Gehirnzellen an, ein Unterfangen, das ihm sichtlich Mühe bereitete. Die Adern an seiner niedrigen Stirn traten hervor. »Zum Beispiel könnt ich doch das Blut meiner Opfer trinken. Kommt bestimmt gut an.«

»Ähm ...«

»Oder wie wär's, wenn ich nach dem Zerlegen immer ein bestimmtes Leichenteil mitnehm? Auge, Ohren, Finger.« Pflaum sah an sich herab. »Jetzt hab ich's! Den großen Zeh! Dann wär ich ... der Zehensammler!«

»Entspricht das der Wahrheit?«

»Ist doch wurscht! Es muss halt was Ausgefallenes sein.«

Brandeisen begriff. Vermutlich hatte der Schlitzer in seiner langen Haftzeit zu viele Gruselkrimis gelesen. Er wollte sein todbringendes Wirken im Nachhinein ausgeschmückt wissen. Garniert mit einem besonderen, unverwechselbaren Kniff. Überwölbt von einer exotischen Obsession. Menschen nach allen Regeln der Kunst zu zerstückeln, reichte ihm nicht. Er drängte in die Monster-Top-Ten.

Das Traurige war: Pflaum hatte recht. So entstanden Bestseller.

»Ich muss dieses Ansinnen entschieden zurückweisen«, sagte der Staatsanwalt schließlich. »Sie verlangen von mir, den

Geist der Wissenschaft zu verraten: das Streben nach Wahrheit. Bedaure, damit kann ich nicht dienen.«

»Wie jetzt?«

»Ich weigere mich, auch nur das kleinste Detail hinzuzuerfinden.« Brandeisen blieb fest. »Ist die Wirklichkeit nicht schrecklich genug?«

Der Schlitzer grübelte eine Weile über den Schreibmaschinenseiten. Dann legte er die Blätter weg und öffnete seine Werkzeugkiste. »Pech«, sagte er.

Inzwischen waren Dippold und die Schmidtlein erwacht. Die beiden hatten die Unterhaltung mit wachsendem Unbehagen verfolgt. Daraus wurde nun blankes Entsetzen.

Pflaum breitete funkelnagelneue Schlachtermesser auf dem Wohnzimmertisch aus. Er hatte sie mit der Visa Card einer vertrauensseligen Psychologin bezahlt. Winterspaziergang im Anstaltspark, ein Zugeständnis wegen Weihnachten. Kreditkarten besaßen manchmal scharfe Kanten. Durch einen dürren Psychologinnenhals gingen sie wie Butter.

Der Andrang im Baumarkt war mörderisch gewesen.

»Was haben Sie vor?«, fragte Brandeisen.

»Dreimal darfst du raten.« Der Schlitzer entschied sich für das Zerlegemesser. Schmale, gebogene Klinge. Höllenscharf. »Der Zehensammler«, sagte er gedehnt und lauschte dem Klang der Worte. »Gefällt mir!«

»Sie mit Ihren Prinzipien!«, fuhr Dippold den Staatsanwalt an. »Schreiben Sie doch einfach, was der Mann verlangt!«

»Bist du still!« Pflaum stand auf und hielt ihm das Messer unter die Nase. »Dafür ist es jetzt zu spät.«

Dippold verstummte.

Der Schlitzer betrachtete seine Kandidaten, einen nach dem anderen. Prüfende Metzgerblicke. Wo lagen die Knochen? Wie war das Fleisch verteilt? Es dauerte.

»Kann man Ihnen irgendwie helfen?«, wagte sich Brandeisen vor.

»Die Reihenfolge. Mit wem soll ich anfangen?« Er musterte die Schmidtlein. Bückte sich und zog ihr einen schwarzen Turnschuh aus. Sie wehrte sich, erfolglos, war sie doch fest an Stuhl und Stuhlbeine gefesselt.

Pflaum streifte die Socke ab und nahm den großen Zeh in einen Schraubstockgriff. »Komm zu Papa, mei Dickerla!«

Die Schmidtlein wusste vor Angst nicht, ob sie schreien oder wimmern sollte.

Er legte das Messer an.

Was tat eine Kommissarsanwärterin in solch einer ausweglosen Situation? Eine Kommissarsanwärterin, deren kognitive Fähigkeiten nicht besonders ausgeprägt und durch Eggnog-Konsum beeinträchtigt waren? Um ehrlich zu sein, hatte sie dem pappsüßen Eierpunsch noch ein paar Bier folgen lassen, gegen den Durst. Unerfahren, wie sie war.

Die Schmidtlein tat das, was ihr momentan am leichtesten fiel. Sie kotzte.

Und was tat ein Schlitzer, über den sich ein Schwall aus diversen Alkoholika, Reste von Würstchen, Pommes, Zimtsternen und Spekulatius, mazeriert in Magensäure, ergoss?

Er schüttelte sich.

Und gewahrte nicht den stumpfen Gegenstand, der sich mit rasender Geschwindigkeit seinem Psychopathenschädel näherte.

Kommissar Küps hatte zusammen mit dem Staatsanwalt schon zahlreiche knifflige Fälle gelöst – wenn auch selten mit befriedigendem Ergebnis. Als er auf der Weihnachtsfeier vom Klo zurückgekommen war und mitgekriegt hatte, was Dippold und die Schmidtlein aushecken, hatte er nicht eingegriffen. Gegen einen Spaß auf Brandeisens Kosten war niemals etwas einzuwenden.

Zu fortgeschrittener Stunde hatte sich jedoch sein Gewissen gemeldet. Betrunkene Polizisten waren wie Lenkwaffen, zu denen die Bodenstation den Kontakt verloren hatte. Sollte er vorsichtshalber mal nach dem Rechten sehen?

Also war er mit seinem »Kollegenknüttel« losmarschiert. Dabei handelte es sich um einen knorrigen, spazierstocklangen Prügel, der dem jungen Küps in so manchem gegnerischen Fußballstadion ein zuverlässiger Begleiter gewesen war. Seit seiner Beförderung zum Oberkommissar benutzte er das Ding dazu, ausrastende Kollegen zur Räson zu bringen. Schießwütige Nachwuchskräfte, die Adrenalinjunkies von den Spezialeinheiten, Demonstrantenklatscher – bei der Polizei herrschte an Hitzköpfen kein Mangel. Bekanntermaßen trennte Verbrecher und Gesetzeshüter nur ein schmaler Grat. Und um Kaliber wie die Schmidtlein lahmzulegen, brauchte man schweres Gerät.

Nachdem er mit seinem alten Opel durchs Winterwunderland gepflügt war, stand Küps vor Brandeisens Tür. Aus alter Gewohnheit klingelte er nicht und ging ums Haus herum. Es sollte eine Überraschung werden, trug er doch sein Knecht-Ruprecht-Kostüm: braune Kutte mit schwarzem Fellbesatz. Als strafender Gehilfe des Nikolaus war er bei der Weihnachtsfeier wieder zur Höchstform aufgelaufen.

Würggeräusche – Küps spitzte die Ohren. Er huschte über die Terrasse und riskierte einen Blick. Blitzschnell erfasste er die Lage.

Der Knüttel bekam ordentlich zu tun.

Wie ein gefällter Baum lag Hubert Pflaum im Erbrochenen. Es stank entsetzlich.

Pupillentest. Der Kerl lebte noch.

»Anfänger«, fluchte Küps, nachdem er sich einen Überblick verschafft hatte. Zwei Bamberger Polizisten und sein Freund, der hochmögende Staatsanwalt, hatten sich von einem Scheßlitzer überwältigen lassen! Das Abendland musste kurz vor dem Untergang stehen.

»Machen Sie uns endlich los!« Brandeisen brannte darauf, die Ereignisse schriftlich niederzulegen. Was für ein Stoff, und von A bis Z realistisch! Er sah sich schon in den Talkshows sitzen und mit huldvoller Geste aus dem Nähkästchen plaudern. Ein unerschrockener Profiler, der dem Schlitzer die Stirn geboten hatte und gerade noch mit dem Leben davongekommen war.

Dippold und die Schmidtlein hingen apathisch in den Seilen. Die Kommissarsanwärterin hatte sämtliche Zehen behalten. Sie war ein bisschen durch den Wind.

Küps ließ sich nicht drängen. Er setzte sich und überflog die getippten Seiten. Sofort fiel ihm ein Fehler auf. »Ging nach dem selben Schema vor. Schreibt man ›demselben‹ nicht zusammen?«

»Das sind doch Kinkerlitzchen!«, widersprach Brandeisen. »Trauen Sie etwa dem Duden?«

»Und was ist mit Pflaums Persönlichkeitsrechten? Ohne sein Einverständnis können Sie das nicht veröffentlichen.«

Hilda sagte lieber nichts.

Schellinski war eine Polin

Bamberg, 0.35 Uhr, *Einhornskeller*. Es sah aus, als machte der Mann nur ein Nickerchen. Sein Kopf ruhte auf der Tischplatte, die Arme hingen leblos herab.

Es gab fünf Verdächtige: den Wirt und vier Schafkopfspieler. Sie kannten den Toten nicht. Angeblich hatte er sich als Brunskartler angedient und sei vom Schlag getroffen worden, bevor er sein letztes Blatt ausspielen konnte.

Die Karten lagen noch offen auf dem Tisch. Ein Schellen-Solo-Tout, mit sechs Läufern, der Bumbl und der Schellen Neun. In Fachkreisen ein Oma-Spiel. Klarer Fall: Der Tod war wegen übermäßiger Freude oder Anspannung eingetreten.

Doch Kommissar Küps wusste mehr. Es roch nach Zigarettenrauch, obwohl der Tabakgenuss in Gaststätten nach dem Bayerischen Gesundheitsschutzgesetz verboten war. Zielsicher griff er in die Hosentasche des Dahingerafften und holte ein Handy heraus.

Bei der Leiche handelte es sich nämlich um Balduin Schleich, den vielleicht raffiniertesten Mitarbeiter des Ordnungsamtes. Um Verstöße gegen das Rauchverbot zu ahnden, war er oft undercover unterwegs. Wenn er einen Qualmer in flagranti erwischte, bat er die Polizei per SMS um Verstärkung.

So auch hier, stellte der Kommissar beim Überprüfen des Handys fest. Schleich hatte gleich mehrere Kurznachrichten geschrieben, in denen er Unterstützung anforderte.

Der Wirt und die vier Kartler erbleichten.

Küps schaute sich in der Kneipe um. Schmuckloses Interieur, Billardtische im Nebenraum, Patina auf dem Boden und an den Wänden – es war eine Schande, dass in einem solchen Paradies das Rauchen nicht mehr erlaubt war. Und ein Bimberlaswichtig wie Schleich verhängte über die letzten Widerständler auch noch saftige Bußgelder.

Vom Schlag getroffen? Eher von einem Bierkrug.

»Schellinski war eine Polin«, sagte Küps sibyllinisch und fällte sein Urteil: »Muss wohl ein Unfall gewesen sein.«

Das Schäuferla des Grauens

»Der ist hinüber.« Kommissar Küps betrachtete den reglosen Körper. »Wehe, einer sagt jetzt: Niemand verlässt den Raum!«

»So lauten aber die Vorschriften«, wandte Kommissar Riedl ein.

»Und keiner fasst irgendwas an!«, fügte Kommissar Wachholz übereifrig hinzu.

»Danke, hätt ich fast vergessen.« Neusig, eine Würzburger Kommissarin, schüttelte genervt den Kopf. »Küps hat doch nur einen Witz gemacht.«

»Einen geschmacklosen.« Riedl war in Passau für seine Pingeligkeit bekannt.

»Beim fränkischen Humor kommt ein Bayer halt nicht mit.« Kommissar Spänfleck aus Fürth witterte wieder mal Hegemonialbestrebungen der südlichen Besatzungsmacht.

»Und was machet mer jetzt?«, schwäbelte Kommissarin Glöckle, die ihre Augsburger Herkunft nicht verleugnen konnte. »Ruft einer den Amtsarzt?«

»So einfach liegt die Sache nicht.« Wachholz senkte die Stimme. In Weiden fiel man auf diesen billigen Theatertrick noch herein. »Das war kein Unfall, sondern Mord.«

Wenn Kommissar Hinterhuber gekonnt hätte, wäre er Wachholz mit einem »Moosbüffel, damischer!« über den Mund gefahren. Doch sein bedauernswerter Zustand ließ das nicht zu. Offenbar trat Hinterhuber gerade vor seinen Schöpfer und schickte sich an, ein Münchner im Himmel zu werden.

Die sechs übrigen Kommissare musterten sich gegenseitig. Einer der Anwesenden musste der Täter sein. Wer wagte einen Anfangsverdacht?

Sie befanden sich in Küps' Wohnzimmer. Reste eines üppigen Abendmahls standen auf dem Tisch, Bratengeruch hing in der

Luft. Ein Kasten Rauchbier war bereits geleert. Obstbrand und Magenbitter warteten noch auf ihren verdauungsfördernden Einsatz. Das Unglück hatte sich zu einem ungünstigen Zeitpunkt ereignet.

Jeder Kommissar stammte aus einem anderen Regierungsbezirk: Ober-, Mittel- und Unterfranken, Oberpfalz, Ober- und Niederbayern, Schwaben. Einige kannten sich noch von der Fachhochschule, andere von gemeinsamen Ermittlungen oder Fortbildungsmaßnahmen. Sie waren Freunde, Kollegen und gelegentlich auch Rivalen. Im Millenniumsjahr hatten sie ihren exklusiven Club gegründet. Seither kam die Crème de la Crème der bayerischen Verbrechensbekämpfung immer am Dreikönigstag zusammen, um über ihre kniffligsten, gefährlichsten und hirnverbranntesten Fälle zu reden.

Heuer hatte Küps ins schöne Bamberg eingeladen, zu sich nach Hause in die Concordiastraße unten an der Regnitz. Seine Frau weilte bei ihrer Schwester in Strullendorf. Ihr Gatte durfte sich mit seinen Spezis ungehemmt vergnügen. Sieben Bullen auf einmal hielt eh kein Schwein aus – und keine Schweineschulter widerstand ihnen, auf Fränkisch »Schäuferla« genannt wegen des schaufelförmigen Knochens an der Unterseite. Küps hatte sich als Koch betätigt, sieben Portionen der deftigen Spezialität einzeln angebraten und danach für zwei Stunden in die Röhre geschoben. Bei ihm sollte niemand verhungern.

Die Kriminaler hatten geschmaust wie die Raubritter und sich Klöße im Akkord reingedreht, dazu Wirsinggemüse und eine gehaltvolle Soße. Die Knusperkruste auf dem butterweichen Fleisch war die Krönung gewesen.

Was tun nach solch einer Völlerei? Kommissar Hinterhuber hatte schweren Schrittes den Raum durchquert. Seufzend war er auf Küpsens Fernsehsessel geplumpst. Sogleich hatte die Mechanik kapituliert und war in Liegeposition gekippt. Ein lautstarkes »Zäfix!«, ein Schnaufer wie eine Dampflok. Dann hatte Hinterhuber die Augen geschlossen und kein Lebenszeichen mehr von sich gegeben.

Erschlaffte Glieder, erstarrte Gesichtszüge. Riedl war hinzugeeilt: weder Puls noch Herztöne. Ein Tod, so schmerz- und reibungslos, wie mancher ihn sich wünschte.

Nach dem ersten Schock war die Aufregung groß.

»Ich tippe auf Gift!«, preschte Wachholz vor.

»Wie? Gift?« Spänfleck schenkte sich ein frisches Seidla ein.

»Das Essen. Irgendwas war da drin.«

»Dann hätte es uns alle erwischt.« Die durchtrainierte Neusig achtete auf ihre Linie und hatte nur ein 350-Gramm-Schäuferla vertilgt – dies aber mit kaum verhohlener Wollust.

»Hinterhuber schnappt sich immer das größte Trumm, das ist bekannt. Wenn ich mich richtig entsinne, hat er es auch heute Abend so gemacht.« Wachholz kam in Fahrt. Sonst maulfaul, führte er nun die Früchte einer Rhetorikschulung vor. Er ging zum Tisch und wies auf den monströsen Knochen, der auf dem Teller des niedergestreckten Oberbayern lag. »Der Täter musste kurz vor dem Servieren nur das entsprechende Fleischstück präparieren, zum Beispiel mit einer Spritze.«

»Und wer soll das getan haben?«, fragte Spänfleck unwirsch, wie es seine Art war.

»Natürlich der Koch.«

Betretenes Schweigen. Alle Augen richteten sich auf Küps.

Der lief rot an, er hatte ohnehin hohen Blutdruck. »Willst du damit sagen, ich hätte den Hinterhuber ermordet?«

»Du hast uns das Zeug vorgesetzt«, sagte Riedl. »Das kannst du nicht leugnen, Küps.« Die Kommissare duzten sich zwar, sprachen sich aber mit Nachnamen an. Für plumpe Vertraulichkeiten war zu späterer Stunde immer noch Zeit.

»Zeuch?« Spänfleck fühlte sich in seiner fränkischen Ehre gekränkt. »Ein Schäuferla ist kein Zeuch. Das ist ein Hochgenuss, dagegen kann eure Haxn gar net anstinken.«

»Und das Motiv?«, fragte Küps. »Jetzt erzählt mir mal, warum ich den Hinterhuber umgebracht haben soll!«

»Der spottet immer darüber, dass Bamberg tiefste Provinz ist, Zonenrandgebiet.« Riedl nickte Wachholz komplizenhaft zu. »Da kocht die Volksseele schon mal über.«

Küps und Spänfleck machten Anstalten, auf die Fremdstämmigen loszugehen. Doch Glöckle warf sich dazwischen. »War nicht jeder mal allein in der Küche, um einen Blick in die Röhre zu werfen? Hat doch Stunden gedauert, bis das Schäufele fertig war.«

»Stimmt«, räumte Riedl ein.

»Also ist jeder verdächtig. Sogar Wachholz. Der hat sich vorhin für die Abzugshaube interessiert.« Glöckle galt als wandelnder Camcorder. Das visuelle Gedächtnis der attraktiven Blondine war phänomenal.

»Weil ich mir eine neue Küche kaufen will. Aber den Ofen hab ich nicht angerührt!«, verteidigte sich Wachholz.

»Das war vom Wohnzimmer aus nicht zu sehen.«

So ging es noch eine Zeit lang weiter. Beobachtungen und Indizien wurden ausgetauscht, mal mehr, mal weniger stichhaltig, garniert mit Beschimpfungen und Sticheleien. Zwischen Franken und Altbayern brachen Aversionen hervor, die unterschwellig schon immer bestanden hatten. Angesichts des toten Hinterhuber traten sie nun offen zutage. Sie gipfelten in der Aufforderung »Geht doch nüber!«. Am Ende wusste keiner mehr, wer es gesagt hatte und was damit genau gemeint gewesen war.

Neusig hob abwehrend die Arme. »Diese Selbstzerfleischung führt zu nichts. Wir brauchen einen Unparteiischen.«

»Und wer soll das sein?«, fragte Riedl. »Die Bamberger Kollegen sind alle mit Küps bekannt, die sind befangen.«

»Wärt ihr mit einem Oberstaatsanwalt einverstanden?«, schlug Küps vor. »Sein Name ist Brandeisen. Er schaltet sich bei uns öfters in die Ermittlungen ein.«

»Ein Freund von dir?« Wachholz wurde misstrauisch.

»Der Mann ist die Korrektheit in Person, absolut integer! Willst du auch noch behaupten, ich stecke mit der Justiz unter einer Decke?«

»Sollten wir nicht auch den Rechtsmediziner und die Spurensicherung verständigen?«, meinte Riedl.

»Dann trampeln wir uns hier tot«, erwiderte Spänfleck. »Nein, das regeln wir im kleinen Kreis, wär doch gelacht! Wenn wirklich Gift im Spiel war, können das die Quacksalber später immer noch feststellen.«

Es gab keine weiteren Einwände, die Kommissare stimmten dem Vorschlag ihres Gastgebers zu. Küps nahm das Mobilteil von der Ladeschale. Die lieben Kollegen mussten ja nicht wissen, dass Brandeisen und er ein bewährtes Duo waren. Seit Jahren versetzten sie die Ganoven der Region – und nicht nur die – in Angst und Schrecken.

Nur eine Viertelstunde später betrat eine hochgewachsene Gestalt das Wohnzimmer, ganz in Weiß, doch ohne Blumenstrauß.

Brandeisen stellte sich den verdutzten Kommissaren vor. Er trug einen altmodischen Trainingsanzug sowie eine weiße Schiebermütze wie weiland René Lacoste, allerdings ohne das Krokodil. Er kam direkt vom alljährlichen Hallentennisturnier der Richter und Staatsanwälte im Hain. Küpsens Anruf war ihm wie ein Gottesgeschenk erschienen. Zum einen wegen des ungewöhnlichen Falls – sechs verdächtige Kommissare, damit ließ sich Rechtsgeschichte schreiben. Vor allem aber, weil er gegen die angeschnittenen Bälle von Richter Greiz keine Chance gehabt hatte. Eine demütigende 3:6-0:6-Niederlage war unausweichlich gewesen. Doch just, als Greiz beim Stand von 0:5 zum Matchgewinn aufgeschlagen hatte, war Brandeisens Diensthandy angesprungen. »Vom Gong gerettet« hieß das bei den Boxern, die längst nicht so skrupellos waren wie Bamberger und Bayreuther Juristen.

Nach dieser Beinahe-Katastrophe – Brandeisen brach das Spiel mit der Bemerkung ab, dass er sich bestimmt noch herangekämpft hätte – kam ihm die Leiche gerade recht. Küps führte ihn zu einem Berg von Mann namens Hinterhuber, erklärte kurz die Situation und kehrte rasch zu seinen Kollegen zurück.

Der Staatsanwalt stutzte. Er hatte erwartet, dass die Kommissare mit Argusaugen verfolgen würden, wie er sich dieses Mysteriums annahm. Doch nichts dergleichen geschah. Stattdessen waren sie mit sich selbst beschäftigt. Sie stritten wie die Kesselflicker. Aber nicht über den Todesfall, sondern ... übers Rauchen!

Während er Hinterhuber untersuchte, bekam Brandeisen den Schlagabtausch unwillkürlich mit. Küps hatte sich nach dem Anruf eine Zigarette angezündet, um die Wartezeit zu überbrücken und seine Nerven zu beruhigen. Sofort hatte Wachholz aufs Schärfste protestiert und auf das Bayerische Gesundheitsschutzgesetz verwiesen. Er musste einen derart ungehobelten Ton angeschlagen haben, dass Spänfleck und Neusig ebenfalls zu rauchen begannen, demonstrativ, schließlich sei man hier in Privaträumen und nicht in einer Gaststätte. Im Übrigen solle sich Wachholz nicht so aufspielen. Mit der Liberalitas Bavariae sei es wohl nicht weit her, wohingegen das Toleranzgebot in Franken noch etwas gelte.

Die Ausdrucksweise war in natura freilich etwas derber. Der Staatsanwalt hätte gleich mehrere Verfahren wegen Beamtenbeleidigung eröffnen können.

Doch der Disput schlug noch höhere Wellen. Die Gefahren des Passivrauchens kamen in aller Ausführlichkeit zur Sprache. Genüsslich beschrieb Wachholz die Symptome eines Raucherbeins, woraufhin Spänfleck den kleingewachsenen Oberpfälzer als »aufgstellten Mäusdreck« bezeichnete. Hin und wieder war das Ploppen eines Kronkorkens zu hören. Offenbar musste man die Kehlen ölen, um bei Stimme zu bleiben.

Brandeisen schloss die Beweisaufnahme im Wohnzimmer unauffällig und geräuscharm ab. Diskretion war unter den gegebenen Umständen eine gute Begleiterin.

Er warf einen Blick in die Küche: ein Schlachtfeld aus Töpfen und Pfannen, Küps musste für sein Diner mächtig gewirbelt haben. Spuren in Form von Fettspritzern und

Wirsingflecken waren reichlich vorhanden. Brandeisen wurde ein wenig neidisch, zumal sich sein Magen nach dem Tennismatch zu Wort meldete.

Auf eine Leibesvisitation der Kommissare und eine Durchsuchung ihrer Jacken und Mäntel verzichtete er. Er wusste bereits mehr als genug.

Zurück im Wohnzimmer stellte er fest, dass sich in der Zwischenzeit niemand um ihn gekümmert hatte. Die Streithähne standen sich nach wie vor unversöhnlich gegenüber, Küps, Spänfleck und Neusig auf der einen Seite, Riedl und Wachholz auf der anderen. Glöckle hielt sich raus. Die Stimmung war geladen.

»Gut, dass Sie mich gerufen haben«, begann Brandeisen und breitete begütigend die Arme aus.

»Bamberg wird ja das Fränkische Rom genannt.« Riedl betrachtete abschätzig den weißen Trainingsanzug. »Aber dass ihr auch einen Papst habt, wusst ich noch nicht. Fehlen nur noch die roten Schuhe.«

»Keine Spötteleien, bitte. Dafür ist die Angelegenheit zu ernst.« Der Staatsanwalt kippte ein Fenster zwecks Belüftung. Dann ließ er sich auf Hinterhubers Stuhl nieder und forderte die Kriminaler mit einer Geste dazu auf, Platz zu nehmen. Sie taten es widerstrebend und funkelten sich gegenseitig an.

»Für die Dauer der Ermittlung verhänge ich Rauchverbot«, fuhr Brandeisen fort und hob die Hand. »Keine Widerrede!«

Die Franken murrten, Küps steckte seine nächste HB zurück in die Packung. Ein höhnischer Kommentar von Wachholz, der glaubte, einen Achtungserfolg errungen zu haben.

»Zunächst möchte ich gern wissen, was es mit Ihrem Club auf sich hat.«

Es war, als habe er in ein Wespennest gestochen. Alle Clubmitglieder sprachen durcheinander, offenbar gab es Mitteilungsbedarf. Wie sich herausstellte, war die Zusammensetzung der merkwürdigen Vereinigung umstritten.

Brandeisen erfuhr, dass Küps und Hinterhuber den Club der Kommissare gegründet hatten, und zwar beim Ausklang einer Polizeitagung über Mittäterschaft. Aus Gründen der Völkerverständigung waren die beiden auf die Idee eines gesamtbayerischen Zirkels gekommen, der einmal im Jahr zusammentrat. Ziel: fachlicher Austausch unter Berufsgenossen, Solidarisierung, Networking. Der Schwerpunkt sollte allerdings auf leiblichem Wohl und geselligem Miteinander liegen, einer »Mordsgaudi«, wie Hinterhuber es formulierte.

Jeder durfte zwei Kandidaten vorschlagen. Küps benannte Neusig und Spänfleck, Hinterhuber legte sich auf Riedl und Glöckle fest. Die Auserwählten wurden an den Tisch gebeten, um den Bund gleich vor Ort zu besiegeln. Nur bei dem Vertreter der Oberpfalz war man unschlüssig – bis Wachholz, der im Vorbeigehen Wind von der Sache bekommen hatte, den Kreis komplettierte und sich quasi selber einlud. Ob er in die Bresche gesprungen war oder sich aufgedrängt hatte, darüber gingen die Meinungen auseinander.

»So weit, so gut«, bilanzierte Brandeisen. Langsam wurde ihm klar, warum die Chemie zwischen den Kommissaren nicht stimmte. »Leider sagt mir das wenig über mögliche Mordmotive. Wie stand Hinterhuber denn zu Ihnen im Einzelnen?«

»Der hat jeden gleich behandelt«, meinte Glöckle. »Hart, aber herzlich.«

»Abgesehen von seiner Bayernarroganz. Das hat er jetzt davon!« Spänfleck konnte es nicht lassen. Er war ein glühender Anhänger der FFF, der Front Freier Franken, einer im Grunde harmlosen Separatistenbewegung, die vergeblich darauf hoffte, sich über V-Männer des Verfassungsschutzes zu finanzieren. Und er hatte bereits ein Bier zu viel intus.

»Geht das schon wieder los?« Riedl rollte mit den Augen. »Ihr habt doch einen Minderwertigkeitskomplex!«

»Ruhe!«, befahl Brandeisen. »Spänfleck hat sich soeben selbst als Tatverdächtigen ins Spiel gebracht.«

»Ich?«, wunderte sich der Angesprochene.

»Ja, du Leuchte!« Neusig, eine resolute Endvierzigerin, bekam die heimattümelnden Sprüche des Fürthers allmählich satt. »Aber soweit ich weiß, hat Hinterhuber unserem lieben Riedl vor einigen Jahren den Posten weggeschnappt.«

»Wirklich?«, fragte Küps.

Neusig wandte sich dem Kommissar aus Passau zu. »Du wärst doch gern Leiter der Zielfahndung geworden, oder? Stattdessen hat's geheißen: zurück nach Niederbayern.«

»Dann war der Vorschlag von Hinterhuber, Riedl in den Club aufzunehmen, eine Geste der Wiedergutmachung«, dämmerte es Küps.

»Ein Trostpflaster, das nicht lange hielt. Rache ist geduldig.«

»Schmarrn!«, wehrte sich Riedl. »Das ist längst vergeben und vergessen. Wir haben uns hervorragend verstanden.«

Der Staatsanwalt spitzte nachdenklich die Lippen. Irgendetwas zu vergeben oder gar zu vergessen, lag dieser Runde ferner als Timbuktu. Die Kommissare kannten sich in der Vergangenheit ihrer Kollegen bestens aus. Darüber vernachlässigten sie jedoch die Gegenwart …

Noch war die Zeit für des Rätsels Lösung nicht gekommen. Mit der perfiden Lust eines Dompteurs setzte Brandeisen die Befragung fort. Er hatte selten Gelegenheit, die Büttel von der Exekutive durch den Reifen springen zu lassen. Wenn man die nicht hin und wieder in die Schranken wies, hielten sie sich noch für Oberinspektor Veigl oder Rosa Roth.

»Wie sieht es eigentlich mit Beziehungen aus, die über ein freundschaftliches Maß hinausgehen? Haben Sie mir darüber etwas zu sagen?«

Kurze Verblüffung. Dann schauten alle zu Neusig und Glöckle, die beide krampfhaft aufs Tischtuch starrten.

Neusig war die Ältere, hager, brünett, mit Raucherstimme und tiefen Furchen in den Wangen nach langen Jahren im Drogendezernat. Glöckle hatte sich besser gehalten. Gebräunt vom Skifahren im Allgäu trug sie ihr Haar offen. Sie schien sich eine gewisse Natürlichkeit bewahrt zu haben. Ein kobaltblauer Strickpulli mit großzügigem Ausschnitt brachte ihre Reize optimal zur Geltung.

»Ich glaube, da schießen Sie gewaltig übers Ziel hinaus.« Küps sprang den Kolleginnen bei. »Hinterhuber war ein ganz schöner Brocken. Als Don Juan kann ich ihn mir schwer vorstellen.«

Wachholz räusperte sich vernehmlich. Spänfleck kicherte in seinen Bierkrug.

»Wollen Sie wissen, ob ich mit ihm in der Kiste war?«, fragte Neusig plötzlich, als habe sie einen Entschluss gefasst.

In der Kiste. Eine 70er-Jahre-Umschreibung für Sex. Brandeisen seufzte, doch er sagte nichts. Wahrscheinlich kam gleich mehr.

»Ein einziges Mal.« Wölfisches Grinsen. »Nach dem Dreikönigstreffen vor zwei Jahren in Passau.« Neusig überlegte. »Das Hotel hieß *Wilder Mann*, oder?«

Riedl nickte.

»Mit Hinterhuber?«, fragte Küps ungläubig.

»Was ist denn dabei?«, verteidigte sie sich. »Er hatte so eine einnehmende Art, knuffig irgendwie. Und wir waren sturzbetrunken.« Ihr Tonfall wurde tiefer. »Aber erinnert ihr euch, wer damals *nicht* in Passau war?«

»Glöckle«, sagte Riedl. Er hatte die Hotelquittungen als Dienstbesuch abgerechnet und bei der Kostenstelle des LKA eingereicht. »Wegen Familienfeier entschuldigt.«

Neusig betrachtete ihr weibliches Gegenüber alles andere als freundschaftlich. »Ich war nur Ersatz, die Lückenbüßerin. Normalerweise sah das Programm blonder aus.«

Die Köpfe fuhren herum wie in Wimbledon.

Glöckle zuckte mit den Schultern. »Des Fleisch isch halt schwach. Ich hab immer gsagt, da wird nix draus, ich lass mich net scheiden, schon wegen dem Häusle. Aber er war so ...« Sie suchte nach Worten.

»Beharrlich«, ergänzte Brandeisen. Er konnte förmlich dabei zusehen, wie die Kommissare das Geständnis von

Glöckle weiterspannen und mit Bildern füllten. »Bestand denn die Gefahr, dass Hinterhuber sich Ihrem Mann zu erkennen gab?«

»Häh?«

»Um für ordentliche Verhältnisse zu sorgen, wie man so sagt.«

»Logisch!«, rief Spänfleck. »Der Hinterhuber hat immer Nägel mit Köpfen gemacht. Wenn der wirklich mehr von der Glöckle gewollt hat, wär er irgendwann mit seinem Benz in Augsburg vorgefahren, hundertprozentig.«

Küps und Riedle pflichteten ihm bei.

Der Staatsanwalt zog ein vorläufiges Resümee. »Als Mordmotive kommen somit Eifersucht und Verdunkelungsabsichten hinzu. Können Sie mir bis hierhin folgen?«

Unwilliges Gemurmel. Ein Verhör, bei dem sie sich gegenseitig belasteten, waren die Kommissare nicht gewohnt.

Brandeisen ließ sie weiter zappeln und nahm sich Wachholz vor. »Von Ihnen stammt die Theorie mit dem tödlichen Schäuferla.«

»Jawohl.«

»Und Sie nehmen in Kauf, dass Sie den Gastgeber damit schwer beschuldigen?«

Ein dankbarer Seitenblick von Küps. Auf den alten Paragrafenreiter war Verlass.

»Die Wahrheit muss ans Licht!« Wachholz ließ sich nicht beirren.

Brandeisen erhob sich und umkreiste langsam den Tisch. »*Nil inultum remanebit*, erlaube ich mir darauf zu antworten. Nichts bleibt ungesühnt. Das steht in unserem Justizgebäude auf dem Deckenfresko. Macht sich gut in jeder Hauptverhandlung.« Er liebte seine rhetorischen Blendgranaten. Und er genoss es, wie dieser Ehrgeizling Wachholz sich davon beeindrucken ließ, ein militanter Nichtraucher, der sich gern in die Angelegenheiten anderer Leute einmischte. In der Sache hatte er ja recht. Aber der Ton machte bekanntlich die Musik. »Nach

Ihrer Theorie hat Küps – dessen polizeiliche Verdienste ich an dieser Stelle nicht herauszustreichen brauche – ein noch unbekanntes Gift in die Kruste eines Schäuferlas injiziert.«

»In das größte Schäuferla von allen. Das hat fast ein Kilo gewogen! Und weil der Hinterhuber –«

»Schon recht.« Brandeisen unterbrach ihn mit einer knappen Handbewegung. »Bestimmt kennen Sie auch folgende Theorie: Mörder setzen häufig eine plausible Erklärung in die Welt und verdächtigen andere, um von der eigenen Tat abzulenken.«

»Was ...«

»Und stimmt es, dass Hinterhuber Sie aus dem Club entfernen wollte? Weil er Sie für einen notorischen Querulanten hielt, der für eine – ich zitiere – ›Mordsgaudi‹ unbrauchbar ist?«

Wachholz fehlten die Worte. Er wusste, dass er einen schweren Stand hatte und Hinterhuber manchmal laut über eine Neubesetzung nachdachte. Aber wie hatte das dieser Staatsanwalt spitzgekriegt?

»Das heißt, auch Sie haben ein Motiv«, schloss Brandeisen. Er machte eine Pause, damit sich die Fülle an Neuigkeiten setzen konnte.

Inzwischen stand er neben dem Fernsehsessel, auf dem Hinterhuber wie aufgebahrt ruhte. Der Intendant des Stadttheaters hätte das Schlussplädoyer nicht besser inszenieren können. Vielleicht hätte er sogar eine Revue daraus gemacht.

»Sind Sie bereit, sich meinem Schiedsspruch zu beugen? Mit allen Konsequenzen?«

Die Kommissare bejahten nicht sehr überzeugt.

»Ich beantrage eine Disziplinarstrafe. Für Sie alle!«

Ratlosigkeit machte sich breit. Disziplinarstrafe? Was sollte das heißen?

»Haben Sie wirklich geglaubt, ein Schäuferla befördert einen gestandenen Kommissar wie Hinterhuber ins Jenseits?« Brandeisen lief zur Hochform auf. »Sie sind mir saubere

Polizisten! Den Tod eines Freundes als Tatsache hinnehmen und in Gegenwart der noch warmen Leiche einen kleinlichen Grabenkampf anfangen. ›Tribalismus‹ nennt man das, schlagen Sie es im Lexikon nach! Franken gegen Bayern – damit können Sie vielleicht bei der Veitshöchheimer Fastnacht auftreten. Geht es auch zivilisierter?«

»Fei obacht!«, drohte Spänfleck, doch die anderen brachten ihn mit einem »Aus!« zum Verstummen.

»Und über das Rauchen haben Sie sich auch noch entzweit«, fuhr der Staatsanwalt fort. »Dabei ist doch allgemein bekannt, dass diesem Thema selbst mit gesundem Menschenverstand nicht beizukommen ist. Unter Erwachsenen kann man sich vernünftig einigen. Es fehlt Ihnen an sittlicher Reife!«

Die Kommissare schauten sich zweifelnd an. Dass sie eine Standpauke verdient hatten, mochte ja sein, und dass ihre Autorität dabei ein paar Kratzer abbekam, ließ sich wohl nicht vermeiden. Doch worauf wollte der Mann hinaus?

Brandeisen nahm eine feierliche Pose ein. »Hinterhuber!«, sagte er. »Sie können jetzt aufstehen!«

Und das Wunder geschah. Der Münchner richtete sich auf. Mühsam, unter Ächzern und Flüchen, kämpfte er sich hoch – der Fernsehsessel gab sein Opfer nur ungern wieder her. Aber Hinterhubers Lebensgeister waren zu stark für das Möbelstück. Mit einem Ruck und Brandeisens helfender Hand kam er auf die Beine.

Die Kommissare waren vor Überraschung wie gelähmt. Fest gemauert in der Erden stand Hinterhuber vor ihnen und blickte ungnädig auf sie herab.

»Was glotzt ihr wie die Rindviecher, wenn's blitzt?«, fragte er mit Donnerstimme und bemerkte, dass sein Mund völlig ausgetrocknet war. »Hab ich einen Durst!«

Er schien wieder ganz der Alte zu sein.

Küps löste sich als Erster aus der Erstarrung. Rasch schenkte er ein Stamperl Magenbitter ein und reichte Hinterhuber den kräftigenden Trunk. Nicht irgendeinen Magenbitter, sondern einen Bamberger Sieben-Hügel-Tropfen, per Hand gemischt von einem alteingesessenen Getränkehersteller nach einem streng geheimen Hausrezept aus besten Gewürzen und Kräuterauszügen.

Hinterhuber kostete von dem Remedium. Genau das brauchte er jetzt. Nach der Einstiegsdosis wurde er versöhnlicher und spülte mit einem Bier nach.

Die Kommissare umringten ihn erleichtert und klopften dem Totgeglaubten auf die Schulter. Glöckle drückte ihm einen dicken Schmatz auf die Backe, Neusig nahm die andere Seite. *Wer liebt, gibt niemals jemanden auf,* heißt es im Korintherbrief, und sie nahmen es sich zu Herzen. Und es war Freude und Wohlgefallen unter den versammelten Gesetzeshütern.

Nur Riedl machte sich schwere Vorwürfe. Er hatte Hinterhuber für tot erklärt. Wie konnte er bloß so falsch gelegen haben?

Brandeisen lieferte die Erklärung. »Medizinisch betrachtet war es vermutlich eine tiefe Ohnmacht, eine Art Scheintod infolge eines Schwächeanfalls. Hinterhuber hat das Schäuferla zu gierig runtergeschlungen, der Kreislauf kam nicht mehr nach. Bei so einem Proteinschock setzen schon mal Puls und Atmung aus. Dann werden nur noch die am meisten beanspruchten Organe durchblutet, Leber, Magen und Galle. Der Rest läuft auf Sparflamme, eine natürliche Schutzfunktion des Körpers. Meistens fährt das System von allein wieder hoch. Falls nicht, muss man reanimieren. Bei Hinterhuber war das glücklicherweise nicht nötig. Durch ein Zucken seines Augenlids habe ich bemerkt, dass er noch lebt – während Sie mit Ihren Nickeligkeiten beschäftigt waren.«

Die Kommissare entschuldigten sich für ihr unangemessenes Verhalten und zollten dem Staatsanwalt Respekt für seinen Sachverstand. Brandeisen redete unbeeindruckt weiter und achtete auf den Konjunktiv.

»Ich flüsterte Hinterhuber ins Ohr, dass er noch eine Weile still liegen bleiben müsse, bis er wieder herumspringen könne.

Er sagte sinngemäß, ich solle bloß nichts verraten. Er wolle unbedingt hören, was über ihn so geredet werde. Anscheinend bekam er etwas von der Raucherdebatte mit, denn er fügte hinzu: ›Den Wachholz schieß ich auf den Mond.‹«

Letzterer beeilte sich zu versichern, dass er vor allem aus Gründen der Pietät gegen den Zigarettenqualm gewesen sei. Fortan würde er in entsprechenden Situationen ein Auge zudrücken und –

»Scheiß doch auf die Raucherei!« Hinterhuber schnitt ihm das Wort ab und machte eine Prise Schnupftabak startklar. »Aber den Küps verdächtigen … des war richtig gschert! So was moacht mehr net! Des Schäuferla war der Hammer! Nächstes Mal muass i halt a bissel langsamer tun. Man wird ja nicht jünger nicht.«

Glöckle tätschelte ihm das kanalrohrdicke Knie. »Nur net hudle!«

Die Kommissare grinsten um die Wette. Hinterhuber führte sich seinen Schmalzler zu Gemüte und sagte nichts, denn auch ein bayerischer Gentleman genießt und schweigt.

Schließlich leistete Wachholz beim Gastgeber Abbitte. Das Schweinderl habe ihm ausgezeichnet geschmeckt. Hoffentlich nehme Küps »die Sache mit dem Gift« nicht persönlich, da seien ihm wohl die Pferde durchgegangen.

Küps benutzte die fränkische Universalreplik, um dem Oberpfälzer zu bedeuten, dass er nicht nachtragend war: »Bassd scho.«

»Und worin besteht jetzt die Disziplinarstrafe?«, wollte Neusig wissen.

Alle blickten erwartungsvoll zu Brandeisen, der schon zu einem kleinen Referat über Amnestie und Rechtsfrieden anheben wollte.

»Ihr Hundskrüppel vertragt euch alle wieder!« Hinterhuber haute auf den Tisch, dass die Teller tanzten.

Und so geschah es.

Im weiteren Verlauf des Abends wurde noch gewissenhaft geprüft, ob Hinterhuber während seiner kurzen Absenz einen Hirnschaden erlitten hatte. Zu diesem Zweck zog Küps den Bamberger Intelligenztest heran. Auf dem Flaschenetikett des Sieben-Hügel-Tropfens war der Dom abgebildet, um den sich die sechs weiteren »Berge« des Fränkischen Rom gruppierten. Die Aufgabe lautete, alle sieben Hügel aufzuzählen.

Nach mehreren Anläufen brachte Hinterhuber unter Küpsens Anleitung alle zusammen: Dom, Obere Pfarre, St. Stephan, St. Michael, St. Jakob, Altenburg und den ominösen Abtsberg, der durch eine Art Bischofsstab dargestellt war und selbst den Einheimischen immer wieder Rätsel aufgab.

Die anderen Kommissare mussten es Hinterhuber gleichtun und bei jedem Fehler ein Stamperl Magenbitter trinken. Es war eine willkommene Gelegenheit, das Gedächtnis zu schulen und auch unter widrigen Bedingungen Herr über seinen Verstand zu bleiben. Ob es die ortsfremden Gäste später ins Hotel schaffen würden, war ungewiss. Küps hatte jedenfalls die Genugtuung, eine lokale Attraktion vorzuführen, wie es auch Regiokrimiautoren in ihren Romanen niemals versäumen.

Brandeisen aß noch einen aufgewärmten Kloß mit Soß. Dann verabschiedete er sich. Als Letztes sah er, wie Wachholz erschöpft in den Fernsehsessel sank und die Augen schloss.

Das Leben war wie eine Krimiserie: lauter Wiederholungen.

Blutbad auf dem Domplatz

Überall Tote und Verletzte. Sanitäter, Feuerwehr und Polizei hatten alle Hände voll zu tun. Der Domplatz wirkte wie ein Katastrophengebiet.

Staatsanwalt Brandeisen betrachtete das Gemetzel: »Wer sich in Gefahr begibt ...«

»Jetzt machen Sie mal einen Punkt!«, widersprach Kommissar Küps. »Die Opfer sind doch nur unschuldige Touristen.«

Die beiden Ermittler untersuchten eine höchst merkwürdige Kollision mitten in der »Traumstadt der Deutschen«. Drei der wohl unbeliebtesten Verkehrsmittel Bambergs waren zu Füßen des altehrwürdigen Doms fast zeitgleich zusammengeprallt.

Zunächst hatte eine Horde von Segway-Fahrern versucht, die Straße zu überqueren. Segways, das waren elektrogetriebene zweirädrige Vehikel, die aussahen wie fahrbare Staubsauger. Man rollte damit im Stehen durch die Gegend und kam garantiert jedem Fußgänger in die Quere. »Zu faul zum Laufen?«, war noch die freundlichste Bemerkung, welche die Piloten des selbstbalancierenden Wunderwerks der Technik zu hören bekamen.

In die Segways war ein sogenanntes Bierbike hineingekracht. Dieses Gefährt diente nicht nur der Fortbewegung, sondern auch dem Alkoholkonsum. An einer Art mobilem Biertisch konnten bis zu 16 Personen sitzen, saufen und zugleich in die Pedale treten. Ein nach Möglichkeit nüchterner Fahrer lenkte das Ding von Brauerei zu Brauerei. Die Verkehrssicherheit nahm pro Wirtshausbesuch rapide ab. Dass es das Bierbike mit reiner Muskelkraft den Domberg hochgeschafft hatte, konnte nur an den leistungssteigernden Eigenschaften des Bamberger Rauchbieres liegen.

Seltsam war jedoch, dass kurz nach diesem Crash auch noch der Sechs-Hügel-Bus in die Verunfallten gebrettert war.

»Warum eigentlich *Sechs*-Hügel-Bus?«, fragte Brandeisen. »Bamberg hat doch sieben Hügel.«

»Der Bus fährt nur sechs an – jetzt allerdings gar keinen mehr.« Küps kannte das Sightseeing-Monster aus eigener Erfahrung. Wer sich gezwungen sah, hinter dem unüberholbaren Kasten herzuzockeln, war in den engen Bamberger Straßen schon nach hundert Metern reif für die Klapsmühle. Auch die Farbgebung des Sechs-Hügel-Hindernisses erregte seit Langem den Volkszorn: Er schwankte nicht in fränkischem Rot-Weiß übers Kopfsteinpflaster, sondern in Blau-Gelb. Hatte Ikea eine Buslinie aufgemacht?

»Scheiß Durisdn!«, erklang es schwach von einer Sanitätertrage. Es war der Fahrer des Busses, er hatte überlebt. Offenbar war ein Damm gebrochen, denn das Geständnis sprudelte nur so aus ihm heraus: Nach Manipulation der Segway-Elektronik und Bestechung des Bierbike-Lenkers habe er den Bus pfeilgrad ins Ziel gesteuert. Alles nur eine Frage des Timings.

Ein Amokfahrer? Selbstmordattentäter? Terrorist?

Nichts von alledem. Im Mega-Tourismus-Jahr 2012 mit Landesgartenschau, Domjubiläum und circa drei Millionen Besuchern war dem Mann der Kragen geplatzt. Unter dem Einfluss eines sich rapide verschärfenden Borderline-Syndroms hatte er eine beträchtliche kriminelle Energie entwickelt.

»Nicht schuldfähig«, meinte Küps.

»Dumm, so auszurasten.« Brandeisen schüttelte den Kopf. »Ohne diesen kleinen Massenmord hätte er glatt für den Stadtrat kandidieren können.«

»Warum das?«

»Es gibt immer mehr Kommunalpolitiker, die sich über den Tourismuswahnsinn beschweren.«

»Wie? Nicht über zu wenige, sondern über zu viele Touristen?« Küps konnte es nicht fassen. »Ist das nicht furchtbar provinziell?«

»Nennen Sie es, wie Sie wollen.«

»Die spinnen.«

»Da möchte ich Ihnen nicht widersprechen, mein Freund.«

A ächder Bambercher

Neulich kummt der Küps aufm *Schbeedsi*, wasst scho, der Kriminaler, der klaa dick. Setzt sich hie an sein Schdammblatz, der Stefan bringt äm a Seidla, und der Küps nimmt erschdamol an gscheidn Schluck. Obä dann! Leck fett, socht er und schnauft aus. Ich glaab, es gibt immer mehr Oäschlöchä.

Wen meinsdn do edsäd, frooch ich nä.

Fängt er oo zu erzähln. Dass er grood auf der Wunderburchkerwa im Einsatz woä. Do hods a Schläächerei geem, mit am Dodn.

A Dodä, sooch ich, bei uns in Bamberch? Heimadland!

Ja, Heimadland, genau dodrum is ganga. Do ham sich so a boä Grampfbeutl drum gschdriddn, wer a ächder Bambercher is und wer net.

A ächder Bambercher, sooch ich und überleech. Des is a guda Frooch!

Deoreddisch, socht der Küps, deoreddisch. Also, wir ham des Gekäschber rekonschdruiert, weil, bei am Dodn, do muss die Bolizei ermiddln, verschdesst?

Ich bin ja net blöd, sooch ich und wink dem Stefan, dass er uns gleich nuch zwaa Seidla bringt. Beim Stefan geht des wies Brödlabaggn, der schdellt uns zwaa näua Grüch hie, so schnell schaust goä net.

Der Küps holt sei Nodizbüchla raus. Do schreibt er immer alles nei, wosd als Kommissar hörst und siggst, »Tatortbefundbericht« und »Zeugenvernehmung« und wie des halt so hasst in der Fochsprooch.

Angfanga hods im Festzelt, socht er, wie die Blooskabelln nuch ihr Zeuch aufgäbaut hod. Do woä a Grubbn Leut am Biädisch gsessn, die ham sich scho seit Middoch die Kanna geem und sin immer lauder gwon. Irchendwann is dann aaner draufkumma, wer überhaupt nuch a ächder Bambercher is, und wos do dazu ghört, und dass des eichendlich a Ehrendidl wär, bei dem vieln Gsindl, wos inzwischn rumlöfft.

Wos ghörtn edsädla zu am ächten Bambercher dazu, sooch ich. Wiggn aufm Disch! Beim Schofkopf braucht der Küps aa immer so lang, bis er mol an Ober ziecht. Der mauert wos zamm, do wärst narrisch.

Dann bass amol auf, socht er und zählt auf: Geboän musst in Bamberch sei, am besdn in der Frauenglinik undn am Margusblads.

Wennst scho a weng äldä bist, sooch ich. Weil die Jungä, die könnä ja nix dafüä, wenn sie ohm im Glinigum auf die Welt kumma sin.

Und gedauft musst nadürlich aa in Bamberch sei, socht er. Obä do scheidn sich scho die Geisdä. Wo bisdn du gedauft?

In der Obän Pfarr, sooch ich.

Net im Dom?, froocht er.

Ich bin doch net bei der Dompfarrei, sooch ich. Außerdem, im Dom, do koo pragdisch jeds Bäuerla ausm Bisdum gedauft wän, sogoä a Nörnbercher.

Sigsdes, socht er. Ich bin zum Beischbil in der Kabbeln vo die Karmeliddn gedauft, weil mei Daufbat a Geisdlicher woä. Des is also goä ka Griderium.

Und wennst a Luddrischer bist, erscht recht net, sooch ich.

Die Luddrischen sin ja aa irchendwie Bambercher, socht er. Wo kummer denn sonst hie?

Wenns net grood Neigschlaafde sin, sooch ich.

Obä neigschlaafd, wo fängdn des oo, froocht der Küps. In der soundsovieldn Generation oder wie? Brauch mer edsäd wieder a beglaubichde Ahnendaafl, damit mer uns wie Bambercher fühln könna?

Mit der Heimadlieb koo mers halt aa übertreim, sooch ich.

Ebn, socht er. Jednfalls, die Hundsgrübbl auf der Kerwa ham sich scho wegn jedm Blembl fast gschlong, wo sie zur Schul ganga sin, wo sie ihrn erschdn Rausch ghobt hom, wo sie gheiert ham und so weidä. In einer Dour muss des ganga sei.

A weng in Erinnerungen schwelng is doch schö, sooch ich.

Arch schö, socht der Küps. Wennst dran denkst, wies früher mol woä.

Und dann schaut er auf Bamberch nunder mit so am glaasichn Blick. Edsäd geh mer auf Sändimändl Dschörni, hasst des. Und auf Sändimändl Dschörni, do sin miä zwaa a eingschbields Diem.

Die Bfennichbombom von der Bäggerei Weber, socht er.

Und die Bizzadaschn, sooch ich.

Die Senfbrödla im Gauschdadder Bood, socht er.

Und a Quwedscheis, sooch ich.

Wie mer am Sauersberch midm Schliddn die Dodesbahn nunder sin, socht er.

Und die Banzerleidn midm Rood ohne aa mol zu bremsn, sooch ich. Do hods mich gscheit auf die Fressn ghaut.

Des *Luli* in der Luidpoldschdrass, socht er. Unser erschder Dscheims Bond.

Und des *Rex Eroddiga*, sooch ich. Obä do homs uns net neiglassn.

Wie der Joe nuch aufm *Schbeedsi* bedient hod, socht er.

Und wie mer beim Zinser Hausverbot gricht hom, sooch ich. Hundädundelfjoa.

Des erschde Solo-Du aufm Greif, socht er. Zwaamol geleecht und Boggrundn!

Und wie mer naus der Allee ganga sin und unsära Maadla a boä Küssla geem hom, sooch ich und könnt gleich greina, weil a Bambercher Maadla schaut net nur subbä aus und is gut gebolsdert, des vädrägt fast so viel Seidla wie mer selbä. Und kardln konns aa, Biäkopf, Schofkopf, also quasi alles. So a Bambercher Maadla is wie a Humml: weicha Scholn, weicha Kän. Obä wennds net aufbasst, schdicht sie dich und fliecht einfach wech.

Des woan Zeidn, socht der Küps.

Des woan Zeidn, sooch ich.

Und Bamberch licht immer nuch do, als obs erscht gesdern gwesn wär, socht er.

Miä schdosn oo, dringn und soong a Zeit long nix. Weil wenn die Sunna undergeht und die ledsdn Schdraln aufm Michelsberch falln, hält mer liebä sei Babbm.

Wo sin mer edsäd schdehngabliem, socht der Küps noch einer Weil.

No bei die Doldis von der Wunderburchkerwa, sooch ich. Die so rumgabföbfert hom.

Schdimmt, socht er und erzählt weidä. Die Doldis, die sin dann goschdich gwon und hom Schdreid gsucht. A ächder Bambercher, hom sie laut im Festzelt gfroocht, wo kummt denn der eichendlich her? Vom Sand oder von der Insl? Aus der Wunderburch oder ausm Gärdnervirdl? Vom Berchgebiet, und wenn ja, vo welchm Berch?

Und wo woan nochäd die Schdänggärä her, frooch ich.

Undäschiedlich, socht er. Jednfalls net von der Wunderburch. Die hom sich dann nämlich aufgfüät wie der Rods am Ärml. Dass die Wunderburch goä net zu Bamberch ghört, Scherbenvirdl und so weidä, halba Barragä.

Auweela, sooch ich. Des lossn die Wunderburcher net auf sich sidsn.

Die meisdn anschdändign Leut hom sich eh schon wegsedst ghobt, socht er. Und der Segurridi woä des wurscht.

Obä irchendwos is doch bassiert, sooch ich. Wenns an Dodn geem hod.

Do woä so anner dabei, socht der Küps, so a Schdoffl mit am Sebblhut und Daduus bis under die Achsel, der hod do eh net hie basst. Waaß der Deifl, wos den griddn hod, den Saubeudl, den dreggädn. Schreit des ganza Zelt zamm, wo edsäd nuch a ächder Bambercher wär auf dera Scheißkerwa. Dass ers mit jedm aufnimmt, und mit die Barragäbagaasch do erscht recht.

Du zöcherst des naus wie an Grimmi, sooch ich.

Loss mich halt, socht er. Wenn ich aa mol wos zu erzähln hob! Oder meinst, des schdeht morng im Äffdee?

Beschdimmt net, sooch ich.

Ebn, socht er. Der Schdoffl blärrt also rum, und wer schdeht auf? A Männla, des grood nuch laufn koo, am Schdock und so wagglich, dass denkst, gleich läudeds Glöggla füä den aldn Graudärä. Und wos mocht er? Geht no zu dem Tisch mit die Schdänggärä und socht: Fei obacht!

Reschpeggd, sooch ich.

Des konnst singa, socht der Küps, Reschpeggd. Obä die Gschicht geht nuch weidä. Des blöda Gewaaf hob ich miä lang genuch anghört, socht des Männla, und sei Gäbiss fällt na fast naus. Er schiebds wieder nei und socht: Ich bin a Wunderburcher und ihr seid Zädummzumbrunsn! In aam Wort. Zädummzumbrunsn!

Des hod gsessn, sooch ich.

Des ganza Zelt hod grood zammglacht, socht der Küps, obä der Schdoffl und sei Blosn nadürlich net. Brauchst aana aufs Maul, alder Dreggsagg?, froocht er.

Und?, frooch ich. Wos hod der Graudära gsocht?

Ich hau dä die Schaufel nauf, dasst Haggäla spodst, socht er. Was konnsdn als Bambercher sonst soong?

A Draum, sooch ich.

Wart nä, socht der Küps. Der Schdoffl mit seim Sebblhut und die Daduus schdeht edsäd aa auf und is mindesdens zwaa Köpf größer wie der Wunderburcher. Nebn ihm sidst so a blondgfärbds Bridschla und schdachelt nä oo. Hau nä um, schreids, hau nä um! Und des Oäschgsicht holt aus und will den Graudära aana duschn.

Schlechda Kardn, sooch ich.

Füä wen?, froocht der Küps. Des Männla hod ja nuch sein Schdock, ächt Eiche, des is a Haddholz, verschdesst? Der Schdock saust also durch die Luft, des muss so schnell ganga sei, dass mers goä net richdich gsehn hod. Und dem Schdoffl sei Glöbers bladst auf wie a Kürbis, und alles schbridst rum, den Schdänggärän auf die Hoä und auf die Goschn und dem Mistbridschla sogoä in Ausschnitt nei. Und den Schdoffl hauds schdräggsdälängs hie.

Des is ja zum Schbeia, sooch ich. Musst du des so lebnsecht beschreim?

Der Dood is halt lebnsecht, socht der Küps. Do beißt die Maus kan Fodn ob.

Und is der Schdoffl nuch mol aufgschdandn?, frooch ich.

Wie denn?, froocht der Küps. Der woä sofod hie. Der hod kan Muggsärä mehr gmocht.

Dann woä des Nodwehr, sooch ich.

Brauchst fräng, socht der Küps. Freilich woä des Nodwehr. Des hod der Schdaadsanwalt aa gsocht, der Brandeisen, der mesdergschäffdich.

Woä der aa do?, frooch ich.

Der kummt doch bei jeder Leich angschbradst, socht der Küps, damit er nix verbasst. Obä desmol woä der Foll kloä. Ämiddlung eigschdellt. Glabbe zu, Maulaff doot.

Därfst halt kan Wunderburcher reidsn, sooch ich und drink an Schluck vo meim Schbeedsi.

Naa, des därfst net, socht der Küps und dringt aa an Schluck. Obä wasst, was des alda Männla nuch gsocht hod?

Naa, waaß ich net, sooch ich.

Der hod gsocht: Du bist erscht a ächder Bambercher, wenn sie dich naus Hallschdot droong.

Nausn Friedhof?, frooch ich.

Nausn Friedhof, socht der Küps. A ordendlicha Beärdichung in Hallschdot und fäddich. Dann bist a ächder Bambercher.

Und wennst eingäschert werst und ins Golumbarium kummst?, frooch ich. Zählt des aa?

Des zählt aa, socht der Küps. Haubdsach naus Hallschdot.

Hallschdodder Schdrass eichendlich, sooch ich. Des is doch nuch Bamberch und net Hallschdot.

Des waaß doch jeds Debbäla, socht der Küps.

Ich möcht jednfalls net vo Hallschdodder Würmä gfressn wern, sooch ich.

Ich aa net, socht der Küps. Am End werst als Gurgn wiedergeboän.

Oder als Wirsching, sooch ich, des wär mer lieber.

Oder als Bambercher Hörnla, socht der Küps. Dann wärst a Schbedsialidät.

Nuch zwaa Seidla, sooch ich zum Stefan.

Füä mich aa, socht der Küps.

Textnachweis

Brückenmord, erstmals erschienen in: *Tatort Franken No. 2. 18 neue Kriminalgeschichten*, hrsg. v. Felicitas Igel, ars vivendi verlag, Cadolzburg 2011, S. 113–127.

Fest der Liebe, erstmals erschienen in: *Der Pelzmärtelmörder. Krimis aus Franken zur Weihnachtszeit*, ars vivendi verlag, Cadolzburg 2010, S. 114–126.

Es lebe der König, erstmals erschienen in: *Literarischer Krimi-Kalender 2012*, hrsg. v. Norbert Treuheit, ars vivendi verlag, Cadolzburg 2011.

Der Wörcher von Weipelsdorf, erstmals erschienen in: *Kältestarre. 13 Krimis aus Franken zum Frösteln*, hrsg. v. Tessa Korber, ars vivendi verlag, Cadolzburg 2011, S. 44–62.

Eine Leiche im Gärkeller, erstmals als eigenständige Publikation erschienen bei Verlag Fränkischer Tag, Bamberg 2006.

Weltkulturerbelauf, erstmals erschienen in: *Literarischer Krimi-Kalender 2011*, hrsg. v. Norbert Treuheit, ars vivendi verlag, Cadolzburg 2010.

Der Mann mit dem schwarzen Kajak, erstmals erschienen in: *Aufgebockt und abgemurkst. Kurzkrimis für Campingfreunde*, hrsg. v. Regine Kölpin, KBV, Hillesheim 2012, S. 109–125.

Vollmond über Schloss Fahlenstein, erstmals erschienen in: *Tatort Garten. 14 packende Kriminalgeschichten*, hrsg. v. Thomas Kastura, ars vivendi verlag, Cadolzburg 2012, S. 32–50.

Händel, letzter Akt, erstmals erschienen in: *Niedertracht in Niedersachsen. Kurzkrimis zwischen Ems und Elbe,* hrsg. von Cornelia Kuhnert und Richard Birkefeld, KBV, Hillesheim 2012, S. 79–93.

Mafia Bamberga, erstmals erschienen in: *Tatort Franken No. 3. 20 neue Kriminalgeschichten,* ars vivendi verlag, Cadolzburg 2012, S. 168–187.

Der Kongress, erstmals erschienen in: *Literarischer Krimi-Kalender 2010,* hrsg. v. Norbert Treuheit, ars vivendi verlag, Cadolzburg 2009.

Schellinski war eine Polin, erstmals erschienen in: *Literarischer Krimi-Kalender 2013,* hrsg. v. Norbert Treuheit, ars vivendi verlag, Cadolzburg 2012.

Die dunkle Seite der Frauen

Tessa Korber
Das Leben ist mörderisch
Klappenbroschur, 178 Seiten
ISBN 978-3-89716-994-4

Sie haben sich an das Unerträgliche gewöhnt, die Frauenfiguren in diesen zehn Erzählungen. Die beste Zeit ihres Lebens haben sie an Männer verschwendet, die sie nicht zu schätzen wissen. Im Beruf werden sie übervorteilt, und der Haushalt frisst sie auf. Doch irgendwann genügt ein Tropfen, um das Fass zum Überlaufen zu bringen. Da geht dann schon mal eine Tankstelle in Flammen auf, und eine Bergwanderung endet ganz überraschend im Abgrund. Übrigens: In begründeten Ausnahmefällen kann eine Kommissarin auch mal ein Auge zudrücken und Beweismittel verschwinden lassen – denn weibliche Solidarität ist Ehrensache.

»Pointiert schildert die Autorin in den spannenden Psycho-Krimis, wie Frauen mit dem Frust des Daseins umgehen und für Ihre lang unterdrückte Wut plötzlich einen überraschenden Kanal finden.«

Nürnberger Zeitung

Tödliches Spiel

Tommie Goerz
Schafkopf
Klappenbroschur, 280 Seiten
ISBN 978-3-86913-041-5

Als ein Wirt aus dem Nürnberger Umland seinen Bierkeller
aufschließt, stößt er auf eine bestialisch zugerichtete Leiche.
Bei dem Toten findet die Polizei einen rätselhaften Gegenstand: ein Fußball-Trikot. Ein Zeichen ja, aber wofür? Mit
dieser Frage ist der Nürnberger Kommissar Friedo Behütuns
konfrontiert. Steht dahinter ein Fankrieg? Zielt die Tat auf
den Sponsor dieses Fußballvereins, einen Atomkonzern, ab?
Oder ist nicht vielmehr im rechtsradikalen Milieu zu ermitteln? Bald tauchen weitere Opfer auf, alle ähnlich grausam
ermordet. Die Ereignisse eskalieren, Behütuns stochert im
Dunkeln – bis er ein altes fränkisches Wirtshaus betritt ...

»Mitunter gelingen ihm mitreißende Passagen, die an Herz,
Nieren und Verstand gehen, die davon zeugen, dass sich da
einer die richtigen Gedanken über Sinn und Unsinn des
Lebens gemacht hat, und die Eckhard Henscheid weitaus
näher sind als jedem Autor aus dem Crime-Genre.«

11 Freunde